JN074719

二一世紀のパトリック・モディアノ

七編のテクストを読む

土田知則［著］ *Tomonori Tsuchida*

Patrick Modiano

au XXIe siècle

小鳥遊書房

目次
table des matières

第五章　『夜の草』（二〇一二年）――謎深き過去に身を任せて　179

第六章　『あなたがこの辺りで迷わないように』（二〇一四年）――書物に託された積年のメッセージ　217

【はじめに】

——テクストの快楽を探して

パトリック・モディアノ（Patrick Modiano）。一九四五年七月三〇日、パリ近郊の都市ブーローニュ＝ビヤンクールに生まれる。一九七二年アカデミー・フランセーズ賞、一九七八年ゴンクール賞、二〇一二年オーストリア国家賞、そして二〇一四年にノーベル文学賞を受賞。言わずと知れた、フランス現代文学を代表する秀でた作家の一人である。本書では、モディアノの七編の小説テクストをめぐり、議論・考察が展開されている。この七編の選択は決して恣意的ではない。本書のタイトル『二一世紀のパトリック・モディアノ』が示すとおり、ここで取り上げられる七編はすべて、二一世紀以降にモディアノが執筆したものだからである。先ずは、テクストのタイトルを掲げておくことにしよう――『小さな宝石』（二〇〇一年）、『夜の事故』（二〇〇三年）、『失われた青春のカフェで』（二〇〇七年）、『地平線』（二〇一〇年）、『夜の草』（二〇一二年）、『あなたがこの辺りで迷わないように』（二〇一四年）、『眠れる記憶』（二〇一七年）。

この作家の傑作とされる作品は、そのほとんどが前世紀に刊行されているという見方は、ある程度頷ける。だが、たとえそうであれ、今世紀に書かれた作品を一冊ずつ丹念に読み解き、テクストの細部を織り成すエクリチュールの変遷や揺動を子細に追究することにも、それなりに重要な意味があると考えられる。本書では、この作家のテーマや書法を、前世紀に執筆された作品群にまで遡って分析することは、十分にできなかったかもしれない。おそらく、連続的な要素もあれば、断続的な要素もあるだろう。とはいえ、今世紀以降のモディアノの小説に関しては、テーマ的な関連性や書法の特徴等を、ある程度明らかにできたと考えている。

小説を読む読者には、研究者や批評家としてそれに接する人もいれば、文学作品を楽しむ一人の純粋な「愛読者」としてそれを味わう者もいる。筆者の立ち位置は、ちょうどその中間辺りにあると思うのだが、本論執筆の途上では、一人の読者として純粋に物語を楽しむ自分の姿を、何度も確認させられることになった。文学テクストは現実ではなく、本来的に虚構に関わるものである。もちろん、それについて客観的・論理的な分析を施すことは可能であり、また大切でもある。研究者や批評家と呼ばれる人たちは、日々そうした作業に専心しているに違いないからだ。だが、その一方で、自由奔放に想像力を奮い起こし、幻想、そしてときには妄想の域にまで、その翼を羽ばたかせることもできる。筆者自身もまた、研究者・批評家という立場を超えて、そうした幻想や妄想に身を委ねたことが幾度となくあったと、強く実感している。まさに、ロラン・バルト（Roland Barthes, 1915-1980）の言う「テクストの快楽」に身を委ねていたのかもしれない。

モディアノを「現代のプルースト（Marcel Proust, 1871-1922）」と称する人もいるようだが、錯綜する記憶・意識・時間の流れを活写するその巧妙な手口に接すると、そうした見解に思わず賛同してしまう。だが、プルーストとモディアノの最も大きな違いは、その文体にある。つねにうねるような文章を積み重ね、哲学的とも言える理念や思想を提起するプルーストの手法とは対照的に、モディアノの文体は極めて簡明であるといって、おそらく間違いないだろう。しかし、それは必ずしも、彼の創出する世界が単純で、理解しやすいという意味ではない。モディアノは「秘密」という言葉を好んで用いるが、彼の生み出す物語は、疑いなくその「秘密」や「謎」で溢れているからである。幾度読み返しても、細部を捉え切ることができなかったり、筋書きや人間関係を混同してしまったり……。いったい、何度読み直したことだろう。モディアノのテクストは、まさにそうしたテクストなのだ。

物語には何人もの登場人物たちが姿を見せる。だが、モディアノの言葉を借用するなら、その多くは「端役」(comparses)のような存在として振舞い、確たる「定点」や「中心点」を見出せぬまま、つまり、人物としての実像・実態を露わにしないまま、いつの間にか舞台から立ち去っていく。つねに複数の物語が始まる。だが、それらが纏まりのある一つの物語として終結することは、ほとんどないのだ。「秘密」や「謎」は永遠に解消されることはない。複雑に錯綜する記憶・意識・時間の流れだけが、ひたすら反復的に提示され、後には収束しない物語だけが「沈黙」とともに残される。まるで、モディアノがよく言及するニーチェ(Friedrich Nietzsche, 1844-1900)の理念――「永劫回帰」――のように。

では、そんなモディアノの物語を、いったいどのように読んだらよいのだろうか。そうした問題意識を抱えたことが、本論考の執筆を企図する最大の契機になったことは疑い得ない。作業は先ず、次々と増えていく読書メモをもとに、一作ごとにその梗概のようなものを作成することから始められた。物語のおおよその構成を確認するためである。だが、それは予想外に困難な作業だった。あらすじ的な説明はどの程度に留めるのか、引用する一節の数や長さはどう決めるのか、時間の錯綜する物語内容をどのような順番で分析するのか等々、悩ましい課題は絶えず付きまとった。

予想どおり、第一章の執筆は、ほとんど手探り状態で開始されることになった。とにかく書いてみようという気持ちしかなかった。だが、テクストを繰り返し読み込むにつれ、最初はまるで把捉できなかった物語の結構のようなものが、自分なりに少しずつ見えてきたような気がした。誰もが皆、同じような視点でテクストを読むわけではない。文学テクストを読むことは、自然科学の論文や役所等の書類を読むこととは、根本的に異なるからだ。そこには、論理性や普遍性といったものに収まり切らない要素が頻繁に顔を覗かせる。先にも述べたように、文学テクストを読むことは、「読み手」一人一人の想像、幻想、そしてときには妄想までも取り込みながら展開される、極めて個的、個人的な営為といっても言い過ぎではないのだ。

次に、物語についてある程度の分析を施すには、いわゆる「テーマ」と呼ばれるものの設定がどうしても必要になる。最重要の課題と言ってよいかもしれない。しかし、テーマというのは目の前に歴然と存在するようなものではない。それは、読者がそれぞれの主張や関心や感性に応じて、自らテクストのなかに読み込んでいくものだからだ。同じテクストを異なる読者が読むことで、それが以前とはまったく異質な相貌を呈するテクストになったという現象は、実はそれほど珍しいことではないのだ。

作家の著作テーマをめぐって思考するには、一冊のテクストを読むだけでは、やはり心許ないだろう。とはいえ、最初は一冊のテクストから始める以外、方法はない。テーマとは、複数のテクストを横断的に読解する途上で、徐々に炙り出されてくるものだからである。無論、各々のテクストに、それぞれ別のテーマを読み取ることは十分可能である。だが、その一方で、隣接したテクストには、それらを相互的に——間テクスト的に——結びつける、テーマ（体）系のようなものが存在する可能性も大いにあり得るのだ。

小説家として円熟味を増した二一世紀のモディアノが、自己の作品において執拗に追究したテーマとは、はたして何だったのか。ここで筆者なりに探り当てた個々のテクストに関わるテーマ、そして、取り扱ったほぼすべてのテクストに通底すると思われる横断的、間テクスト的なテーマについては、本文での議論・考察を参照していただきたい。既に述べたように、この場で指摘され、分析されたテーマに対しては、必ずしもすべての読者が関心を抱くわけではないだろう。それらは本質的に、筆者が自身の趣味や関心や感性に応じて手繰り寄せた、想像的・幻想的・妄想的な営為の産物だからである。ここに提示されたのは、あくまでも一つの個（人）的な「読み」のサンプルであり、試みであるに過ぎない。読者の皆様には、それぞれのテーマを自らに引き寄せ、新たな「読み」の可能性を模索していただきたいと思う。畢竟、モディアノのテクストが完結、収束、大団円といったものとほとんど無縁であるのは、そうした「読み」の行為に向けて、読者一人一人を誘っているからではないだろうか。結局、すべては読者の「読み」に託されているのである。

先に触れた執筆上の困難について、最後に一言述べておくことにしよう。先ず、あらすじ的な説明については、モディアノの作品を未読の読者もおられることを考慮し、仮に未読であっても、物語の流れのようなものだけは理解できるよう工夫を凝らすことにした。テクストから引用する一節の数や長さについては、テクストの「読み」を何よりも重要な目標として掲げたため、可能な限り数多くの引用を施し、ときには長めの引用も厭わないよう心がけた。時間の錯綜する物語内容については、各々の状況に応じ順番を換えて論述することにした。本書を読み終えた読者の皆様には、できれば是非モディアノのテクストにも手をのばしていただきたいと思う。

使用したテクストについては、以下のとおりである。訳文は基本的に筆者によるものだが、邦訳のあるものについては、随時参考にさせていただいた。

小説

・*La Petite Bijou*, folio, Éditions Gallimard, 2001
（『さびしい宝石』白井成雄訳、作品社、二〇〇四年）

・*Accident nocturne*, folio, Éditions Gallimard, 2003
・*Dans le café de la jeunesse perdue*, folio Éditions Gallimard, 2007
(『失われた時のカフェで』平中悠一訳、作品社、二〇一一年)
・*L'horizon*, folio, Éditions Gallimard, 2010
(『地平線』小谷奈津子訳、水声社、二〇一五年)
・*L'herbe des nuits*, folio, Éditions Gallimard, 2012
・*Pour que tu ne te perdes pas dans le quartier*, Éditions Gallimard, 2014
(『あなたがこの辺りで迷わないように』余田安広訳、水声社、二〇一五年)
・*Souvenirs dormants*, Éditions Gallimard, 2017
　引用箇所の頁については、(38)あるいは〔38〕のような形で表記した。

自伝的著作
・*Un pedigree*, folio, Éditions Gallimard, 2005
　引用箇所の頁については、(P. 83)のような形で表記した。

【第一章】

『小さな宝石』（二〇〇一年）

——忌避と愛着、あるいは母をめぐる物語

母との再会

作家自身の体験を強く反映しているせいだろうか、パトリック・モディアノの小説には、家族の交流・団欒といった和やかで打ち解けたイメージは極めて希薄である。それは、クリスマスの季節に主人公の女性テレーズ（Thérèse）が地下鉄駅で見かける広告イメージとは完全に無縁の世界と言ってよい（「一組の夫婦が、夕方の山小屋で、三人の金髪の子どもたちとテーブルを囲んでいる。ランプが彼らの顔を明るく照らしている。外は雪が降っている。クリスマスであろう。広告の上の方には、「ピュピエ、家族団欒のショコラ」と書かれていた」（24））。『小さな宝石』（*La Petite Bijou*）の場合も例外ではない。テレーズは、物語の最初から母親との緊密な繋がりをほぼ断ち切られているし、父親にいたっては、その名前や存在さえ最後まで定かではないのだ。もちろん、兄弟も姉妹もいない。母親がテレーズの叔父として引き合わせてくれたジャン・ボラン（Jean Borand）という親切な人物は登場するが、彼が実際どんな存在であるかは最後まで明らかにされない。

物語はテレーズがパリの地下鉄一号線のシャトレ駅で、母親のシュザンヌ・カルデレス（Suzanne Cardères）と思しき女性の姿を偶然見かけるところから始まる。まだ年少だったテレーズを一人残して失踪し、その後モロッコで死亡したと考えられていたシュザンヌが、偶然にも突然、娘の前に姿を現わすのだ。テレーズは一目でそれを母だと認識する（「母の顔とあまりに似ていたので、私はそれが彼女だと思った」〔9〕／「それが彼女だと確信した」〔10〕）。彼女は昔と少しも変っていなかった。それは間違いなく母だった。だが、テレーズは彼女に話しかけることができない。鑑識写真のような昔の彼女の写真を思い出したからだろうか。それとも、「左のこめかみと頬の部分にある傷跡」〔11〕が目に入ったからだろうか。ちなみに、モディアノの小説に登場する主要な女性人物には、しばしば二つの共通の特徴が付与される。一つは、事故などの影響による顔面の傷、そしてもう一つは、ダンサーのような足取り。シュザンヌもまさにその一人だが、彼女には、かつてダンサーをしていた時期に事故で踝を傷め、仕事を諦めなければならなかったという事情がある。これら二つの特徴には、間違いなく、「母親」――あるいは、「母親」的な人物――を指し示す徴証のような役割が与えられている。そして踝もまた、モディアノの小説にとって重要な意味を担う要素と思われる。それについては、また改めて触れることにしよう。

一九一七年生まれの母シュザンヌは、ダンサー・女優だったが、足部の負傷後は、野放図で荒れた生活を送っていた。年齢を偽ったり、書類を偽造したりするだけではなく、ずっと偽名（ソニア）や芸名（オドィエ）を使い、テレーズが再会した頃にはボレという、新たな偽名で生活していた。彼女は娘を見捨てた無情な母親といって、まず間違いないだろう。とはいえ、テレーズは偶然見かけた母親をあっさりと無視することができない。心の内では憎しみを覚えていても、どうしてもその存在に断ち切れない引っかかりを感じてしまうのだ。『小さな宝石』はそんな母娘の歪んだ関係と、その後の二人の生の軌跡を描いた「家族小説」——無論、幸福という概念とはかなり離れた「家族小説」——と言えるかもしれない。結局、地下鉄に乗った母の後を追い、駅を降りたあと彼女が立ち寄ったカフェ内の席で、テレーズは自らの気持ちを改めて確認しようとする。

私は彼女に話しかけてみたいとは少しも思っていなかった。彼女に関しては、いかなる特別な感情も抱いていなかった。さまざまな事情があって、私たちの間には人間的な心の優しさというものがなかったのだ。私が知りたいと思っていたのはただ一つ、モロッコで死んだとされてから一二年後に、彼女が結局どんな所に行き着いたかということだった。(20)

こうしたテレーズの思いには、長らく会っていなかった母親に対する家族・肉親としての感情はほとんど皆無である。彼女が言うように、そこには「人間的な心の優しさ」といった感情が完全に欠落しているからだ。だが、それでもなお、テレーズが今の自己を理解し、その後その自己と寄り添っていくには、この母親との失われた一二年間がどんなものであったかを、どうしても確認しなくてはならない。たとえ「失われたものは二度と見つからない」(30) としても、そうした行動がなければ、彼女の人生はモディアノが作品で多用する「定点」(le point fixe)、「指標点」(le point de repère)、あるいは「出発点」(le point de départ) といった表現に相当するものを見出すことができないだろう。それは決して生易しいことではない。失敗する可能性だって十分にある。だが、幼い頃自分を捨てた母親を憎みながらも、テレーズは再会した彼女を無視せず、シャトレ駅に姿を現わすのを待ち受け、彼女の住むヴァンセンヌに何度も足を運ばなければならないのだ。

次の晩もまた何日か、私は同じ道を辿りなおしてみた。彼女と最初に会ったのと同じ時間に、シャトレ駅で、ベンチに座って待ってみた。黄色のコートが現われるのを窺っていた。(24)

最初の週、私は一度ヴァンセンヌに行ってみた。次の週は二度。そして、それからまた二度。(25)

決然と断ち切ろうとしても、非情で不条理な母親の存在に強く引きつけられ、拘りを解くことができない娘。再会した二人には、いったいどんな結末が待ち受けているのか。母と娘の和解といった心和む光景は果たして現出するのだろうか。テレーズがシュザンヌと暮らしていた時代、そして二人がパリで再び遭遇してからの様子を追いながら、今二人の間で何が生じているのかを確認していくことにしよう。

「小さな宝石」としての娘、テレーズ

母シュザンヌと娘テレーズの関係には、最初から大きな問題があったわけではない。確かに、父親の不在という埋め合わせの利かない問題を抱えてはいたが、少なくとも娘が幼少の頃は、放置や虐待といった深刻な事態に至ることはなかったと思われる。シュザンヌにとってのテレーズは、自身を飾る可愛いアクセサリー、まさに「小さな宝石」〔母から娘に与えられた綽名〕のような存在だったのだ。シュザンヌには、テレーズが将来、彼女の後を継ぎ、（大）女優として活躍することを夢見る気持ちがあった。テレーズがこれから磨かれていくに違いない「小さな宝石」（la petite bijou）だとするなら、シュザンヌはいわば、当時彼女が身に付けていた「本物の堂々たる宝石」（des bijoux massifs）〔14〕だったわけである。つまり、二人は貴石のアクセサリーというイメージを介して、一心同体的な関係を取り結んでいたのだ。たとえ、それがシュザンヌ側からの一方的な思い入れに過ぎなかったにしても。

そうしたシュザンヌの執念は、彼女が出演した映画『射手たちの十字路』に、テレーズが娘役で出られるよう気を回すという行動となって現われる。娘を自らの分身のように、つねに身近に置いておきたかったからだ（「彼女の役は主役ではなかったけれど、彼女は、私が彼女の傍にいることに拘っていた」〔133-134〕）。この映画の存在が後々、テレーズにとって拭い去ることのできない心の傷

となることは容易に想像できるだろう。母親としては、たとえ自分の夢が潰えても、娘がその後を継ぎ、いつか大女優になると期待していた(「彼女〔シュザンヌ〕は挫折した。だが、次は私〔テレーズ〕が〈スター〉になる番だったのだ」〔91〕)。しかし、人生は意のままにならない。シュザンヌが怪我で舞台を去ることを余儀なくされたあと、「小さな宝石」テレーズは、結果的に、母の夢を叶えることができなかった。つまり、「本物の堂々たる宝石」になることはなかったのだ。

シュザンヌが踝に負った怪我はかなり重症だったと思われる。負傷後の彼女は、テレーズが幼少の頃に読んだ絵本『サーカスの老馬』に登場する、「怪我を負い、屠殺場に連れていかれる競走馬」(96-97)さながらだったに違いないからだ。ちなみに、絵本の表紙に描かれた一頭の黒い馬は、「首を垂れ、疲れた様子で、一歩進むたびに倒れてしまいそうな感じ。〔……〕馬具はコートと同じ色。〈黄色〉だった」(33)。言うまでもない。地下鉄駅で再会したとき、シュザンヌの着ていたコートの色である。

> 彼女〔シュザンヌ〕の人生の挫折と不幸は、あの踝に集中していたのだ。そして、仕舞にはそれが疼痛のように、確実に全身に拡がっていったのだ。今、私はそのことをよりよく理解できた。(143)

だが、奇しくも、娘のテレーズもまた小学校の生徒だった頃、母と同じく踝に怪我をしている。学校が終わり、迎えの人を待っているとき、「通りを渡ろうとして、小型トラックに撥ねられてしまった」(89)のだ。この「踝」を負傷するという偶然の出来事――むしろ、テレーズが何度も強調するように、「事故」と言うべきだろう――は、母と娘を繋ぐ運命の徴証のようなものとなっている。それは、あのオイディプス王(オイディプスは「腫れた足」を意味する)が父ライオスによって山中に捨てられるとき、両方の踝に金属を突き立てられたというエピソードを想起させる。踝に金属を刺すのは、まさに「捨て子」行為の象徴なのだ。『小さな宝石』では、父子の関係が母子の関係に移し替えられているが、シュザンヌとテレーズの間に生じる物語も、娘を捨てる母親という捨て子行為を共有している。踝の怪我は、たとえ不幸とはいえ、母娘の共通で緊密な関係を照らし出す一種の身体的な符牒として機能しているのだ。シュザンヌは具合が悪くなると、いつも娘だけを呼び、自分の踝を娘にマッサージさせたからだ。

> 思い出してみると、ブーローニュの森近くのあの大きなアパルトマンで、彼女〔シュザンヌ〕は気分が悪くなると、私だけを呼んだものだ。〔……〕彼女はクッションに横たわっていた。両手で顔を隠していた。そして私が来たのを耳にすると、いつも同じ言葉を口にした。「踝をマッサージしてちょうだい」(79-80)

余談になるが、負傷したあとの二人は、それぞれの薬品・薬物でときどきの痛みや悩みを和らげていくことになる。母はモルヒネ、そして娘はエーテルによって。主人公たちと「エーテル」の関係はモディアノの作品において特に重要だが、ここにもまた、二人の間に漂う母娘の親近性のようなものが現われているのかもしれない。では、このあと娘は、どのような行動に打って出るのか。母親と再遭遇したあとの、テレーズの反応と心の動きを観察してみることにしよう。

恐怖と執着

シャトレ駅で母親を見かけたあと、テレーズは何度となく母親の住むアパルトマンに足を運ぶ。本音を言うなら、彼女に向かって「私が「小さな宝石」と呼ばれていたのを憶えていますか?」(27)、「私のことを「小さな宝石」と呼んでいたでしょう。憶えているはずですが……」(27)と聞きたいところだろう。この世にたった一人しかいない実の母親なのだから。だが、事はそう単純ではない。母を訪ねてきたはずのアパルトマンの管理人に対してさえ、自分とシュザンヌが親子であることを、どうしても認めることができないのだ。

「ご家族の方ですか？」

そうですと答えるのが怖かった。過去の不運や昔の害毒を、また我が身に引き寄せるのが怖かったのだ。

「いいえ、全然そうではないんです」

私はかろうじて泥沼から抜け出した。

〔……〕

「あの方に会いにいらしたんですか？」

「いいえ」（68-69）

家族でもなく、会いにきたのでもないとするなら、いったい何が目的なのか。管理人でなくとも、おそらくそう考えてしまうだろう。だが、テレーズとしては、そう応える以外に術はない。たとえ嫌悪と恐怖の対象であったとしても（「私〔テレーズ〕にとって、運の悪さと嫌な思い出の行き着く先は、一つの顔、私の母の顔でしかなかった」〔113〕）、いや、逆にそうであるからこそ、彼女は母の現状を確認しなくてはならないのだ。テレーズは、あの「しかめ面で目を見開き、口元に泡を飛ばさんばかり」（69）の母親が目に浮かんだときにも、逃げ出さず、「窒息するような胸苦しさ」（76）に抗い、敢然とシュザンヌに立ち向かおうとする。

だが、私は最後まで上がろうと決心していた。〔……〕上がり続けて「死神騙し」〔シュザンヌの綽名〕のドアまで行ってやろう。彼女がドアを開けにくるまで、何度もぶっきらぼうにベルを鳴らしてやろう。そして、ドアが開いた瞬間、冷静さを取り戻し、平然とした調子で言ってやろう。「〔……〕まったく、どうかしてるよ……」。それから、彼女の顔が怒りで青ざめ、形相が変わるのを、冷ややかな目で観察してやるんだ。(76)

だが、そう勇ましく決意したところで、身体はやはり思うように動いてくれない(「私はベルも押さずに、ドアの前に立ち尽くしていた」(77))。関わりたくないと思いつつも、関わらずにはいられない彼女のアンビヴァレントな思いは、入口にセロテープで貼られた「ボレ」なる偽名を見たとたん、関わりたくないという方向に決定的に押し戻される。そうなると、テレーズは結局、嫌悪と恐怖の対象であるシュザンヌとの遭遇を回避し、その場から逃げるように立ち去るしかない。

私は戸口のマットに封筒を置いた。それから、すごい速さで階段を駆け下りた。各階の踊り場に着くたび、だんだん気持ちが軽くなっていた。危険から抜け出したという感じだった。中庭に出たときには、自分が息をつけることに驚いていた。固い地面の上を、安心できる歩道の上を歩けるなんて、どれだけ安らぎを感じたことだろう……。先ほどまでは、ドアの前で、一つでも身体を動かし、一歩でも前に出たら、泥沼にはまり込むのに十分だったのに。(78)

だが、こうした安心感も確たる保障として存在するわけではない。母の住居から首尾よく逃れ、電車に乗り込むやいなや激しい疲労感が生じ、先ほどと同じ不安感が押し寄せてくる。二度と関係したくないと思っても、「死神騙し」はなかなかその存在感を薄めてはくれない。自分とは関係ないと思えば思うほど、不安は募り、消し去ることが困難になるのだ。

車両に乗ると、私は座席に倒れ込んでしまった。アパルトマンから遠ざかる際に感じていた幸福感のあとに襲ってきたのは、極度の疲労感と落胆だった。「死神騙し」と呼ばれているあの女など、私とはもう何の関係もないし、また顔を合わせることがあっても、私のことなどきっと何も分かりはしないわ。そう思って自分を抑えようとしたが、だめだった。不安感を消し去ることはできなかった。乗り換えるはずだったナシオン駅も通り過ぎてしまった。呼吸するのがまた苦しくなってきたので、外に出て空気に当たることにした。(79)

その後も自分を捨てた母親の呪縛に強く囚われ、「幸福感」と「疲労感・不安感」の間で揺動しながら、テレーズはこの恐怖の対象（「死神騙し」）から何とか身を振り解こうとする。

> あの日曜日、昔は「ラ・ボッシュ」（「ドイツ女」）と呼ばれ、今は「死神騙し」と呼ばれている女のドアまで階段を上っていくなんて、決してしてはならなかったのだ。（83-84）

だが、それは決して容易なことではない。テレーズには、母親の存在を決然と無視することがどうしてもできないのだ。「小さな宝石」と呼ばれていた頃の平穏な記憶が浮かぶ一方で、母の呪縛が強烈な勢いで彼女の気持ちを雁字搦めにする。

> あいかわらず、街中でのあのパニック的な恐怖が私を襲い、朝の五時頃に私の目を覚まさせてしまう。これまでも長い間、すべてを忘れ、平穏な気持ちでいられた時期もあったのに。だが、母がまだ死んでいないとなると、私はもうどうしたらよいか分からなかった。（84）

母のアパルトマンを立ち去った後、胸苦しさから解放されようとリヨン駅で降りたテレーズは、付近の通りをあてもなく歩き続ける。するとそのとき、リヨン駅の大時計の文字盤が目に入る。それはまさに「運命の合図」（84）だった。彼女が母の呪縛から逃れることを決意する重要な契機、まさに「出発点」と言えるかもしれない。そのとき、彼女の頭に浮かんだのは〈関係を断つ〉（COUPER LES PONTS）という力強い言葉だった。

〔……〕〈関係を断つ〉必要があった。この言葉は突然浮かんだもので、頭から払いのけることができなかった。また少し勇気を与えられた。そうだ、〈関係を断つ〉時が来たんだ。でも、私は駅に向かう代わりに、ルドリュ＝ロラン大通りを歩き続けた。関係を断つ前に、終わりまで行ってみなければならなかった。「終わりまで」というのが何を意味するのかよく分からないままに。（85）

「終わりまで行ってみなければならなかった」という述懐には、母親との関係を遮断しようとする意志に抗して作用する執着のようなものが、依然強く感じられるかもしれない。だが、この日を境に、テレーズとシュザンヌの関係が大きく変わり始めるのは明らかである。彼女は「死神騙し」の呪縛から脱する道を、ようやく見出そうとしているのだ。

ジュリア・クリステヴァ（Julia Kristeva, 1941-）は『恐怖の権力』（*Pouvoirs de l'horreur. Essai sur l'abjection*, 1980）において、強固に緊密な母子一体型の関係から生じる、執着と反発の相互共存的な心作用を、「アブジェクシオン」（abjection）という用語で説明している。それは、母親との魅惑的な融合の快楽に身を委ねさせながら、同時に嫌悪をも誘発するこの「おぞましき存在」――クリステヴァはそれを「アブジェ／アブジェクト」（abjet / abject）と呼んでいる――を棄却することを意味している。少女時代「小さな宝石」と呼ばれ、母親の夢を一身に託されてきたテレーズ。そして、まさに母親の身を飾る宝石・アクセサリーのように扱われてきたテレーズ。シュザンヌの挫折と失踪、そしてパリでの再会後もなお、この「小さな宝石」というイメージは、そんな母親との緊密な結びつきを呼び覚ますものとして、彼女の心に長く住み続けることになる。だが、そうした呪縛も必ず取り除かれる日がやって来る。「私が「小さな宝石」と呼ばれていたのを憶えていますか？」（27）と、母に尋ねようとしていた気持ちはすっかり消え去り、「私は「小さな宝石」のことは忘れた方がよいのだ」（135-136）と決意することができるからだ。クリステヴァの議論を援用するなら、テレーズにとっての「アブジェ＝母親シュザンヌ」（おぞましいもの）は、こうして彼女の心から徐々に消失していくことになる。物語が終盤に近づくにつれ、母親シュザンヌの影は決定的に薄くなり、やがてテクストから完全に姿を消していく。それはまさに、娘テレーズによって為された「アブジェ」棄却の結果と考えてよいだろう。

「小さな宝石」そして、小さな少女

『小さな宝石』には、主人公テレーズの立ち位置と心情を照応的に映し出す物語が、入れ子構造のような形で仕組まれている。テレーズは職業案内所で紹介された、若い夫妻と一人娘の家族が住む家に通うことになる。業務は「子どもの世話」(une garde d'enfant)〔52〕。それはいわば、母親の留守中に、その役割を代わって演じる仕事と言ってもよいだろう。夫妻と面会した際の印象を案内所の人に聞かれたとき、彼女は単純に「いいご夫婦ですね」(55) と答えるが、相手はその答えに驚いた様子を示す。相手の反応の意味は、その後徐々に明らかにされていく。

先ず、一家の姓はヴァラディエ (Valadier) というのだが、妻のはずの女性は、テレーズが「マダム」と呼ぶのを拒み、「ヴェラ」(Véra) と呼ぶよう要求する。だが、そこには明らかに違和感が漂っている (「マダムなんて呼ばないでください。……ヴェラと呼んでください」。彼女は、その名前を勝手につけてしまったかのように、かすかな躊躇(ためら)いを示した〔57〕)。家族が初対面の人間と顔を合わせる際、はたしてこのようなことを要求するだろうか。確かに最初に自己紹介するときは、「マダム・ヴァラディエです」と名乗った。しかし、彼女は「マダム」という表現が「彼女と呼応していないようで」(55) 困惑しているように見えた、と語られるのだ。

こうした違和感は、家の至る所からも感じ取られる。この一家は「まるで仮住まいをしているような様子」(55)であり、広々とした応接間には、「長椅子と肘かけ椅子一つの他、家具が一切見当たらない」(55-56)。無論、「真っ白な壁には、絵一枚掛かっていない」(56)。娘の部屋はさらに異様だ。三階にあるその大きな部屋は、明らかに子ども用のものではない。子ども用にしては、大きくて豪華過ぎるベッド。近くのガラスケースの一方には、「幾つかの象牙製のチェスの駒」(56)が並べられている。どう見ても子ども部屋ではなく、俄作りに設えられた、「家族」を装うための舞台装置としか思えない。この家には、日々の家族生活を感じさせる匂いのようなものが、完全に欠如しているのだ。

最も不思議なのは、ヴァラディエ夫妻が自分たちの娘であるはずの相手をつねに「おまえ」(Tu)か「彼女」(Elle)と呼び、一度もその名前を口にしないことだ。「小さな宝石」に呼応する存在であるかのようなこの「小さな少女」(la petite)には、結局最後まで名前が与えられることはない。

あれから何年も経ってしまい、彼女の名前が何であったかを、私自身ももう言うことができない。私は忘れてしまったし、はたして名前を知っていたかどうかさえ訝しく思うようになった。(108)

ヴェラの夫ミシェル(Michel)もまた、限りなく胡散臭い。ヴェラが夫の部屋にテレーズ一人を残して出ていったとき、好奇心に負けたテレーズは、ミシェルの机の引き出しをこっそり開けてしまう。引き出しは一つ以外すべて空だったが、空でない引き出しには、自宅とは違う住所が印刷された「ミシェル・ヴァラディエ」という名刺が数枚散らばっていた。後にテレーズの疑念は確実になる（「あれは本当に彼らの家だったんだろうか？」（117））。二人ははたして本当に夫婦だったのか。そして、あの「小さな少女」は……。

妻のヴェラには、夫に知られてはならない秘密もある。夫の留守中にやってきて、人妻と情事を行なう若い男の存在だ。だが、ヴェラはそれをテレーズに目撃されても、寝乱れたベッド、酒瓶やグラス、脱ぎ散らかした下着などの片づけを平然と彼女に押しつける。それは明らかに、彼女が任された「子どもの世話」という業務内容から著しく逸脱している。「いいご夫婦」というテレーズの評価は、ここに至って完全に崩壊する。最初から違和感を覚えていたとはいえ、この一家は最悪の家族だった。いや家族でさえなかったのかもしれない。テレーズは改めて確信する。

でも、私はほとんど幻想を抱いていなかった。あの二人は「ラ・ボッシュ」と同じくらいしぶとかった。それは最初から感じていた。ヴェラの方はすぐに分かった。彼女は偽名を使っていた。私の考えでは、夫の方だってミシェル・ヴァラディエではなかったのだ。既に幾つもの名前を使ってきたに違いない。それに、名刺には自宅と違う住所が書かれていた。彼は妻よりもさらに狡猾で危険だったのではないだろうか。（117）

ヴェラがテレーズに、自分を「マダム」と呼ばないよう要求したのは、彼女がミシェルの妻ではなかったからかもしれない。そもそも、彼らの生活には一緒に食事をしたり、楽しく話をしたりするといった、心和む家族団欒の場面が決定的に欠けている。妻には愛人らしき男さえいる。夜、娘を一人残し、車でどこかに出かける際の二人にも、夫婦らしき様子は微塵も見当たらない（「彼らは互いに少し距離を置いて歩いていた。黒い車のところに来ると、妻は後部座席に乗り、夫は彼女のお抱え運転手のようにハンドルを握った」〔122〕）。この夫妻は他人に見せているのとは明らかに違う顔を持っている。つねに敵意や不満に満ちた生活を送っているのだ。そして、娘はそんな二人の振る舞いを恐れながら、どこかでそれに慣れてしまっている。そうするしか、自分を護り保つ術がないからである。テレーズが少女の家に行くごくわずかな時間を除き、彼女はたぶん想像もできないような孤独に追いやられているに違いない。周りにはたとえ平穏で素敵な家族に見えたとしても、この一家は既に「家族」の名を逸していると言って過言ではないだろう。自称ヴァラディエ夫妻は、この「小さな少女」にとって、まさに立ち向かわなければならない大きな敵のような存在に他ならないのだ。

この小さな少女は、この二人の人間に敢然と立ち向かっていかなくてはならないだろう。長らく刑罰を免れてきた犯罪者にときどきそれと同じものを目撃して驚くように、二人とも笑みを浮かべ、すべすべした顔をしていた。（113）

結局、この一家はテレーズにとって永遠の謎のまま留まることになるだろう（「あの人たちのことは決して何も分からないだろう。彼らの本当の名前も、本当の名字も〔……〕」〔122〕）。彼らはある日忽然とテレーズの前から姿を消す。彼女が最後に郵便局から送った彼ら宛の手紙は、決して読まれることなく、ドアの下に差し挟まれたまま残される。

だが、この一家がテレーズにとってどれほど胡散臭く謎めいていたとしても、「小さな少女」だけは彼女にとって、他に代えがたいほど大切で特別な存在だった。この少女は幼き日のテレーズそのものだったからだ（「少女は？　彼女だけは少なくとも、私にとって謎ではなかった。私には彼女の感じていることが想像できた。私もほとんど、同じタイプの子どもだったから」〔122〕）。改めて指摘するまでもなく、テレーズとこの「小さな少女」の類似性・親近性は、出会いの瞬間から何度となく指摘され、強調されている。テレーズの物語に入れ子構造のように組み入れられた少女の「物語」は、いわばテレーズの生を浮き彫りにする「物語内物語」のような役割を果たしているのだ。

テレーズは、少女の家の最寄り駅に初めて降り立ったときから既に、自分がお馴染みの場所にいるという感慨に囚われ、不安に襲われている（「私はこの界隈を知っていた。〔……〕だから既に見たことがある感じ（déjà-vu）がしたのだ。〔……〕進むにつれて、そうした感じがますます強くなり、最後には不安になっていた」〔54〕）。そして、家族と対面した後、家の向かいにある動物園沿いの遊歩道を少女と一緒に散歩する際にもまた、同じような感覚に包まれるのだ。今度は場所ではなく、少女から伝わる優しい親密感である（「少女は黙っていたが、私を信頼していて、初めて一緒に散歩しているという様子ではなかった。そして、私もまた彼女をよく知っていて、既にこの道を彼女と一緒に辿ったことがあるような気がした」〔56〕）。テレーズに自身のことを想起させるものは他にも存在する。真偽のほどはともかく、少女の母ヴェラはかつて、テレーズが今住んでいるブランシュ広場の近くにいたことがあると言い、別れ際に「ムーラン＝ルージュに宜しく」（60）と囁くのだ。この言葉は、かつて女優だったテレーズの因縁の母シュザンヌを連想させる。それだけではない。ヴェラもまた、かつてのシュザンヌを思わせるその「しなやかな足取り」（60）で、テレーズの注意を引きつけるのだ。

奇しくも出会ってしまった少女とテレーズ。心身両面に関わる彼女たちの融合は、最初に顔を合わせた瞬間から既に始まっている。彼女たちは、互いによく似た体験を積み重ねてきたのだ。今や、テレーズと少女は同一の存在といってもよいだろう。何を仕事にしているか不明な自称ミシェルという男。ほとんど母親らしき世話をせず、娘を一人置き去りにして平然と外出する、こちらも自称ヴェラという女。それはまさに、テレーズと父母の関係をなぞっているように見える。そして、テレーズと少女を取り巻く空気は、二人の相同性を強調するように、「同じ」（même）という形容詞の反復によって表現されている（「私たちの周囲の静けさは、私が同じ時刻、そしてこの少女と同じ年頃に、フォソンブロンヌ＝ラ＝フォレ〔テレーズが少女の頃、母親シュザンヌと暮らした場所〕で味わっていたのと同じものだった」〔59〕)。かつて「小さな宝石」と呼ばれていたテレーズと、この「小さな少女」の緊密な相同性を示す表現はテクストの随所に確認され、まさに枚挙に暇がない。幾つか例を示しておこう。「私もまた、この少女の年頃には、大人みたいな字を書いていた気がする」(59)／「〔……〕私は、既にこれと同じ道を辿ったことがあるような気がした。〔……〕つい先ほど、少女の部屋でも同じ気持ちを味わった。これまで忘れようとしてきたこと。というか、眩暈に襲われるのが怖くて、後ろを振り向かないようにしている人みたいに、私が考えまいとしてきたこと。そうしたことすべてが、少しずつまた姿を現わそうとしていた。そして、私には今、それと向き合う準備ができていた」(62)／「〔……〕少女は両親のもとにもう戻らないだろうと、私ははっきり感じた。私は彼女のことを理解していた。私には、それが物事の理だとさえ思えていた」(63)／「彼女〔少女〕は家に一人残され、電気をつけたまま眠ったに違いない」(65)／「私もまた、彼女と同じ歳の頃、家に帰りたくなかった」(114)／「あの何もない広い部屋、そして大き過ぎるベッド〔……〕空っぽなすべての部屋。それらは私に、少女と同じ歳の頃、母と一緒に暮らしたアパルトマンを思い出させた」(115)。こうして、一つの判然とした光景のなかで、二人は見分けがつかないほど完全に重ね合わされる。

もしかしたら、これから二〇年後、この少女は、私のように、両親と再会するかもしれない。夕方、

ラッシュ時に、乗り換えの表示された、あの同じ通路で。(63)

彼女〔ヴェラ〕はひょっとして、近い将来のことを考えていたのかもしれない。〔……〕娘が成長したときのことを、そして、黄色いコートを着た自分が、地下鉄の通路を永遠にさまよい歩くようになる日のことを。(119)

今の自分の姿が、二〇年後の少女の境遇を予兆している。だが、それは決して不幸であってはならない。この少女と出会うことで、テレーズは今、重大な決意を噛みしめているからだ(「私には今、それと向き合う準備ができていた」)。地下鉄駅でシュザンヌを見かけ、懊悩に身を委ねてきたテレーズが、それとほぼ同じ時期に少女と出会うのは、偶然というより、むしろ宿命のようにも思える。二人はいわば、出会うべくして出会うよう運命づけられていたのだ(「それは私がシャトレ駅で母親らしき人を見かけてから、二、三週間後のことだった」(63))。

この出会いによって変わるのはテレーズだけではない。少女の方もまた変化する。両親と思しきヴァラディエ夫妻に対しては恐怖心さえ示している彼女も、テレーズには最初から親密な態度で接してくる。少女はテレーズを、まさに「家族」の一員、もしくは本当の「母親」のように感じているようにも見える。そして、そうした気持ちを伝えるかのように、少女は自分から進んでテレーズの手を握り、夢中で彼女に寄り縋ろうとする(「少女は私に近寄っていた。そして、暗闇のなかを案内してもらいたい人のように、私の手を取り、強く握りしめていた」〔121〕)。テレーズに真剣に心を向けようとする少女。テレーズの方もそれに真摯に応えてあげたいと思う。対照的なのは、ヴァラディエ夫妻だ。彼らの関心が娘に向けられることはまずない。それは、ミシェルの態度を見ただけで一目瞭然だ(「自分の娘の話をしているのに、彼はまったく娘に関心がないように見えた〔……〕〔112〕」)。そんな状況にある少女を、テレーズが自分の部屋に連れ帰りたいと思うのは、当然だろう(「彼女が一晩過ごせるように、私の部屋に連れ帰ってみようかと考えていた。そして、彼女の方も私の考えを見抜いていた」〔64〕)。テレーズも少女も、これまで同じ境遇に身を置いてきた。親に何の関心も抱いてもらえないまま、一人、孤独のなかに取り残されてきたのだ。

だが、彼女たちが、一緒にテレーズの部屋に行くことはない。もはや「一斉検挙で逮捕されたばかりの、途方に暮れた怪しいカップルでしかない」〔120〕ような、自称ヴァラディエ夫妻が、少女と共にある日突然、テレーズの前から姿を消してしまうからだ。この決して幸福とは言えない物語内物語は、自分のそれまでの生を反復的に体験し、見つめ直す機会をテレーズに与えてくれる。それは多分、彼女にとって、一種のトラウマ的体験と言ってよいほど残酷で強烈なものだったに違いない。だが、この少女との束の間で掛け替えのない出会いは、母親シュザンヌとの因縁を断ち切り、今後の人生に踏み出すための契機——まさに「出発点」——を与えてくれたように思われる。彼女が最後にヴァラディエ夫妻に宛てた手紙は、シュザンヌがモロッコから娘に書き送ったかもしれない手紙のように、永久に彼らのもとに届くことはない（「手紙はまさにあの犬〔かつてテレーズと一緒の頃、シュザンヌが飼っていた犬〕のように、見失われてしまったのだ」〔167〕）。テレーズは今まさに、あの「小さな宝石」だった自分を、母親とともに「棄却」しようとしている。母シュザンヌが、娘テレーズの可愛がっていた犬を、森のなかに打ち捨てたように。

森の闇中に捨てられた、黒いプードル犬

パトリック・モディアノは「犬」のイメージを巧みに利用し、テクストの基調を読者に伝えることに秀でている。この物語の結末付近まで、見失われたものの象徴として登場し続ける「犬」は、シュザンヌとテレーズの関係を視覚的・感情的に指示するものとして、その役割を果たしている。モディアノは、猫派ではなく、いわば犬派なのかもしれない。ちなみに、スイユ社のポワン版『春の犬』（*Chien de printemps*, 1993）では、頭部の見えない大きな黒い犬の写真、そしてガリマール社のフォリオ版『血統』（*Un pedigree*, 2005）では、白黒と思える愛くるしい子犬の写真が、その表紙を飾っている。

母シュザンヌを地下鉄駅で見かけて跡をつけ、驚愕と絶望の思いでパリ市内に戻ったテレーズは、意を決して飛び込んだ薬局で薬剤師の女性に救われ、思わず泣き崩れる。そしてその際、最初に心に浮かぶのが、まさに「犬」のイメージなのだ(「私は泣き崩れた。自分にそんなことが起こるのは、あの犬が死んで以来のことだった。それはもう一二年ほど前のことになる」〔87〕)。「あの犬」とは、テレーズがまだ少女だった頃、母シュザンヌがブーローニュの森で見失った——事実上は、「遺棄した」——一匹の黒いプードル犬のことだ。この出来事は、テレーズが大人になっても、強烈な「トラウマ」のように、彼女の脳裏に浮上し続ける。

ある一一月の晩、一匹の犬がこの森で姿を消し、そのことが、私を一生苦しめることになる。思いがけないときに。眠れない夜に。そして一人寂しく過ごす日々に。(123)

それは他ならぬ、シュザンヌが飼っていた、名もない黒犬だった。ある夕方、テレーズが学校から帰ると、家に犬の姿が見当たらない。犬を散歩に連れていくのは、いつもテレーズだった。だが、その日は母親が連れ出し、やがて残された首紐だけを持って戻ってきた。母親は、何事もなかったかのように平然としていた(「彼女の声はとても冷静だった。悲しそうには見えなかった。いなくなったことを、当然と思っているようだった。〔……〕彼女の口調があまりに冷静で、無関心だったので、彼女は別のことを考えているのだと感じていた」(127)。飼っているというのは明らかに建前で、シュザンヌにとって犬などどうでもよかったのだ。犬は娘のテレーズと同様、単なるアクセサリーに過ぎなかった。つまり、不要になったらいつでも捨てられる、安物の装飾品のようなものだったということだ。

実際、テレーズと捨てられた黒犬は、幾度となく同質・同一のものとしてイメージされている。シュザンヌが「怪我を負い、屠殺場に連れていかれる競走馬」(96-97)だったとするなら、テレーズはまさに「サーカスの哀れな小動物、プードル犬」(91)、「宝石のように見せびらかすことのできる、別の犬」(133)、「芸を仕込まれた犬」(145)だったのだ。野犬の例を別にすれば、犬は一般的に、家庭で飼われる愛玩動物である。いわば平和な家族の象徴とも言える存在だ。だが、犬はテレーズにとって、いつか家族から締め出されるもの、そして平然と闇中に打ち捨てられるものに過ぎない。そして、それはまさに、彼女自身の姿でもあるのだ。だから、犬のことを考えると、いつも彼女は不安に襲われてきた(「とりわけ不安だったのは、犬が姿を消した区域の「動物園」の付近で、森に沿った道を歩くことだった」(153))。母が遺棄した犬。「ブーローニュの森の真んなかで、闇のなかに消えていった犬」(127)。その姿を思うと、いつも胸が塞ぎ、悲しみの淵に突き落とされる。時を経た今、彼女は明確に理解する。あの黒い犬は、まさに自分自身だった、と。そして、その意識は、シュザンヌに対する「殺意」同然の言葉として、決定的な形で言説化される。それはまさに、母シュザンヌの最終的な「棄却」を予兆する言葉と考えてよいかもしれない。

私はあの晩、夜間ずっと明かりをつけっぱなしにした。それからも毎晩、そうした。もはや、私から恐怖が離れることはなかった。犬の次は私の番ではないか、と思っていた。

奇妙な思いが心を過っていた。それはあまりにも混乱していたので、それが明確になり、言葉にできるまで、一〇年ほど待たなくてはならなかった。地下鉄の通路であの黄色いコートの女と出会う少し前のことだが、ある朝、目覚めたとき、忘れてしまった夢の名残のようなので、自分にも理解できそうにない言葉が、口をついて出てきた。〈あの犬の復讐をするためには、ラ・ボッシュを殺さなければならなかった〉。(129)

犬は、幼少のテレーズが心を許せる唯一の存在だった。一緒によく近くの通りを散歩したし、寝るときには、いつもそばにいてくれた。酷薄非情に暗闇のなかに遺棄された犬。それは、同じような境遇に晒され、その後捨てられることになるテレーズにとって、いわば「同士・同類」のような存在だったに違いない(「あの犬のことを考えてあげられるのは、私しかいなかった」(127))。「ラ・ボッシュを殺さなければならなかった」という直截的な述懐は、この物語の根底に潜む、象徴的「母親殺し」の決然たる表明と見なしてよいだろう。

先に、ヴァラディエ一家をめぐる物語を「物語内物語」と表現したが、犬に纏わる話題は、この家族のなかにも登場する。彼らが、テレーズ自身と家族の雛形らしきものとして読める以上、「犬」の登場は、ある意味自然とさえ感じられるかもしれない。愛人らしき男との情事があった日、ヴェラはテレーズに突然こう話しかける。「娘のことで、あなたに話しておきたいことがあるの。あの子、犬を飼いたがっているの」(112)。「犬」という言葉を耳にしたとき、テレーズの気持ちは激しく揺れ動く。それはまさに、自分を「一生苦しめることになる」(123)と述懐されている、「犬」に関する話題だったからだ。自分が少女だった頃、犬は確かに、心を許し合える唯一の友であり同士だった。しかし、シュザンヌがブーローニュの森に黒犬を遺棄してから、「犬」はテレーズにとって、拭い去ることのできない「トラウマ」となる。「犬」はそのときから、自己自身の外傷的心象と化してしまったのだ。しかしながら、彼女には、自己の分身的存在とも言うべき少女の願いを、無下に打ち捨てることもできない。両親は無論、犬を飼うことに有無を言わせず反対する。理由はさまざま。夫妻は口々にそれを娘に説明する。「犬ってとても可愛いわ……でも、とても汚いのよ」/「ママの言うことは正しいよ……家で犬を飼うなんて、本当にいいことじゃない……」/「大きくなったら、好きなだけ飼えばいいわ……でも、今、ここでは駄目だわ」(119)。最後に口にされる夫ミシェルの言い訳(「犬と一緒だと、病気がうつるぞ、分かるだろう……」。それに、犬は噛みつくしな」(119))は滑稽でさえある。その直後に続く、「今や彼の視線は定まらず、話し方もおかしかった。まるで遠くから警察がやって来るのを目にした、もぐりの大道商人のようだった」（119-120）という一節からも連想されるように、「犬は噛みつく」という表現は、警察が犯罪者を追及する場面をイメージさせるからである。それは、この夫婦らしき二人が、胡乱な犯罪者的存在であることを明確に仄めかしている。少女の思いを痛いほど承知しているテレーズは、仕方なしに、犬の件を夫妻に話すことを約束する（「ご両親に話してみるね。最後にはきっと理解してくれると思うよ」〔117〕）。だが、テレーズには最初からそれが不可能だと分かっている。娘の扱いをはじめ、この夫妻の仕草・行動には、愛玩動物を愛でる「家族」の匂いを、少しも感じることができないからだ（「少女は私に微笑んだ。私を信頼しているようだった。私がきっとヴァラディエ夫妻を説得できると思っていたのだ。でも、私はほとんど幻想を抱いていなかった。あの二人は、「ラ・ボッシュ」と同じくらいしぶとかった」〔117〕）。この後、ヴァラディエ一家が犬を飼うことは、絶対にないだろう。彼らは、まさにブーローニュの森の闇中に消えたあの犬のように、テレーズの前から忽然と姿を消してしまうからである。おそらく偽のこの夫婦は、つねに「犬に噛みつかれる」（すなわち、逮捕される）危険のある、無法の輩だったに相違ない。

モロー＝バドマエフと女性薬剤師

『小さな宝石』には、テレーズに過去の少女時代を追体験させ、自身の置かれてきた状況を再確認させてくれる「小さな少女」の他に、彼女の行く末にとって欠かすことのできない人物が二人登場する。いずれも、その後の彼女の生き方に決定的な影響を及ぼす重要な存在だ。一人はパリの、とある書店で知り合う、自称モロー＝バドマエフ（Moreau-Badmaev）という青年。そしてもう一人は、作品中では名前を与えられていない女性薬剤師。これら二人の人物はどのような形で彼女と接し、彼女の未来と関わっていくのだろうか。先ずは青年モロー＝バドマエフの方から見ていくとしよう。

テレーズがバドマエフと出会ったのは、地下鉄駅で母シュザンヌを見かける少し前のこと。パリに親しい友人も知人もいない彼女にとって、男性――それも、見知らぬ男性――と話をするなど、あまりに予想外のことだった。駅で別れるとき、微笑みながら「また会える？」と聞いた後、彼が口にした提案に、彼女は言い知れぬ驚きを覚える。

「そうして、二人で物事をもっとはっきり見てみることにしよう」

その言葉は、私をとても驚かせた。まるで心の内まで読み取られているようだった。そうだ。

私は物事をもっとはっきり見てみたいと思う人生の時期に、辿り着いていたのだ。(35)

テレーズがこの後、時を経ずしてシュザンヌを目撃することには、偶然という言葉では説明し切れない、人生の機微、あるいは因縁のようなものを感じることができる。テレーズは、出会ったときから、青年に対し何の違和感も覚えていない。二人はまさに、出会うべくして出会ったのだ。青年はその後も、彼女とつねに真摯な態度で接してくれる。そして、彼女の言葉を真剣に受け止めてくれる。「本当は人生で何を探し求めているの?」(37)と、突然真面目な質問をされたときにも、彼女はきちんと答えなければならないと思う。そして気づくと、彼女はこう答えているのだ。「私が探し求めているのは……、人との〔人間らしい〕接触(des contacts humains)なんです」(38)。彼女が気力を奮い起こして発したこの言葉には、疑いなく、先日シャトレ駅で遭遇した母シュザンヌの存在が深い影を落としている。バドマエフの提案から生じた、「私は物事をもっとはっきり見てみたいと思う人生の時期に、辿り着いていたのだ」というテレーズの述懐には、母シュザンヌと共有したかつての人生、そしてこれから先の彼女の人生に対し、はっきりと自らの立ち位置を決定しなければならないという信念が強く滲み出ている。

シャトレ駅の動く歩道のような、規則正しい滑走のなかで、何も代わり映えのしない日々が続いていた。果てしない通路に沿って運ばれ、歩こうとする欲求さえ起こらなかった。ところが、次の晩、私は突然、黄色いコートを見かけることになるのだ。最後には私も紛れ込んでいた、あの見知らぬ人々の群れから、一つの色が浮かび上がるだろう。そして、私が自分自身のことをもう少しよく知ろうと望むなら、その色を見失ってはならないだろう。(38-39)

先にクリステヴァの議論を援用しながら、母親の「棄却」という精神行為について触れたが、それは無論、母親を身体的にこの世から排除することではない。それは、過去からの呪縛を搦め捕り、未来に踏み出すために必要な、象徴的通過儀礼のようなものなのだ。だが、それは決して、口で言うほど簡単ではない。それには先ず、心から信頼できる第三者の存在が必要とされるからだ。青年バドマエフは、まさにその第三者と言ってよいだろう。また、第三者は、とりわけ言葉に対して、繊細な感受性を備えていなければならない。精神的な「棄却」行為は、つねに言葉を介して執り行なわれるからだ。ラジオ放送の外国語翻訳を仕事にし、二〇もの言語に通じているバドマエフは、この点でも適任と考えられるだろう。さらに言うなら、第三者は、テレーズにとって「近しさ」と同時に、「距離」を感じさせる人間でなければならない。そして、それについてもまた、バドマエフは申し分のない存在と言えるだろう。

そんな事を言ったかどうか、私はもう覚えていなかった。でも、私が発した言葉を大事に思ってくれたことが嬉しかった。ごく月並みな言葉だったのに。
〔……〕
その瞬間、彼〔バドマエフ〕は物静かで、声も優しかったけれど、私と同じくらい不安そうに見えた。(38)

「ファーストネームはやめてくれませんか。ただ短く、バドマエフと呼んでくれませんか。もしよければ、モローでもいいですよ」。この言葉には驚かされたが、後から考えてみると、それは自分を守り、相手と距離を保とうとする意思の現われだと思えた。彼は人々とあまり親密な関係を作りたくなかったのだ。もしかしたら、何かを隠していたのかもしれない。(39-40)

バドマエフとの出会いは、テレーズが自身の過去を想起し、見つめ直すための決定的な契機を与えてくれる。彼と出会ってからの彼女は、自身のことを「言葉」によって、以前より積極的に相手に伝えるようになるからだ。二人はまるで、精神分析のセッションにおける分析者と被分析者のようでもある。モディアノはさまざまな感情を特定な「色」によって演出することがよくあるが、テレーズがバドマエフと共にいる場面では、つねに「緑」が優勢である。それは、バドマエフがラジオの外国語放送を聴く際、ライトに灯る色だが、テレーズはこの「緑色」を見ているとき、限りなく落ち着いた気分になれる。彼女にとって、「緑」は「安心」の色なのだ（「〔……〕私の気持ちを静めてくれる緑の燐光」〔133〕／「私は、その緑のライトを目にして嬉しかった。何故か分からないが、それは私を安心させてくれたのだ」〔146〕）。彼女がそれまでの過去を何もかもバドマエフに打ち明けてしまおうと思うときも、この「緑」のライトはもちろん、二人の前で輝いている。

バドマエフはラジオの音量を落とした。でも、緑のライトは相変わらず灯っていた。

「元気がないようだね」

とても注意深く見つめてくれていたので、女性薬剤師の人と一緒にいるような安心感を覚えた。彼にすべて話してしまいたかった。ブーローニュの森で小さな少女と過ごした午後のこと、ヴァラディエ夫妻のこと、クストゥー通りの自分の部屋に戻ったことを、彼に話してしまった。そして、一二年ほど前、永遠に居なくなってしまった犬のことも。彼はその犬の色を私に尋ねた。

「黒だったの」（131）

そして、これに続くバドマエフの問いかけが、テレーズの抱えてきた最も深刻な問題に話を向けさせることになる。

「それで、その後お母さんと犬の話はしたの？」

「そのとき以来、彼女とはもう会っていないの。モロッコで死んだと思っていたの」

そして私は、地下鉄で出会ったあの黄色いコートの女のこと、ヴァンセンヌの大きな建物のこと、「死神騙し」の部屋の階段や、ノックする気になれなかったドアのことを、バドマエフに打ち明ける気持ちになっていた。（131-132）

この会話を皮切りに、テレーズはシュザンヌとの過去の生活を、細部にわたってバドマエフに語って聞かせる。彼女の足枷となってきた心の問題が、その内心を離れ、他者の領分に達する瞬間だ。その仕草には、すべてを打ち明け、過去の自分から今すぐ脱したいと願う彼女の気持ちが集約されている。とはいえ、まさにそうした瞬間にも、母シュザンヌの影が彼女の意識から消え去ることはない。緑色のライトが灯るバドマエフの安心できる部屋にいても、何故かそこが母の部屋に似ていると考えてしまうからだ。彼の住居に初めて行ったとき、彼女はその建物を、今母親が住んでいるヴァンセンヌのアパルトマンのように感じるし、部屋に入ったときもまた、それと同じ感覚を味わうのだ（「少し後で、初めて母の住居まで跡をつけていったとき、彼女の部屋からの眺めも、このモロー＝バドマエフの部屋からのそれと同じに違いない、と私は確信していた」〔42-43〕）。だが、それと同種の出来事は、テレーズ自身にも生じている。パリ市内に部屋を探すとき、彼女が選んだのは、かつてシュザンヌが暮らしていたのと同じ場所だったからだ。自分を捨てた人間の住んでいた部屋に住むとは、いったいどういう心境だろうか。それについては、彼女自身も自問している（「別の地区で、別の部屋を選ぶこともできたのに、どうして、この部屋を借りてしまったんだろう」〔49-50〕）。母の「棄却」を望むテレーズが、かつてその母が住んでいた場所に立ち戻ってくる。それはいったい、どういうことか。それはおそらく、「棄却」という行為が、口で言うほど単純なものではないということだ。「棄却」とは、ただ闇雲に忌避する相手やものを遠ざけるだけでは完遂され得ない。それは再び原点に立ち返り、過去と現在、そして現在と未来の間で——バドマエフから彼女に手渡された本のタイトルに倣えば、「人生の狭間で」——今の自分を見つめ、その後の生き様を決定することを意味している。つまり、「棄却」という行為には、その対象である相手と速やかに縁を切ることではなく、直接的・間接的にもう一度対面し直すという契機がどうしても不可欠なのだ。そして、その契機を示唆しているのが、モディアノが頻用する「定点」あるいは「出発点」という言葉に他ならない。

バドマエフが重ねて口にするのも、この「定点」という言葉だ（「問題は、定点を見出すことなんだ……」〔38〕／「人生がそうして永久に浮遊するのを止めるには、定点を見出さなければ……」〔39〕）。では、テレーズにとっての「定点」とは、いったいどこなのか。それはパリ九区、ブランシュ広場に隣接するクストゥー通り一一番地（この場所には、他のモディアノ作品でも、重要な役割が与えられている)、つまり、テレーズが再び住処に選んだ場所である。

私は出発点に立ち戻っていた。というのも、この住所は母の住所として、私の出生証明書に記載されていたからである。それに、私も生まれてごく最初の頃は、多分ここに住んでいたのだ。ある晩、モロー＝バドマエフが家まで私を送ってくれたとき、彼にそのことを話してみた。すると彼は言った。

「それでは、昔の家族の家(vieille maison de famille)をまた見つけたんだね」

そして、私たちは二人とも大笑いした。(48)

テレーズが笑っている。母親に対し、あれほど複雑な思いを抱き続けてきたテレーズが、その母親が話題になった際、大きな声で笑っているのだ。そして、バドマエフはそのとき、母娘が一緒に住んだ家を「昔の家族の家」と表現している。それはまさに「家族の家」なのだ。テレーズの思いが、このバドマエフの言葉と呼応し、過去のしがらみから解放される瞬間だ。「赤」が混じってはいるものの、クストゥー通りの部屋もまた、バドマエフのラジオのライトと同じ、あの「緑」色に照らされている。

夜になると、クストゥー通りを下った所にあるガレージの標識灯が、私のベッドの上の壁に、赤と緑の光を投げかけていた。気にならなかった。逆に安心だった。誰かが私を寝ずに見守ってくれていたのだ。多分、赤と緑の光は遙か遠くからの合図、母がこの部屋にいて、このベッドに私のように横たわり、眠ろうとしていたあの時代からの合図だったのだ。標識灯は灯り、消え、また灯る。そして、私をあやし、眠りのなかにそっと滑り込ませようとしていた。別の地区で、別の部屋を選ぶこともできたのに、どうして、この部屋を借りてしまったんだろう。でも、もしそうしていなければ、心臓の鼓動のように規則正しい、この赤と緑の合図は存在しなかっただろう。私は結局、この合図だけが過去の唯一の痕跡だと自分に言い聞かせていた。(49-50)

バドマエフとの対話から徐々に生まれる、母への苦しくも穏やかな(アンビヴァレントな)感情は、夜間、クストゥー通りの部屋壁に出現するコントラストのように、「赤」と「緑」で織り成されている。この二色は、まさに「忌避」と「愛着」のように、テレーズのなかで灯り、消え、また灯る。だが、今、人生の「定点・出発点」に立ち戻った彼女には、以前のような懸念や躊躇いはほとんど感じられない。バドマエフと共に大声で笑うテレーズには、人生と折り合うことを学び始めた彼女の心境が、何よりも雄弁に現われている。

女性薬剤師のことに話を移そう。テレーズは、母の住むヴァンセンヌからパリ市内に立ち戻る途中、女性薬剤師と出会うことになる。それはまさに、母との関係を断とうと決意した直後のことだった。胸苦しさを覚えた彼女は、外の空気を吸おうと降り立ったリヨン駅の辺りで、偶然、その象徴的とも言える「緑」の光を目にする。彼女は縋るようにして、その方向に進んでいく。それは一軒の救急薬局の標識灯だった（「向こうの、左側の歩道の上に、薬局の標識灯の光が見える。また暗がりのなかに戻るのが怖かったので、それから目を離さないでいた。標識灯が緑の光で輝いている限り、まだそれを頼りに進んでいけた。そこに辿り着くまで、まだその光が灯っているよう願っていた」〔85〕）。そこにいた薬剤師（彼女には、あの「小さな少女」のように、名前が与えられていない）の顔は、まさに「死神騙し」のそれとは全然違っていた。物静かで、優雅。そして、テレーズの様子を心配して手を握り締めてくれるほど優しかった。安心したテレーズの目から、思わず涙が零れ落ちる（「私は泣き崩れた。そんなことは、あの犬が死んでから初めてだった」〔87〕）。偶然なのか、必然なのか、書類の山を整理する彼女が手にしていたのは、まさに「緑のキャップ」（86）のボールペンである。

　女性薬剤師の優しさにすっかり安心してしまったテレーズは、いつまでもその場を離れる気持ちになれない。まるでそこが、自分の以前からの居場所でもあるかのように（「私はまだ肘かけ椅子に座ったままだった。私の場所（ma place）を離れようという気持ちにはなれなかった」〔87 強調は引用者〕）。女性薬剤師の気遣いは、少女時代、小型トラックに撥ねられ、踝に怪我をした際に処方してもらったあの「エーテル」のように、テレーズを落ち着いた気分にしてくれる。気がつくと、テレーズは、あの「小さな少女」が自分に見せたのと同じ態度で相手と接していた（「私は、彼女の前にじっと立ったままだった。薬局を出て、また一人ぼっちになるときを、遅らせようとしていたのだ」〔92〕。するど、目の前の女性は、テレーズが思いもよらなかった言葉を口にする。「送ってあげましょう」〔92〕。彼女はまさに「ぎりぎりの所で、私〔テレーズ〕を救おうとしていたのだ」〔92〕。

女性薬剤師は、薬局を離れタクシーを拾うまでの間、ずっとテレーズの腕を取ってくれていた。そして、そのとき、彼女の質問は、まるで自然の流れでもあるかのように、テレーズの家族のことに向けられる。


彼女は一瞬躊躇ってから、私にこう言った。

「あなたにはご両親がいるのかな、と思ったの」

郊外に住んでいる母がまだいます、と私は彼女に答えた。

「では、お父さんは?」

「……」

「父のことは知らないんです」〔93〕

それは、そのときテレーズが抱えていた最も深刻な問題――母との確執――を再び炙り出すような質問だった。だが、彼女には、母親のことについて、それ以上何も言うことができない。タクシーはやがてブランシュ広場に到着する。そこでテレーズは、相手を引き止めるため、何とか口実を探そうとする。だが、テレーズの願いを好転に導いたのは、女性薬剤師の発した思いがけない一言だった。「あなたが住んでいる所を是非見てみたいわ」(98)。この一言を出発点に、二人の間に、いわゆる疑似＝母娘的な関係が演出される。だが、シュザンヌとテレーズを、女性薬剤師とテレーズにそのまま重ね合わせることはできない。テレーズが述懐するように、女性薬剤師は「私〔テレーズ〕と同じくらい内気だった」(158)うえに、シュザンヌと対照的な特徴と彼女の姿を呼び覚ます特徴を、同時に併せ持っていたからである。

彼女の眼差しは、〔肖像画家〕トラ・スングロフ(Tola Soungouroff〔1911-1982〕)の絵の母の眼差しとは逆に、穏やかだった。(104)

彼女がテーブルにやってくるのを見たとき、私はその姿にダンサーの足取りを見出した。でも、彼女が薬剤師であることが、私にとっては一段と心強かった。(157)

「ダンサーだったことはありませんか?」

〔……〕

「先ほど、あなたの歩き方がダンサーのようだと思ったんです」(158)

ちなみに、このときテレーズは、自分が所有していた、ダンサーの衣装を着た二人の少女の写真を思い出している。少女の一人は言うまでもなく、幼き日の母シュザンヌである。女性薬剤師とシュザンヌの繋がりについては、この他にも、それを間接的に仄めかす描写が確認できる。それは、「ブランシュ広場」という「出発点」をめぐる、場所的因縁性とも呼ぶべきものだ。

「この辺りに来なくなってから、もう随分経つわ」
彼女〔女性薬剤師〕はガラス戸越しに、ブランシュ広場の向かいにある薬局を指さした。
「この仕事を始めたとき、あそこで働いていたの……私が今いる場所ほど静かではなかったわ」
ひょっとしたら、この辺りでダンサーをしていて、まだホテル暮らしをしていた「事故」後の母のことを、彼女は知っていたかもしれない。(160)

さて、クストゥー通り一一番地に到着したとき、テレーズは心の底から安心感を覚える。今、彼女の傍らには、母に代わって自分を守ってくれる女性がいるからだ。女性は、そこが既によく知る住処であるかのように、テレーズについて来る(「私を守ってくれている人がいた。恥ずかしいことも怖いことも、もうなかった。〔……〕彼女は、まるで勝手を弁えているかのように超然とした様子で、私について来てくれた」〔100〕)。部屋に入った後、テレーズは自分の状況について、虚実入り混じった話をする。だがそれは、相手を騙すためではない。自分のことで、女性に余計な心配をかけてはいけないと思ったからだ。そして、女性がいよいよお暇しようとしたとき、テレーズの口から決定的な言葉が零れ出る。「今夜は、私と一緒にいていただけませんか?」(103)。それはまさに、彼女が発した心からの叫びだった(「誰かが、私の代わりに話したかのようだった。私は、思い切ってそんな事をしたことに、本当に驚いていた。そして、恥ずかしかった。彼女は、眉一つひそめなかった」〔103〕)。幼少の頃の彼女にも、あの「小さな少女」にも、夜、母親と一緒に過ごす時間はほとんど与えられなかった。だが、今二人は、幸福な母娘を思わせる状況のなかで、互いに身を寄せ合っている。それは、テレーズ、そして「小さな少女」が何よりも望んでいたことに違いない。

「あなたが安心できるなら、私はここにいます」

そして、自然な仕草で、少し疲れた様子で、彼女〔女性薬剤師〕は靴を脱いだ。それは、この部屋で、毎晩同じ時間に、同じ動作をしているかのようだった。彼女は、毛皮のコートを着たまま、ベッドに横になった。

〔……〕

「私のようにしなければ……。眠りが必要よ……」（104）

テレーズはこの瞬間、優しい女性の傍らで、母親に纏わる過去の思いを、穏やかに解消しようとしている。そこには、母親を断固として「棄却」するといった厳しい決意のようなものは、もはや微塵も感じられない。それは、赤と緑の光が射す部屋で、ごく自然に遂行されるのだ。

ガレージの標識灯が、私たちの上の壁に、いつもの光を投げかけていた。私は咳をし始めた。すると、彼女が身体を寄せてきた。私は彼女の肩に頭をのせた。非常に優しい毛皮の感触に、苦悩や嫌な思いが少しずつ遠ざかっていった。「小さな宝石」、「死神騙し」、「ラ・ボッシュ」、黄色いコート……。今はもう、そうした不毛で些細なことは、すべて他人事に思えていた。それらのものは、長い間、息を切らし、無理やり着せられていた衣装や重過ぎる馬具のように、すべて捨て去ってしまったのだ。額に彼女の唇を感じた。（105-106）

過去の状況を確認しようとしたテレーズは、女性薬剤師に、彼女が昔ブランシュ広場で働いていた頃の様子を尋ねようとする。しかし、相手の反応は素っ気ない。彼女は眉をひそめたまま、「過去について、あれこれ話すのは好きじゃないの……」（160）と言い、話題を変えてしまう。おそらく彼女にもまた、断ち切りたいと思う過去があるのだ。だが、彼女の返答は、過去の因縁から脱しようとしているテレーズにとって、力強いメッセージにもなっている。女性薬剤師がテレーズに伝えたかったのは、過去は過去、現在は現在、そして未来は未来、ということだろう。生きる者は皆、過去や現在に縛られ過ぎず、つねに「人生の狭間で」、未来という不確かなものに向かって歩んでいかなくてはならないのだ。

このように、女性薬剤師もまた、バドマエフ同様、今後の人生を模索するテレーズに、いわば生きるための「指標点」、そして「出発点」を与える存在として、この物語に登場している。緑色に輝く薬局の標識灯、そして、テレーズが緑色の目をした彼女と過ごす、赤と緑の光が射しこむ部屋。これら二つの場所が、それぞれ「指標点」、「出発点」と表現されているのは、決して偶然ではない。

彼女〔女性薬剤師〕はベッドの縁に腰を下ろした。そして、私の気分が良くなったかどうかを確認しようとしていた。薬局の標識灯が遠くに見えていたときより、気分は随分良くなっていた。あの指標点がなかったら、その後どうなっていたか、今の私には思いも及ばない。(101)

彼女が緑色の目で私を見つめれば見つめるほど、自分の心の内がはっきり見えてきた。自分自身から解き放たれつつあるとさえ思われた。

〔……〕
お前はここにいる。何故なら、お前は最後にもう一度、物事を理解するために、年の流れを遡ろうとしたからだ。すべてが始まったのは、ここ、ブランシュ広場の、電灯の光のもとだった。最後にもう一度、お前は「生まれ故郷」（Pays Natal）、出発点に戻ってきたのだ。別の進むべき道があったのかどうか、そして、別の形で物事が起こりえた可能性があったのかどうか、それを知るために。（162）

新たな出発点に立つテレーズ

テレーズは今、バドマエフ、女性薬剤師という第三者（「他者」と言った方がよいかもしれない）の介在により、長年抱えてきた過去のしがらみ——母親との確執——から解き放たれようとしている。それは「棄却」と言うより、むしろ穏やかな「決別」と言った方がよいだろう。「決別」を可能にしたのは、疑いなく、「他者」に向けて発せられたテレーズの言葉だ（「彼女〔女性薬剤師〕は私の顔に、自身の顔を近づけていた。あの緑の目は、相変わらず私に注がれていた。私が考えていることを、読み取ろうとしていた。私は穏やかな麻痺状態に落ち入り、際限なく話し、彼女にすべてを打ち明けようとしていた」〔161-162〕）。

「小さな少女」が姿を消した日、眩暈を抑える錠剤を服用し、深く眠り込んでしまったテレーズは、気がつくと、見も知らぬベッドに横たわっている。彼女は、大きなガラスの囲いに入れられている。他の囲いのなかには、魚を入れた水槽が置かれている。彼女は「未熟児用の部屋」(169)に収容されていたのだ。この世に生まれたばかりの乳幼児。それは、新たな「出発点」に立つテレーズの姿を暗示しているようにも見える。看護師に、シーツの上に置かれたヨーグルトに手が届かないことを伝えると、「自分でやってごらんなさい。頑張らなくては」と言われる。テレーズの自立・再生を励ますような言葉だ。ここに彼女を連れてきたのは、あの女性薬剤師に違いない(「私をここに連れてきたのは、多分、女性薬剤師だろう」(169))。でも、そこには今、バドマエフも彼女もいない。いるのはテレーズ一人だ。過去に囚われない人生を再び切り開くための「出発点」に、今、彼女は一人身を置いている。水槽に流れ落ちる力強い水音を思い出しながら、最後に彼女はこう述懐する。

私はずっと前から、氷のなかに閉ざされてしまっていたのだ。それが今、水音を立てて氷が溶けている。〔……〕私にはまだ長い間、その滝のように流れる水音が聞こえた。それは私にとっても、あの日からまた、人生が始まったという合図だった。(169)

【第二章】

『夜の事故』（二〇〇三年）
——記憶という迷宮のなかで

家族の不在

最初に確認しておこう。『小さな宝石』同様、『夜の事故』(*Accident nocturne*, 2003)にもまた、一家団欒といった平穏な家族像は期待できない。父親は夜明けのカフェなどで稀に会うだけの頼りない存在だが、やがては主人公を厄介払いし(主人公はそれを、「人生における最も悲しいエピソードの一つ」〔91〕と表現している)、何処ともなく姿を消していく。母親については、その存在さえはっきりしない。生存しているのか死亡しているのかさえ分からないのだ(「産みの母親は不明」〔78〕)。父母の立ち位置は逆転しているが、ここには、『小さな宝石』におけるテレーズの家族関係と同種のものを感じ取ることができる。そして、何よりも奇妙なのは、主人公の家族には、彼自身も含め、姓や名前が与えられていないことだ。そうした状況は、「自分は誰から生まれたのでもない」〔140〕という、主人公の述懐によっても強調されている。ある雨の午後、パリのラテン区でたまたま応じたアンケートに対して、彼は次のように答えている。

〔……〕あなたの家族構成は、どのようなものでしたか?――何もなし、と回答。両親に関して、印象深いイメージをお持ちですか?――混沌、と回答。あなたは、自分が良い息子だと考えていますか?――息子だったことはない、と回答。あなたは学業に専念していたとき、両親

の評価を維持し、社会的環境に従おうとしましたか？——学業なし。両親なし。社会的環境なし、と回答。〔……〕〔140〕

頼る人もいなければ、またその必要もないという思いで、彼はこれまで生きてきた。出自も定かでない自分には、過去に敢えて思いを馳せることもない。というより、ある「事故」が発生するまでは、記憶の混乱や欠如のせいで、自分の過去について思考する術がなかったのだ（「その事故に先立つ時期については、僕の記憶のなかですべてが混乱している」〔70〕）。

曖昧で混乱しているのは過去の記憶だけではない。パリの街で知り合う人たちも、多かれ少なかれ皆謎めいている。カフェで哲学談義のようなことを行なうフレッド・ブヴィエール（Fred Bouvière）、その熱烈な心酔者ジュヌヴィエーヴ・ダラム（Geneviève Dalame）、そして、彼が共感を覚え、束の間親しく付き合うことになるエレーヌ・ナヴァシーヌ（Hélène Navachine）、等々。モディアノの描くパリの街は驚くほど精密だが、そこに暮らす人たちは、まったく対照的なのだ。彼・彼女らは、鮮明な印象を与えた後、まさにおぼろげな記憶を残したまま、闇のなかに消えていく。彼が最も心を開いて接したはずのエレーヌさえ、ロンドンに働きにいったまま、二度と姿を現わさない。人々も、それにに纏わる過去の記憶もいつしか曖昧になり、忘却の淵へと沈み込んでいく。だとすれば、それについて思い悩むことに、果たしてどれほどの意味があるのだろうか。小さい頃、さまざまな恐怖心を味わったと想像される主人公にとって(「僕はちょっとずつ、幼年時代の恐怖に立ち戻るのを感じていた」〔77〕)、それは特別な意味を持つ問いかけだったはずだ。彼の心が過去から逃れようとしたのは、極めて自然な成り行きだったに違いない。プルーストを思わせるような言い回し——ただし、それとは逆向きの発想——で、彼はこう述懐している。「長い間、僕は多大な郷愁を抱かず、自分の幼年時代を忘れようとしてきた」(109)。だが、人の気持ちとは不思議なものだ。先ほど触れた、ある「事故」によって、彼の意識は突然過去へと引き戻され、遠ざけようとしてきた記憶の迷宮に決定的に足を踏み入れることになるからである。

夜の事故

ある深夜、コンコルド方向に向かって、ピラミッド広場を横切ろうとしていた主人公は、暗がりから走り出てきた一台の車——海緑色(vert d'eau)のフィアット——に撥ねられ、踝から膝にかけて怪我を負ってしまう。車を運転していたのは、ジャクリーヌ・ボーセルジャン(Jacqueline Beausergent)という若い女性で、彼女もまた、頬と額を負傷していた。車がアーケードに衝突したことが原因だった。二人はほどなく警察車両でパリ市立病院に搬送され、そこで治療を受けることになる。これが本作品のタイトルにもなっている、「夜の事故」の顚末だ。どこででも起こり得る、月並みな交通事故と言ってよい。だが、一つの事故が月並みかそうでないかは、それに遭遇した人が味わう肉体的な痛みや、精神的な衝撃の大きさによって決まる。事故の原因は、どうやら彼の方にあったようだ。後のジャクリーヌの説明によれば、事故当時の彼は、毒物を服用したような様子で、とうてい正常には見えなかったというのだ。これについては、彼にも同意できる点があった。彼は事故に遭う前、ロンドンに向かうエレーヌをパリ北駅で見送り、気持ちが塞いでいたのだ。彼女と別れた後、彼はどのような道順を辿ったのか。ふと気づくと、彼は「レ・カランク」(ちなみに、「レ・カランク」(Les Calanques) とは、「切り立った岩に囲まれた入江」を意味する) という名の見知らぬレストランのテーブルに座っていた。住所も明確に示されている――ラ・クーテルリ通り四番地。今も実在する通りである。だが、そのレストランは客も料理も異様で、まるで異質な時空に紛れ込んだかのような違和感に満ちていた(「時間の外部にある、平行世界のなかに滑り落ちた感覚」〔95〕)。そのときの彼は、まさに「切り立った岩に囲まれた入江」のような場所に、一人身を置いているような気分だったに違いない。彼は結局、料理も飲み物も注文できぬまま店を離れ、再び通りを歩き出す。そして、その直後、彼を待ち受けていたのが、この「夜の事故」に他ならない。

モディアノにお馴染みの表現を援用するなら、人は過去の記憶をいわば時間的な「指標点」として、毎日を生きているのかもしれない。人の生とは、一つずつ加えられていくそうした「指標点」の集合のようなものだからだ。だが、その「指標点」の集合は必ずしも堅固な構造を有してはいない。むしろ、限りなく曖昧で不安定な性質を孕んでいるのだ。過去の記憶に背を向けてきた主人公もまた、そうした「記憶」の性質をよく弁えている。

忘却は最後に、人生のある局面すべてを、そしてときには中間の小さな繋がりすべてを侵食してしまう。そしてこの古い映画〔人生〕においては、フィルムの変質が時間のむらな変動〔飛び越え〕を引き起こし、幾月かの間隔で生じた二つの出来事が、同日、しかも同時に起こったような印象を与えてしまう。この上なく混乱した記憶のなかに、欠落を含んだ並びの悪い画像が現われたり、ブラックホールのなかで、あるときはゆっくり、あるときはぎくしゃくと画像が連続したりするのを見たとき、そこに最小限の時間順序を確立するには、いったいどうしたらよいのか。結局は、頭がぼうっとしてしまう。（93）

だが、現在のふとした出来事を契機に、過去の記憶がいきなり鮮明に蘇り、それを経験する者に言い知れぬ幸福感を与えることがある。それは、記憶の小説家プルーストが描いた、あの「特権的瞬間」との遭遇を思わせる現象と言ってよいかもしれない。ほぼ無意志的な状況で身に降りかかった出来事が、過去に体験した同種の出来事を走馬灯のように脳裏に蘇らせる。『夜の事故』の主人公が、夜のピラミッド広場で味わうのも、まさにそれとよく似た体験だ。手足を負傷し、痛みを感じているにもかかわらず、彼の気分は明らかに爽やかだ。幸運感さえ味わっている。それだけではない。この出来事は決して偶然ではなかったと繰り返し断言しているのだ。

> 昨夜のあの事故は偶然の出来事ではなかった。それは一つの断絶（cassure）を示していた。あれは有益な（bénéfique）ショックだった。僕が新たな人生を開始できるよう生じた、タイミングのよい事故だったのだ。（21）

> あのショックは必要＝必然（nécessaire）だった。それは、僕のそれまでの人生がいかなるものであったかを考えさせてくれた。（23）

> そう、僕は再び夢のなかにいた。だが、それは先ほどの「レ・カランク」での夢より穏やかだった。僕がピラミッド広場に達した瞬間、その車は現われた。そして、脚にあの痛みを感じながら、自分は今、目覚めつつあるのだと思った。（100）

> 先夜の事故は、絶好の瞬間に生じたのだ。僕には嗜眠（しみん）状態から目覚めるため、ショックが必要だった。もう混沌状態のなかを歩き続けることはできなかった……。（124-125）

あの事故はおそらく、僕の人生における最も決定的な出来事の一つだったろう。秩序への呼び戻しだ。(125)

こうした感慨は、揺るぎなき確信と絶対的な喜悦に支えられている。主人公はそのとき、些かの疑問も感じていない。主人公の身に、いったい何が起きていたのか。率直に言えば、ピラミッド広場で車に撥ねられ、踝を負傷するという出来事が、時空を超出し、過去の同種の出来事(主人公は幼い頃、車に撥ねられ、踝に怪我をしたことがある)と瞬時に結びついてしまったということだ。このような現象は、そう頻繁に生じるものではない。そこには、その誘発を助長する複数の共通要素が存在するだろう。主人公は無論、そうした要素を明確に意識している。先ず指摘すべきは、夜という同じ時間帯に生じた、同じような事故(まさに「夜の事故」)であること。そして、踝の怪我、手当のあと処方された「エーテル」、事故のあと傍にいてくれた女性と、その顔面の傷跡、等々。ここには、既に『小さな宝石』にも登場したお馴染みの要素が、ほぼすべて出揃っている。これらの要素は単に作品内の出来事を結びつけるだけではなく、複数の作品を間テクスト的に横断するための装置としても機能している。モディアノに特徴的な、優れた小説技巧の一つと見なしてよいだろう。

ところで、ピラミッド広場での事故が、主人公にとって「人生における最も決定的な出来事の一つ」

となった究極的な理由とははたして何だったのか。それは、幼少時の事故の際、彼に付き添ってくれた女性のイメージ(「僕は彼女を知っていた。僕は家に彼女と一緒に住んでいた。僕は彼女を思い出す。彼女は若く、二五歳くらいだった。髪の色はブロンドか明るい栗色。頬に傷跡があった」〔103〕)と、ジャクリーヌ・ボーセルジャンのイメージが、同一のものとして、彼の意識に深く焼きつけられてしまったことにある。二人は共に、踝を負傷した彼の手を優しく握り締める。彼が最も安らぎを覚える仕草だ。そんな二人には確かに共通する部分がある。彼が幼少期に出会った人たちも、パリで遭遇した人たちも、どこか曖昧で謎めいていた。だが、この二人のイメージだけは、彼にとって特別に鮮明なのだ。

彼女〔往時の事故の際の女性〕の部屋は家の二階、廊下の一番端にあった。でも、記憶の断片はあまりに不確かで、それを留め置くことはできなかった。ただ、頬に傷跡のある顔だけがはっきりしていた。僕はその顔が、あの夜、パリ市立病院で目撃した顔と同じだったことを、心から確信していた。(105)

すべては、はっきりしていた。非常に明確で純化された輪郭……。本質的なものしか残っていなかった――小型トラック、シートの下で僕の方に屈められたあの顔、エーテル、真夜中のミサ、

そして、彼女の部屋が二階の廊下の端にあった家の、玄関までの帰り道。(125-126)

二人を結びつける要素は、容姿だけに留まらない。既に触れた顔面の傷跡、そして、「エーテル」もまた、彼女たちを換喩的・類似的に連係させる要素として、重要な役割を果たしている。思い起こせば、顔面の傷跡は、『小さな宝石』でも母親シュザンヌ――あるいは母親的なもの――を暗示する「徴証」のようなものとして機能していた。『夜の事故』においても、その可能性は十分に考えられるだろう。

「エーテル」はモディアノの作品に登場する、いわば常連的な必須アイテムと言っても過言ではない(「〔……〕僕はエーテルの香りを感じた。それはとても強い香りで、幼少の頃から極めて馴染み深いものだった」〔63〕)。それは、主人公に安心感や幸福感をもたらす大切な液体(医薬品)だ。だが、『夜の事故』に登場するこの液体には、記憶と忘却に関わる興味深い役割が与えられている。主人公はそれについて、次のように説明している。

ただエーテルの香りだけが、僕にときどきそのこと〔幼少時に体験した、車による犬の死亡事故〕を思い出させた。人を生と死の危うい平衡点にまで連れていく、あの黒と白の香り。(101)

また、ピラミッド広場で負傷し、パリ市立病院からミラボー診療所に移されたとき、彼は「エーテル」が誘発する記憶と忘却の作用について、次のように述懐している。

エーテルの香りはパリ市立病院のものと同じだった。それは僕の探究の助けになってくれた。過去を最もよく蘇らせるのは、香りだと言われている。そして、エーテルの香りはいつも僕に奇妙な効果を及ぼした。それは、僕の幼少時代の香りそのものと思われていた。だが、それは睡眠と結びつき、苦悩を消し去ってもくれたので、それによって露わにされたイメージは、たちまち混乱してしまっていた。自分の幼少時代について、非常に雑然とした記憶しかないのは、多分そのためだった。エーテルは記憶と忘却を同時に生じさせていたのだ。(104)

モディアノの作品において「エーテル」がとりわけ重要な意味を帯びるのは、言わば必然とも言える。記憶は「エーテル」の「黒と白の香り」を介して、あるときは意識の表面に浮上し、またあるときは意識の彼方に追い遣られる。モディアノ作品の主要テーマの一つが、プルーストと同様、「記憶」であることは疑いを得ない。それはある意味、プルースト以上に徹底している。この作家の文章には、異常とも思える頻度で「記憶」(mémoire / souvenir)という名詞、そして「~を思い出す/~を覚えている」(se souvenir de ~)という再帰動詞が出現するからだ。「エーテルの香り」には、プルーストの「マドレーヌ菓子」にも通じる役割が与えられている。「エーテル」は、過去への瞬間的な回帰を促す起爆剤として、作中に位置を占めているのだ。

ついでに指摘しておくなら、主人公が事故の際に履いていた「靴」(モカシン)にも、象徴的な意味あいがたっぷりと染み込んでいる。左足を負傷した彼は、真ん中を裂いた状態の靴を最後まで履き続ける(ちなみに、事故現場に放置された右側の靴は、その後、彼のもとに戻される)。処分されず、裂けた状態で残された片方の靴。彼はどうしても、それを手放すことができない(「〔……〕僕は、海緑色のフィアットを見つけるまでは、靴を替えることはないだろう」〔138〕)。それは、事故時の記憶をその後も保存し続けるに違いないからだ(「今後、僕の人生が新しい流れに乗ったとき、それ〔靴〕は過去の思い出として、僕の見える所に〔……〕いつまでも留まっていなくてはならないだろう」〔24〕)。それは現在を未来に繋ぐものであると同時に、過去を現在に繋ぐものでもある。何故なら、彼はそれを、両親が残した唯一のものと考えたりもしたからだ(「この靴についてさらに知りたいと思う人たちには、それは両親が僕に残した唯一のものだと答えるだろう。そうだ、記憶を遡れる限りでは、僕はいつもずっと片方の靴だけで歩いてきた」〔24〕)。この引き裂かれた靴に、父親が消え去る前に着ていた「擦り切れた背広、ボタンのとれた海青色の外套」(51-52)を重ね見るのは、深読みというものだろうか。裂けた靴とは、まさに父親の姿そのままではないだろうか。

過去へと急転換する意識

主人公は長い間、今日という一日にひたすら意識を向けながら生きてきた。暗闇のなかに沈んだ自分の過去を振り返ることもなかったし、そうすることの不可能性さえ感じてきた。だが、そうした状況はピラミッド広場での「事故」によって、突如一変する。思い起こしてみれば、事故と同じ日に、その予兆とも思われる出来事があった。ロンドンに行くエレーヌをパリ北駅で見送ったあと、気もそぞろに歩いていた彼は、いつの間にか「レ・カランク」というレストランの摩訶不思議な時空間に紛れ込み、その後、あの事故に遭遇するのだ。現在とは違う時間に身を置く準備は、そのときから徐々に整えられていたのかもしれない。この「事件」を境に、彼の意識は「現在」から「過去」へと、決定的にその方向を変えていく。

僕は頭の後ろで両手を組んでベッドに横たわり、過去のことを考えようとしていた。僕には、そのようなことをする習慣はなかった。(109)

僕が過去を振り返ったのは、それが初めてだった。それには、あの夜の事故のショックが必要だった。僕はそれまで、何とかその日その日を生きてきた。僕はいわば、雨氷に覆われた見通しのきかない道路にいる、自動車運転手のようだった。後方を見ることは避けねばならなかった。僕はおそらく、あまりにも狭い橋に乗り入れていたのだ。引き返すことはできない。一度バックミラーを見たら、眩暈に屈してしまっただろう。だが、現在の僕は恐れることなく、過ぎ去ってしまった、今はなきすべての年月を、高みからまじまじと眺めることができる。それはあたかも、僕自身とは別の人が、僕の人生を俯瞰しているか、僕が明晰なスクリーン上で、僕自身のレントゲン写真を観察しているかのようだった。すべては、はっきりしていた。非常に明確で純化された輪郭……。(125)

僕は今まで無秩序のなかで生きてきた。そして、今回の事故は、この混乱と不確かさの歳月すべてに、終止符を与えようとしていた。すんでのところだったのだ。(134)

長らく忘れ去られていた記憶が、深夜の事故によって蘇り、主人公の青年に打ち消し難い「事実」を突きつける。記憶作用を媒介したのは、異なる時空間で生じた二つの似たような事故だった。ここまでなら、たいして珍しい話ではないかもしれない。だが、彼にとって、それはまさに青天の霹靂とも言うべき現象だった。一五年ほど前に起きた出来事と、今回パリで生じた出来事には、明らかに同一と思える女性が関与していたからだ。

学校の出口でのあの事故と、先夜ピラミッド広場で起きた事故との間に、いったいどれ程の時間が流れていただろうか。ほぼ一五年だ。あの警察車両とパリ市立病院で一緒だった女性〔ジャクリーヌ〕は、まだ若いと思われた。〔……〕僕は、あのアルボーニ広場の女性〔ジャクリーヌ〕が、一五年前の女性と同じであることを確認できる証拠を探していた。（105-106）

読者の目から見れば、彼のこうした行動は、かなり常軌を逸していると思われるかもしれない。だが彼は、自分を車で撥ねたジャクリーヌと、一五年前の事故のときに一緒にいてくれた女性を、どうしても別人と認め、切り離すことができない。そして、結局は確たる手掛かりもないまま、二人を同一の存在と見なす思考回路のなかに、深々と足を踏み入れていく（「僕はその顔が、あの夜パリ市立病院で目撃した顔と同じだったことを、心から確信していた」〔105〕）。彼女に真相を質すという考えは、もちろん彼にもあった（「彼女に、あらゆることを質問しよう。最後には、彼女が誰であるかが分かるだろう」〔19〕）。だが、事故の後、質問する機会もないまま、彼女は彼の前から姿を消してしまう。ジャクリーヌが再び姿を現わし、主人公に「答え」を発するまで、もうしばらくの間、物語の成り行きを見守ることにしよう。

それにしても、彼は何故これ程まで、この二人の女性に引きつけられ、彼女らを執拗に同一視しようとするのか。この点については、敢えて一つの推測を示しておきたいと思う。そうした主人公の志向性＝思考性は、青年期に至るまでの彼の「家族」状況に起因しているかもしれない。それが、いわばその推測の骨子だ。冒頭で述べたように、彼にはまともに家族と呼べるような人間は存在しない。父親は確かにいるが、その父親は息子が一七歳の頃、彼を厄介払いし、永久に姿をくらましてしまう。母親については、皆目何も覚えていない。ピラミッド広場で事故に遭った際、優しい仕草で完璧に対応してくれたジャクリーヌは、彼の目にどう映っただろうか。何度も手を握りながら一緒にいてくれた彼女は、彼のなかにほぼ無化された状態で潜在していた「母親」――あるいは「母親なるもの」――のイメージを一瞬彷彿させたのではないか。そして、その愛情と安心感に包まれた彼女の姿が、事故にあった幼少時に優しく寄り添ってくれた女性と、瞬時に一体化したのではないか。「同じ夜、同じ事故、同じエーテルの香り」(102)、そして優しい「同じ女性」という心的な連想が、彼のなかで引き離し難く結びつき、融合してしまったのではないか。ちなみに、ピラミッド広場で彼を撥ねたのがもし男性だったら、こうした奇跡的な連携はまず生じなかったであろう。二人の女性は優しさの他にも、同じ要素を共有している。先にも触れた、あの顔面の傷跡だ。『小さな宝石』に登場する主人公の母親シュザンヌにも、頬に傷跡があった。それはいわば「母親」、あるいは「母親なるもの」の徴証として解釈されたが、そうした解釈はここでも多分有効であろう。

自分に親しく寄り添い、優しく手を取ってくれる女性。そうした女性が、主人公の無意識に潜在する理想的な「母」あるいは「母なるもの」のイメージであるとするなら、その対極に位置するのが、壮年に達した彼の前に突如立ち現われる、「鬼婆（sorcière）」（76）あるいは「魔女（méduse）」（77）のような老女である。ある一二月の晩、帰宅した主人公は、一人の見知らぬ老女が家の入口近くに立って、彼を待ち受けているのを目にする。彼にとっては見知らぬ老女だったが、彼は思わずこう述懐する。「いったい、どんな幼年時代の忘れ去られた悪夢から、このような女が出てきたのか。それに、何故今なのか」（74）。その老女は、ドイツの女優レニ・リーフェンシュタール（Leni Riefenstahl, 1902- 2003, 生没年に注目）――「名優気取りの大根女優（cabotine）」と表現されている――に似ている。そして、彼女に関しては、「下手な女優（mauvaise actrice）」（76）、「大根役者（théâtreuse）」（79）と、繰り返し説明が加えられている。思えば、『小さな宝石』の場合、「（舞台）女優」は、テレーズを捨てた母シュザンヌの職業だった。それに、人を無闇に罵倒するという点で、二人はあまりも似通っている。そしてそれに加え、「（舞台）女優」はまた、モディアノの母の生業でもあった。「（舞台）女優」という職業が、作家個人の人生にとっていかなる意味を持つのかは定かでない。だがともかく、モディアノの小説において、それが「母」ないしは「母なるもの」のイメージと緊密に連係していることだけは疑い得ないだろう。

　主人公の前に突如出現したこの老女は、読者にも知らされていない彼の名前を口にする（「彼女は彼を名前で呼び、お前（tu）と話しかける」〔75〕）。その後、二人は摑み合いになるが、警察の介入によって一応の決着をみる。老女は自分が主人公の「母親」だと言い張るが、警察はそれを却下する。何とか解決はした。しかし、それは主人公にとって、まさに「不運な出来事（mésaventure）」（73）以外の何ものでもなかった。これから先、彼女に一生つきまとわれ、見張られるかもしれないと思ったからだ。彼が何よりも懸念したのは、その不運な出来事が、幼年時代の恐怖を呼び覚ますことだった（「僕は、幼年時代の恐怖が徐々に立ち戻るのを感じていた」／「彼女〔老女〕は、僕の息を止めようとしていた。彼女は、幼年時代の記憶と同じくらい重かった。〔……〕僕を助けられる人は誰もいなかった」〔77〕）。「幼年時代の恐怖」というのが、何を指すのかは分からない。だが、それは多分、作中に一度も姿を現わさない母親に起因するものに違いない。「産みの母親は不明」とされる主人公にも、自らの母親に意識を向ける気持ちはまだあるのだ。もしそうでなければ、これほどの不安感を抱くのはどう見ても不自然であろう。それは、息子を捨て、永遠に姿を消した父親についても同じだ。彼は今でもなお、父親のことを考えているのだから（「僕は父のことを考えた。〔……〕おそらく僕にはまだ、彼を見出すチャンスはあっただろう」〔146〕）。この「魔女」のような老女が、彼の母親かどうかは、結局最後まで判然としない。だが、彼の気持ちに幾ばくかの感情がなければ、自分の幼年期と彼女を重ね合わせるようなことは、まずしないであろう。

一七歳頃からたった一人で生きてきた主人公には、まともに家族と呼べるような相手は一人もいない。彼はまさに、踝に金属を打ち込まれ、森に打ち捨てられた、現代のオイディプスのような存在なのだ。だが、そんな彼にも、自分の家族について夢想する機会はつねにあったはずだ。折しも、彼の身に天啓のように降りかかったピラミッド広場での「事故」は、プルーストにおける「特権的瞬間」のように、現在の彼と幼年時代の彼を一瞬にして結び合わせる。そして、その僥倖とも言える瞬間は、負傷の痛みにもかかわらず、彼の心を平穏にしてくれる。そして同時に、目の前にいた優しい女性ジャクリーヌと、かつての事故の際、親切に付き添ってくれた女性を、同質＝同一の時空に瞬時に定位するのだ。こうして、ピラミッド広場で感じた平穏さの源＝原因――モディアノにお馴染みの言い回しを使うなら、「出発点」――は、現在から遠く離れた過去の、同種の事故に委ねられる。それまでは過去を振り向かずに生きてきた彼が、ピラミッド広場での事故を境に、逆に過去へと視線を向け始めるのは、ある意味、自然の成り行きと言えるだろう。先にも述べたように、そうした過去への視線転向は、優しい二人の女性に投影された、「母親」ないし「母親なるもの」への帰着を示しているからだ。主人公が、「悪しき母親」の原型的イメージとも言える老女を、「幼年時代の恐怖」の根源的な要因と見なし、執拗に「記憶」の外部に追いやろうとするのは、多分そのためであろう。「悪しき母親」の忌まわしき記憶は、決定的に打ち消されなければならない。二度と思い起こされてはならないのだ。交通事故に遭遇した主人公が、二人の女性を即座に結びつけるのは、老女の喚起する、過去の「重い」記憶を断ち切ると同時に、二人の女性が喚起する「母」あるいは「母親なるもの」のイメージに向けて、新たな一歩を踏み出すためであろう。こうした過去への回帰には、おそらく二つの心的働きが関与している。それは、修辞的に生じる二つの精神作用と解してよいかもしれない。同じような事故で、同じように車に撥ねられ、同じようにエーテルを処方されたこと（「同じ夜、同じ事故、同じエーテルの香り」〔102〕）。そして、それぞれの事故現場には親切な女性がいた（隣り合わせていた）ということ。つまり、これら二つの事故においては、「類似性」を媒体として生じる「隠喩」（métaphore）、そして「隣接性」を媒体として生じる「換喩」（métonymie）という二つの修辞的現象が、奇しくも交差的に融合する形で作用しているのだ。

このように、ピラミッド広場での「事故」をきっかけに、二人の女性は瞬時に同一視され、それに対する確信も徐々に高まっていく（「〔……〕このアルボーニ広場の女性〔ジャクリーヌ〕が、一五年前のあの女性と同じかどうかを知らせてくれる手掛かりを、僕は探し求めていた」〔106〕）。だが、そうした確信は、必ずしも完全ではない。むしろ、つねに揺らいでいると考えた方が正しいかもしれない。「黒と白の香り」を発する――すなわち、「記憶」と「忘却」の作用を引き起こす――あの「エーテル」の作用が示唆するように、ある出来事によって想起される過去は、予想以上に摩訶不思議なものなのだ。二人の女性を同一と考えた後の主人公も、そうした現実から自由になることはできない。さらに付け加えるなら、過去の事件のときの女性は言うまでもなく、彼の前から一時姿を消してしまうことになるジャクリーヌさえ、もはや探し出すのは困難かもしれなかったのだ。期待と不安の間で、彼の気持ちは激しく揺れ動く。

あり得ないことではない。ジャクリーヌ・ボーセルジャンとかいう人、あるいは別名の同じ人が、既に僕とすれ違っていたのだ。(34)

正確な詳細を積み重ねても役に立たない――電話番号、中庭にある異なった階段に記されたアルファベット文字。そんな訳で、先日の夜、〔……〕僕は軽い失望を感じたのだ。この表門を飛び越えたところで、僕は何にも行き着くことはないだろう。〔……〕僕の試みは、虚空に関する土地台帳を作成しようとした測量技師の試みと同じくらい、空しく思われた。でも僕は、こんなふうに自分に言い聞かせていた――ジャクリーヌ・ボーセルジャンとかいう人を再び探し出すのは、本当に僕の力量を超えたことなのだろうか。(151)

「記憶」に対する彼の感覚は、ピラミッド広場の事故を語る際に駆使される、幾つかの表現にもよく現われている。「それは一つの断絶(cassure)を示していた」(21)、「〔……〕先日の夜の事故は、僕の人生に〔……〕断層(fracture)を生じさせた」(109)、「僕の人生のなかで、一つの裂け目(brèche)が、未知の地平(horizon inconnu)に向かって開かれているように思えた」(110)。「あの夜、彼女と僕は、不法侵入(effraction)によって、そこに忍び込んだという感覚さえある」(169)。

つまりそれは、あの「レ・カランク」での時空を超越した出来事と同様、「〔……〕空無という小さな脱線（parenthèse）のように」（96）出来したのだ。事故の特質を指し示す「断絶」、「断層」、「裂け目」、「未知の地平」、「不法侵入」といった言葉はすべて、この事故が、それ以前の生を断ち切り、新たな生を始動させるための「出発点」であることを示唆している。主人公が未来に踏み出すためには、記憶による、こうした過去への束の間の回帰が、どうしても必要だったのだ。

僕は自分自身について、おそらく人生の流れを変えてしまうような、何か重要なことを知ろうとしていた。（113）

〔……〕そうした考えは、僕に未来への勇気を与えていた。重荷から解放されていたのだ。（128）

ピラミッド広場での事故をきっかけに生じた、過去への瞬間的な立ち戻り。そこにはまさに、主人公が「レ・カランク」で体験した、「時間の外部にある、平行世界」（95）への移動にも似た感覚がある。確かに、「その夜は、街がいつもより神秘的だった」（100）のだ。日時も場所も異なる二つの出来事が、時空の境界を超出し、一つの出来事のように目の前に出来する。主人公は、この「断絶」でもあり「僥倖」でもある出来事を境に、先ずは幼年時代に立ち戻り、その後また、未来に向けて歩み出していく。

彼は、その後どのように生きていくのだろうか。興味の尽きない展開と言えるが、それについてはまた後ほど触れることにしよう。

過去からの使者――一匹の黒い犬

第一章で論じた『小さな宝石』でも、「犬」は極めて重要な役割を演じていた。モディアノにとって、犬という動物は、まさに必要不可欠な存在なのだ。彼の物語世界を統べる中心的な象徴・イメージの一つと言っても、決して過言ではないだろう。ピラミッド広場で車に撥ねられたときも、主人公が最初に思い出したのは、一匹の犬だった。まさにその犬が、彼の過去への立ち戻りを可能にしたのだ。

先ほど僕が置き去りにしたのが、片方の靴だったのか、あるいは一匹の動物だったのかについては、もはや、ほとんど定かではない。動物というのは、パリ近郊〔……〕に住んでいた頃、車に轢かれた、僕の幼年時代の犬だった。僕の頭のなかで、すべてが混乱していた。(10)

ここで使用されている「置き去りにする」(abandonner) という動詞には、「見捨てる」、「放棄する」という意味がある。つまり、この動詞は、父親が主人公を見捨てる場面で用いられていた動詞「厄介払いする」(se débarrasser)と同義なのだ。事故のときに置き去りにされた「片方の靴」、そして、かつて自分の目の前で車に撥ねられた一匹の「犬」。それらが、混乱した彼の頭のなかで、一つに重ね合わされる。それはいったい何故だろうか。彼も犬も同じように車に撥ねられる。それは無論、両者のイメージが交差するための大事な条件だ。だが、そこには多分、さらに深い理由がある。

犬が事故に遭ったとき、命を失うかもしれないと感じながら、自分の部屋の窓から、その様子をただ黙って窺うことしかできなかった自分。彼はそのとき、自分の犬を「放棄」したのかもしれないのだ。父親に捨てられたことを、「人生における最も悲しいエピソードの一つ」(91)と痛感している主人公だが、そんな彼もまた、可愛がっていた犬をみすみす「死」に委ねようとしていたのかもしれない。幼年時代のこの鮮烈なイメージは、まるでトラウマのように彼の心に留まり、幾度なく意識の表面に浮上する。つまり、主人公と彼を捨てた父親のイメージは、傍観されたまま車に撥ねられた犬と主人公のイメージを、何度も反復的に引き寄せ、物語のなかに悲痛で混乱した憂愁を呼び覚ますのだ。「混乱した」というのは、言うまでもなく、犬のように捨てられた自分と、犬の姿を傍観していただけの自分が、この一匹の黒犬のなかで交差的に重なり合うからに違いない。

置き去りにされた「片方の靴」についても、少し触れておこう。靴を置き去りにしたのは主人公の責任ではない。彼はむしろ、その靴に対し愛情とも言える執着を示している。いくら古びていても、また事故のため、片方の一部を裂いて履かなくてはならなくなっても、彼はそれを決して手放そうとはしない（「〔……〕僕には、海緑色のフィアットを探し出すまでは、靴を取り替えることはないだろうということが、よく分かっていた」〔138〕）。その靴は、彼の過去を刻み込む記憶の縁でもあり、「両親が僕〔彼〕に残した唯一のもの」（24）でもあった。したがって、どうしても失うことはできなかった。置き去りにされた右側の靴が――おそらくジャクリーヌの細やかな取り計らいで――手元に戻ったときは、彼もきっとほっとしたに違いない。それはまさに、かつて父親に捨てられ、一人ぼっちで世の中に放り出されたときの自分を彷彿させたことだろう。

犬はその後、主人公の前に突然姿を現わす。ある夜、通りを歩いていたとき、幼少時代の犬と同じ種類の黒犬が、自分を追うようにして歩いてくることに気づくのだ。犬は少しずつ近づいてくる。そして、しばらく彼と並んで進んだ後、主人をリードするかのように、彼の前に立って歩み続ける。

その犬は、僕の前を歩いていた。最初は頭をめぐらし、僕がちゃんとついてきているかどうかを確かめようとしたが、今は規則正しい足取りで進んでいた。犬には僕がいることが分かっていた。僕は犬と同じリズムで、ゆっくりと歩いていた。（145-146）

そのときの気分は、「レ・カランク」での出来事からピラミッド広場での事故に至るまでに味わったのとほぼ同じだった。それは「夜のある時間帯に、平行世界に滑り込む」（145）といった感覚であり、そこには「もはや時間は存在していなかった」(146)。この、時空を超越したような魔訶不思議な感覚に直面したとき、彼は何の躊躇いもなく、「この犬はドクトゥール＝キュルゼンヌ通り〔彼の幼年期に、犬が車に撥ねられた通り〕の犬」(145)であると確信する。つまり、「〔……〕この犬は〔……〕過去の奥底からやってきた」(146-147)ということだ。その後、彼と犬は暫し立ち止まったり、また歩き出したりするが、犬はやがて彼から遠ざかり、跡形もなく闇のなかに消えていく。両者がこの世で出会える時間には限りがあることを、彼に告げ知らせるかのように。ついでながら記しておくと、主人公が、自分を捨てたまま、どこかに消え去った父親のことをふと考えるのは、過去から現われたこの犬と出会うときである(「僕は父のことを考えた。〔……〕おそらく僕にはまだ、彼を見出すチャンスはあっただろう」〔146〕)。犬と父親を結びつけるこうした感慨には、どんな含みがあるのだろうか。正確には分からない。だがこのとき、彼の心のなかで、消え去った父親の姿と過去から出現した犬の姿が、瞬時重ね合わされた可能性はあるだろう。犬、靴、エレーヌ、主人公、母親、そして、ひょっとしたら父親にもまた、「放棄」、「喪失」のイメージは色濃く纏わりついているのだ。

本節の締め括りに、この物語において、当エピソードに託された最も重要と思われる役割について、考えておくことにしよう。過去からの使者とも言うべき、この物言わぬ一匹の黒犬は、主人公にいったい何を伝えようとしたのだろうか。無論、さまざまな解釈があり得るだろう。ここでもまた、一つの解釈を提示しておきたい。この物語中で生じる最も幻想的・非現実的な出来事——黒犬との時空を超えた出会い——は、主人公が未来に向けて歩み出すために必要な時間を、彼にもたらしてくれる。それは、ピラミッド広場での事故を契機に蘇った茫漠とした「過去」と「現在」を穏やかに折り合わせ、この不確かな世界で、また生を繋いでいこうとする勇気を与えてくれるのだ。

その夜はあまり眠れなかった。僕は過去から現われ、再び姿を消した、あの犬のことを夢見ていた。翌朝は、とても元気で、彼〔犬〕にも自分にも、もはや何の危険もないことを確信していた。車が僕たちを撥ねることは、もう決してないだろう。（149）

犬が姿を消す直前、主人公はかなり長い間パリの街を眺め下ろし、穏やかな気分に浸る。目の前には大きな泉水があり、「その水は燐光を発している（phosphorescente）ように見えた」（146）。ちなみに、モディアノの小説世界において、この青白い色は——「緑色」と共に——主人公たちの平穏・安逸を示す色としてよく使われる。幼少時代に一緒にいた犬が過去から出現し、しばらくの間、傍にいてくれた。それは辛いと同時に、嬉しいことでもあったろう。だが、この犬が無言のうちに示してくれたのは、「過去」の思い出だけではない。そこには、決して読み落としてはならない、さらに大切な犬の仕草があったのだ。それは、次のような表現で、むしろ明確に語られている。

犬は人類博物館の正面に沿って歩き、ヴィヌーズ通りに入っていった。僕はそれまで、その通りを決して通ったことがなかった。あの犬が僕をそこに連れていったとすれば、それは偶然ではなかった。僕は目的地に達し、見知った場所に戻ってきたと感じた。(147)

黒犬が導いてくれた彼の「目的地」、「見知った場所」とは、はたしてどこだったのか。それは、以前「ラ・クロズリ・ド・パッシー」(La Closerie de Passy)というレストランがあった場所だった。彼はあまり客のいないその店に入り、探していたジャクリーヌがやって来ないかどうか、待ち受けたことがある。バーカウンターの脇には大きな黄色い鳥籠があり、ペペール(Pépère)という名の鸚鵡が飼われていた。店の女主人にその鸚鵡のことを尋ねると、「もしよろしければ、言葉を覚えさせることができますよ……」(129)という答えが返ってきた。そこで彼は、できるだけ明快に「〈僕は海緑色のフィアットを探しています〉」(130)と口にする。すると、それをすかさず覚えた鸚鵡が、彼よりも高く鋭い声で、「〈海緑色のフィアット〉」と返事をしてくれたのだ。それからしばらく経ったある晩のこと。同じ界隈を歩いていた彼は、「海緑色のフィアット、海緑色のフィアット」と、喉が詰まったような声で繰り返す、あの鸚鵡の声を耳にしたような気がした。そして、そのときもまた、彼が考えていたのは、あの黒犬のことだった(「僕は先日の夜の、あの黒い犬のことを考えていた。このすべての年月を越え、遙か遠い場所から僕に逢いにきてくれたあの黒い犬のことを」(153))。

彼の探していた「目的地」は、すぐそこにあった。

海緑色のフィアット、そしてジャクリーヌとの再会

彼は黒犬のことを考えながら、ヴィヌーズ通りに足を踏み入れた。それは、先日の夜、まさにあの黒犬が導いてくれた場所だった。曲がり角の手前に、彼の探し物は置かれていた。あの黒犬の――そして、もしかしたら、あの鸚鵡の――お陰で、彼はずっと探し続けていたジャクリーヌの車、「海緑色のフィアット」を発見することができたのだ（「そこに到着したとき、心臓に衝撃を覚えた。海緑色のフィアットには見覚えがあった」〔154〕）。あの事故の夜から行方が分からなかったジャクリーヌを、とうとう見つけ出したのかもしれない。車は一軒のレストランの前に停車されていた。彼はドアを押し、店内に入った。濃い褐色のコートを着た女性が一人、カウンターに座っていた。彼は女性の背後で立ち止まり、肩に手を置いた。額に大きな擦り傷のある女性が振り向き、驚いたように彼を見つめた。それはまさに、彼が探していたあのジャクリーヌ・ボーセルジャンだった。物語の大団円は、こうして開始される。無論、彼の覚えていないことや意見の食い違いもあったが、最初のうちは、これと言って深刻な会話が交わされるわけではない。ピラミッド広場での事故に話が及んだときも、彼女の口振りは淡々としている。「ただ、ランバージャケットだけは替えた方がいいわね。それ

から多分、靴もね」(160) という彼女の言葉には、彼の気持ちを安心させるかのような、優しい心遣いさえ感じ取れる。彼もまた、「緑色のフィアットを見つけるまでは、靴を替えることはないだろう」(138) と決意していたからだ。会話の雰囲気が激変するのは、彼が彼女の年齢を尋ねたときだ。


僕は彼女に年齢を尋ねた。二六歳。つまり、彼女は僕よりも何歳か年上だったのだ。彼女がフォソムブロンヌ＝ラ＝フォレの女性〔幼少時代の事故のとき、傍に付き添ってくれた女性〕と同じであることは、まずあり得なかった。僕は、小型トラックに乗り、僕の手を取ってくれたその女性もしくは少女の顔を思い出そうとしていた。

「幼い頃、僕は先日の夜と同じような事故に遭いました。学校から出てきたとき……」

〔……〕

「僕は思いました。小型トラックの女性はあなただったと……」

彼女は思わず噴き出した。

「だって、そんなことあり得ないわ……そのとき、私は一二歳だったのよ」(165)


彼にとって、この言葉が衝撃的でなかったと言えば、おそらく嘘になるだろう。ピラミッド広場での事故から、こうして彼女と再会するまで、目の前の女性があの幼少時代の事故で出会った女性と同じであることを、ほとんど疑わずに過ごしてきたのだから。だが、彼は意外なほど戸惑いを感じなかった。ジャケットや靴を替えた方がいいと言ってくれた彼女に対し、信頼感を覚えたせいもあったろう(「僕は徐々に相手を信頼していた」〔160〕)。彼は、自分の記憶が混乱していたことを認めざるを得なかったのだ(「僕の人生の一エピソード、たぶん僕を愛してくれた人の顔、一軒の家、そうしたすべてのものが、未知と忘却のなかでいつまでもぐらついていた」〔165〕)。だが、記憶の混乱を認めた後も、自分と彼女はやはり、どこか異質の時空にいるような気がした。

> あの夜、彼女と僕は、不法侵入(effraction)によって、そこに忍び込んだという感覚さえある。僕たちはそこで互いに向き合い、外出禁止令の後の、押し殺したような音楽の一つを聴いている。そうした音楽に合わせて踊り、こっそりと＝不法に(en fraude)、束の間の幸福な瞬間を生きている。(169)

彼女と一緒にいるときは、こうしていつも時間の外部に身を置いたような気分に囚われる。そして、そこには、濃密な時間が支配している。「私たちが最初に出会ったあの突然の事故の後、私たちはもっとゆったり知り合うべきだったとは思いませんか」(169)という彼女の言葉には、あの鮮烈な事故に決着を与えるかのような優しさが込められている。彼女はあの日のように、彼の左手に自分の手を重ねる。もちろん、事故などなかったかのように、痕跡はすっかり消え去っている（「〔……〕傷はもう、包帯を当てる必要もなく、癒着し終えていた」〔169〕）。

レストランを後にした二人は、手を握り合ったまま、あの晩、犬と一緒に上った坂を下っていく。その日、彼女が泊まる場所に向かうためだ。ゆっくりしたそぞろ歩きは、彼に幸福感を与え、孤独を振り払ってくれる（「〔……〕このゆっくりした歩みは、僕に幸福感をもたらしていた」〔171〕／「僕はもう、この世に一人ぼっちではなかった」〔172〕）。彼のなかにはもはや、過去のことを考えようとする気持ちは、ほとんど残されていない。混乱した記憶を混乱したままに受け止め、生きていこうとしているように見える（「しばらく前から、沢山の物事が、僕の貧弱な頭のなかで犇めき合っていた。そして僕にとって、あの事故はそうした出来事の一つだったのだ」〔173〕）。それは明らかに、「何の秘密もない所に、何故そんなものを見つけようとするの」(162)、「〔……〕私には何も隠すことなんてないわ……。人生は君が思っているより、ずっと単純なのよ……」(177) と、初めて「君」(tu) という言い方で語りかけてくれた彼女に、信頼感を覚えたからだろう。

こうして、歩みを進める二人が最後に行き着くのは「水族館」だ。『小さな宝石』においては、魚の「水槽」が出発、再生、あるいは解放を象徴するものとしてイメージされていたが、ここでは水族館がそれと同種の役割を果たしていると思われる。彼は、まだ水族館を訪れたことがないというジャクリーヌに対し、いつか案内しますと申し出る（「計画を立てるのは、元気を与えてくれる。彼女は僕の腕を取っていた。そして僕は〔……〕、ガラスの背後の暗がりと静けさのなかで、あらゆる多色の魚たちが泳ぎ回っているのを想像していた。〔……〕僕たちはどんな未来に向かって行くのだろうかと考えた」〔175-176〕)。そして彼は、最後にもう一度、混乱した過去の記憶に、今の二人の姿を重ね合わせようとする(「僕たちは、既に別の時期、一緒に同じ場所を同じ時刻に歩いたことがあるような気がしていた。もはや自分が〔……〕どこにいたのかも定かではなかった」〔176〕)。彼女に腕を取られたまま、二人は水族館に沿って進み、やがては彼女の部屋に上がっていく。彼の肩に手をのせた彼女は、彼の耳元で何かを囁いている。

だが、それでもなお不確かな世界

こうして、物語は無事大団円に達したかのように思われる。海緑色のフィアットもジャクリーヌも見つかった。別々の時空で起きた二つの事故についても、真相はほぼ明らかにされたかに見える。だが、物語の細部は、依然として謎に包まれたままだ。既に指摘したように、モディアノの地勢的描写は、パリの地名・通り名等を含め、驚くほど正確で具体的だ。対照的に、登場人物の方は、名前さえ与えられていない主人公や父親も含め、ほぼ全員が曖昧なアイデンティティのまま留め置かれている。フレッド・ブヴィエール、ジュヌヴィエーヴ・ダラム、エレーヌ・ナヴァシーヌはその後どうなったのか。幼少時の主人公と同じ家に暮らし、事故の際、優しい気遣いを示してくれたあの女性は、いったい誰だったのか。母とはどんな人物だったのか。彼の父親は、いかなる仕事で生計を立てていたのか。ピラミッド広場での事故のとき、ジャクリーヌに同行していたソリエール（Solière）とは、はたして何者なのか。後のジャクリーヌの説明によれば、通称ソリエール——本名モラウスキ（Morawski）——は、彼女が司書として仕える上司だったが、主人公は、自分の父親がまさにモラウスキという名を口にしていたのを覚えている。それが事実とすれば、彼はこの人物と既にどこかで繋がっていた可能性がある。

だが、表面的には最も明白に見えながら、主人公にとって一番謎めいているのは、ジャクリーヌ・ボーセルジャンだったのかもしれない。物語のなかで最も親密な関係を共有したはずのこの女性（「〔……〕僕たちの間には暗黙の了解があった」〔34〕）こそ、実は最も得体の知れない存在だったと思えるのだ。この物語は、つねに年代に添って進行するわけではない。中心的な話題であるピラミッド広場での事故について語るかと思えば、途中で突然過去に立ち戻ったり、既に壮年に達していると思われる主人公の未来時に話を差し向けたりもする。ジャクリーヌに関しても同じである。彼女もまた、さまざまな時間相に姿を現わし、その未知で謎めいたイメージを主人公に強く印象づけるのだ。あるときは夢のなかで、そしてまたあるときは現実のなかで。

たとえば、物語の中盤に、まるでぽつんと切り取られたように、一つの不思議なエピソードが添えられている。それは、一七歳の息子を厄介払いするため、父親が警察に彼を引き渡そうとした際のものである。そこには何と、ジャクリーヌ・ボーセルジャンなる女性が姿を現わすのだ。

タイプライターを打つ男の前に最後に出頭するのは、毛皮のコートを着た、とても若い栗色の髪の女性だ。警官は彼女の名前の綴りを何度も間違え、彼女はうんざりしたように繰り返す──〈ジャクリーヌ・ボーセルジャン〉。

彼女が隣の部屋に入る前、僕たちの視線は交差する。（93）

動詞がすべて現在形であることから分かるように、これは四〇年後の現在、彼が夢のなかで目にしている光景である。思えば、物語の開始直後から、彼女には「犯罪（者）」を想起させるようなイメージが色濃く付きまとっていた（「彼女の顔は、大きな犯罪者識別写真のように、僕にははっきり見えた」〔17〕）。真相は、はたしてどうなのか。だが、この夢内容の真偽も含め、それを確認する手立てはもはやどこにも残されてはいない。

不思議なエピソードと言えば、是非とも触れておかなくてはならないものが、もう一つある。こちらもまた、先のエピソードと同様、ぽつんと切り離されたように挿入されている。それは、ピラミッド広場での事件から三〇年ほど経過した後、主人公がオルリー南空港で体験した出来事だ。ある夜、モロッコから帰る友人を待ち受けていた彼は、飛行機の遅れもあってか、奇妙な感覚に囚われ始める。

僕は、時空における一種の「無人地帯」(no man's land) に到達したような、奇妙な感覚を覚えていた。(68)

すると、その瞬間、彼は驚くべき名前がアナウンスされていることに気づく――「ジャクリーヌ・ボーセルジャン様、搭乗口六二四番までお越しください」(68)。それは、彼がおよそ三〇年ぶりに耳にする名前だった。つまり、ピラミッド広場での事故の後、無事再会を果たした二人は、それからまた三〇年もの間、交友も連絡もなく暮らしてきたということだ。腕を組んだり、肩に手をのせたりするほど親しげだった、あの二人が。彼女の名前が呼ばれたとき、彼は急いで彼女を探し、空港の係員にその行方を尋ねる。だが、既に彼女の姿はどこにも確認できない(「お客様、お分かりのように、もうどなたもいらっしゃいません」〔68〕)。また会えるかもしれないと考えていた彼の望みは露と消え(「搭乗口は、まだ僕のためにそこにあると思い込んでいた」〔68〕)、彼女はまた、彼の知らない世界に旅立ってしまう。おそらく永遠に。

「人生は君が思っているより、ずっと単純なのよ……」(177) というあの彼女の言葉に、はたして何の意味があったというのか。不確かで混乱した記憶が時間の隙間から瞬時顔を覗かせ、また忘却の淵に沈み込むように、幾重にも――そして、どこまでも――謎めいた彼女は、まさに「記憶」の代名詞のような存在として、ときおり彼の前に立ち現われ、速やかにまた姿を消していく。ジャクリーヌ・ボーセルジャン。この女性の存在を――少々大胆に――「記憶のアレゴリー」と形容しても、多分、誤読と見なされることはないだろう。このテクストは彼女の登場によって始動し、「記憶」をめぐる、あまりにも豊かで混乱した物語として、最後まで開かれたまま、突き進んでいくからである。

『夜の事故』には、このテクストの基調を決する、重要な言い回しが登場する。それらはいずれも、パリの街を描いた、過去の偉大なフランス人作家たちに由来するものだ。先ずは「夜の目撃者（spectateur nocturne）」(40)。『夜の事故』とも呼応するこの表現は、『パリの夜』(*Les Nuits de Paris*, 1786) のレチフ・ド・ラ・ブルトンヌ (Lestif de La Bretonne, 1734-1806) に結びつけられる。二つ目は、「第二の人生を生きる（vivre une seconde vie）」(40)。これはジェラール・ド・ネルヴァル (Gérard de Nerval, 1808-1855) の小説、『オーレリア』(*Aurélia*, 1855) 冒頭の一文、「夢は第二の人生である（Le rêve est une seconde vie）」と強く響き合う。そして極めつきは、「パリの秘密（les mystères de Paris）」(44, 60)。言うまでもなく、ウージェーヌ・シュー (Eugène Sue, 1804-1857) の小説タイトル、『パリの秘密』(1842-43) そのままである。繰り返し使用される「パリの秘密」という表現は、『夜の事故』の主要舞台であるパリの空気と、そこで暮らす人たち、および、そこで生じる出来事の摩訶不思議さを凝縮的・包括的に指し示す表現として選び取られている。パリとはまさに、いつ何が起きても不思議ではない街なのだ。主人公もまた、この記憶の迷宮のような都市で、異質な時空を行き交いながら、その都度、自己の足元を確認するように日々を過ごしている。歓喜も苦悩も引き起こす、不確かであやふやな人間関係と記憶作用。『夜の事故』は、記憶、忘却、時間、人間等をめぐって生じる、限りなく濃密で不穏な出来事を刻み記した、開かれた手記のような物語なのかもしれない。

【第三章】

『失われた青春のカフェで』（二〇〇七年）

――ルキ、永遠の謎

ルキの物語

パリ六区のオデオン座交差点付近にある不思議なカフェ、「ル・コンデ」(Le Condé)。『失われた青春のカフェで』(*Dans le café de la jeunesse perdue*, 2007) という、このあまりにも不確かで不安定な物語は、この場所を一つの「出発点」——そして、「指標点」——として始まり、最後にはまた、同じ場所で衝撃的な大団円を迎えることになる。終局に用意されている出来事を除けば、特に大きな事件が生じるわけではない。しかし、「不確かで不安定な」と強調せざるを得ないように、そこには、永遠に解き明かされる可能性のない混沌性や曖昧性がつねに激しく渦巻いている。登場人物たちの挙措・行動は言うまでもなく、彼らのアイデンティティや関係性についても、定かでない要素は多々存在する。こうした描写法こそ、まさにモディアノの真骨頂と言えるのかもしれないが、既に論じた二作と比べても、物語の明確な事態や結果が提示されないまま——すなわち、「テクスト」が開かれたまま——読者に委ねられるという体裁はますます際立っている。『失われた青春のカフェで』は、錯綜する数多の混沌性・曖昧性によって織り成された、いわば宙吊り的なテクストと言っても、過言ではないだろう。つまり、それをどう読むかは、それぞれの読者に委ねられている。物語に関しては、それほど錯綜した部分はない。出来事、つまり何が生じたかについては、ある程度、明確な説明が施されている。問題は、中心的な人物たちの存在が、ある点、極度に謎めいているため、論理的な説明や解釈を提示しようとする度に、多大な困難に逢着せざるを得ないということだ。要するに、何故そうなのか、そして何故そうなるのかが、結局、最後まで判然としないのだ。

「語り」（narration）の手法に関して言えば、この物語は異なる四人の語り手による、複眼的な語り形式を採用している。したがって、本来なら、主人公と目される人物は登場しないと思われる。だが、この物語を繋ぐ四人の語り手は、すべてルキ（Louki）という若い女性を対象に、彼女をめぐる濃密で謎めいた物語を紡ぎ出している（ちなみに、四人の語り手たちの一人は、ルキ自身である）。ルキこそ、この物語の実質的な主人公と言って、まず問題はないだろう。言うまでもないことだが、この物語にもまた、「端役」（comparses）めいた数多くの人物が登場する。彼・彼女らに関しても、ある程度注目していく必要はあるが、ここでは「語り」に関わる四人の行動、およびその意識を具に確認しながら、解明不能の「謎」とも形容すべきこのルキの物語に、一歩でも近く寄り添ってみたいと思う。

最初の語り手　国立高等鉱山学校の学生

最初の語り手は、国立高等鉱山学校（École supérieure des mines）に在籍する男子学生。彼は、女性店主シャドリ夫人（Mme Chadly）が営むカフェ「ル・コンデ」で、ルキと出会う。そこには、年長者も幾人か立ち寄るが、主な客は概ね一九歳から二五歳くらいまでの若者たちだ。客たちは皆かなり個性的で、「彼らの大部分は、文学と芸術の陰に生きていた」(13)。同じテーブルについて、夜遅くまで議論したり、飲み明かしたりすることはあるが、彼ら個人の間には、それほど緊密な関係はなさそうだ。互いの生活についても、ほとんど語ろうとしない。それぞれに、自分の世界を持っているということだろうか。そうした常連客たちのなかでも、最初の語り手は特に控えめで、自分から周りに話しかけることもない(「僕自身、学生だった。僕はそれを敢えて彼らに言わなかったし、本当の意味で、彼らのグループに加わることもなかった」(13))。また興味深いことに、四人の語り手のうち、唯一、彼だけに名前が与えられていない。結局、彼の固有名は誰にも知らされないまま、物語は終わりを迎える。彼はまるで、周囲との距離を保ち、その場の状況や雰囲気を読者に伝えるという、まさにお手本的「語り手」の役割を演じているかのように見えるのだ。だが、それでもなお、彼が店に足を運ぶ理由はあった。彼らといれば、落ち着いた気持ちになれたのだ。

僕は「ル・コンデ」のとても目立たない客だったし、少し距離を保って、皆の話を聞くことで満足していた。僕にはそれで十分だった。彼らと一緒だと心地よかった。「ル・コンデ」は僕にとって、僕が人生の味気無さから予感していたあらゆるものに抗する避難所だった。そこには、いつかそこに置き去りにすることを強いられる僕自身の一部分——最良の一部分——が存在し

ていたのだろう。（29-30）

作中の言葉を用いるなら、彼らは皆、ある種の「ボヘミアン（bohème）」（13）、すなわち「決まりも、明日の心配もなく、放浪的な生活を送る者」（13）だったのかもしれない。

ところで、この名前のない語り手は、何故最初に登場するのだろう。物語の内部にいるにもかかわらず、彼がそこで積極的な役回りを演じる様子はない。物語の外部に位置づけられていても、何ら不思議ではないだろう。だが、この影の薄い語り手にも、当然その存在理由はあるはずだ。「ル・コンデ」という場所に集う常連客たちの個性や行動を、できるだけ客観的に描写することで、この物語の舞台・結構を俯瞰的に提示すること。それが多分、語り手としての彼に与えられた主要な役割なのかもしれない。語り手が集まる「ル・コンデ」というカフェは、この物語の出発点であり、縮図でもある。それはまた、この物語を支配する不確かさ・曖昧さの集積地でもある。「ル・コンデ」の客名および住所を「黄金の書（Livre d'or）」（25）と呼ぶノートに書き記していたボーイング（Bowing）なる男から、そのノートを託された語り手は、後にこう述懐している。

だが、今ではあまりに遅すぎる。それに、この時期のすべてが、僕の記憶のなかでときおり生き生きと蘇るとしても、それは答えのないまま残された、数々の疑問のせいだった。（27）

ボーイングが提唱し、語り手が受け継ごうとした「定点」の追求は、結局、実を結ぶことはないだろう。疑問は永遠に疑問として、最後まで残り続けることになるからだ。

先ほどは、この語り手の描写法を敢えて「客観的」と表現した。だが、事はそう単純ではない。彼の語りはとても均質公正とは言えないし、自身に関わる主観的な心情も大胆に吐露されているからである。彼の視線は、目の前の対象に向かってカメラ・アイのように注がれているわけではない。彼が圧倒的な濃密さで、その姿・行動を描き出そうとしているのは、以前からの常連客たちではなく、新参の客、つまりルキだからである。そのルキに向けらえる彼の視線を、少し詳しく追ってみることにしよう。

ルキは正面の入口からではなく、「陰のドア（la porte de l'ombre）」(9) と呼ばれていた狭い入口からこっそり入店し、店の一番奥にある席に座った。来店する時間も帰る時間も、まちまちだった。周囲の視線を避けていても、登場したときから既に、彼女の魅力と「不思議さ」は他の客たちを圧倒していた。

彼女がそこにいるだけで、あの場所やあの人たちに、その不思議さ（étrangeté）を与えていたのではないかと、時が経つにつれて僕は考える。あたかも、彼女がすべてのものに、彼女の香り

を染み込ませたかのように。(9-10)

映画で言われるように、彼女は他の誰よりも、人を引きつけていた。皆のなかで、先ず注目が集まるのは彼女だった。(10)

ここで「不思議さ」と言われているのは、店の常連たちが醸し出す「不思議さ」というより、彼女から発せられる「不思議さ」と考えた方がよいだろう。彼女は登場の瞬間から既に、奇妙な「不思議さ」に包まれている。それは「謎」と言い換えてもよいだろう。そして、語り手が強く引きつけられたのも、間違いなくこの彼女の「謎」であったに違いない。

だが、誰の目をも引きつける魅力的な存在でありながら、彼女は自身のことを積極的に話そうとはしない。語り手は彼女の最初の印象について、「彼女はここ、「ル・コンデ」に避難していたのだ。まるで何かから逃げたい、危険から逃れたいと思っているように。他の人たちに加わったときも、彼女はもう注意を引きつけることはなかった。静かに、控えめに、人の話を聞くことで満足していた。〔……〕彼らと一緒にいれば、彼女は周りに溶け込んで、もはや名もない端役でしかなかった〔……〕」(11-12)と、後に回想している。彼女は、語り手と同じように、常連客との距離をつねに維持しながら過ごすことができたのだ。彼女にそのような振る舞いを可能にさせたのは、「ル・コンデ」という場には、自分の私的情報は口にしないという、半ば暗黙的な雰囲気が漂っていたこと（「「ル・コンデ」では、お互い、自分の出自について質問することはなかった。僕たちはあまりにも若かった。人に明かすべき過去もなく、現在を生きていた。年上の客たちでさえ、〔……〕自分の過去については、一切ほのめかすことはなかった」〔20-21〕）、そして、常連客の一人ザッカリアス（Zacharias）が、名前さえ尋ねずに、彼女にルキというニックネームを与えてくれたことだった。彼女はルキという守られた別名のなかに、期せずして逃げ込むことができたのだ（「そして、時間が過ぎるにつれ、彼らの各々が彼女をルキと呼ぶにつれ、僕は、彼女がこの新しい名前を手にし、安心感を覚えていたと確信している」〔11〕）。鋭敏な語り手は、こうしたルキの変化に対し、徐々に謎めいたものを感じ始める。ルキとはいったい何者なのか。彼女のなかにはどんな人間が潜んでいるのか（「彼女が他の連中と違っていることを、僕ははっきりと感じていた。彼女にルキという名が与えられる以前、彼女はいったいどこからやって来たのだろうか」〔13〕）。語り手の関心は、急速にルキという謎に吸い寄せられていく。

だから、彼女が一〇月に「ル・コンデ」に来たとしたら、それは、彼女が人生の一部分すべてを断ち切ったから、小説中で〈脱皮〉〈人生を一新させること〉と呼ばれていることをしたかったからだ。それに、僕が間違っていないことを示す一つの証拠がある。「ル・コンデ」では、彼女に新しい名前が与えられた。ザッカリアスはあの日、洗礼という言葉さえ口にした。いわば、

新たな誕生だったのだ。(23-24)

語り手の、探偵癖のような好奇心は、「ル・コンデ」に来店した二人の人物――「バックスキンのジャケットを着た褐色髪の男」(21)および、「美術出版者」と名乗るピエール・ケスレィ(Pierre Caisley)なる人物――に引き寄せられる。前者は、ルキと一緒に、「ル・コンデ」に数度来店し、その後「永遠にパリの街並みに消えた」(21)人物。そして、後者は、ボーイングから「黄金の書」を借り出し、ルキと「褐色髪の男」に関する記述箇所に、青鉛筆で下線や二重下線を引いた人物。ケスレィもまた、その後「ル・コンデ」から姿を消している。

ルキに関心を寄せていた語り手は、一度「ル・コンデ」以外の場所で、彼女と遭遇したことがあった。彼はそのとき、ポルト・マイヨのメトロ駅付近を歩いていた。二人は、二言三言、何気ない言葉を交わした後、別れることになるが、彼女が口にしたのは、今住んでいるこの辺りは少しも好きではないということだけだった。語り手は、彼女からそれ以上の情報を聞き出すことのできなかった無能さについて、こう述懐している。

間抜けだった。僕はその日、彼女の本当の名前を知ることもできただろう。〔……〕次第にゆっくりとなる彼女の歩みは、誰かに彼女を引き留める機会を与えているかのようだった。僕は思った。彼女はもう「ル・コンデ」には戻ってこない、二度と彼女の消息を知ることはない。彼女はボーイングが「大都市の無名性」と呼んでいたもののなかに消え去るだろうと〔……〕」(20)

ボーイングのノートに下線を書き入れてから、「ル・コンデ」にめっきり顔を見せなくなったケスレィ。そして、数度の来店後、常連客の前から突如姿を消してしまう「バックスキンのジャケットを着た褐色髪の男」。極めて不可解とも言える、この二人の人物の登場で、物語には、ルキの「謎」をめぐる探偵・警察小説といった趣が次第に加えられていく。客の一人ヴァラ(Vala)に至っては、「君のノート、それは警察の記録か、警察署の台帳みたいじゃないか。僕らはまるで、みんなが一斉検挙にあったみたいだよ……」(26)と、生真面目にボーイングを非難するほどだ。だが、「謎」の追求を目前に、最初の語り手は舞台を退き、次の語り手にその役割を引き渡すことになる。

物語の始動に欠かせない役割を担う最初の語り手は、結局最後まで名前を与えられることなく、舞台の背後に退いていく。この語り手について知らされているのは、彼が国立高等鉱山学校の学生だということ、ほとんどそれだけである。この謎めいた語り手は、いったいいかなる思考の持ち主だったのか。それを想像するための唯一の手掛かりは、おそらく彼が国立高等鉱山学校に対して抱く、屈折した心情にあるのかもしれない。いわゆる「グランド・ゼコール」(Grandes écoles)という、フランス有数の名門研究機関の一つである国立高等鉱山学校に対して彼が最後に打ち明けるのは、判然とした理解に届かない、その忌避の理由である。

> 僕が、ほぼ毎日この階段を上っていること、そして僕が国立高等鉱山学校の学生だということを知ったら、彼らはどう思っただろうか？　ザッカリアス、ラ・ウーパ（la Houpa）、アリ・シェリフ（Ali Cherif）、あるいはドン・カルロス（Don Carlos）は、鉱山学校がどういうものか正確に知っていただろうか？　僕はこの秘密を守らなければならなかった。そうでないと、彼らは僕を馬鹿にするか、警戒する恐れがあった。アダモフ（Adamov）、ラロンド（Larronde）、あるいはモーリス・ラファエル（Maurice Raphaël）にとって、鉱山学校は何を表していただろう？　おそらく、何も。彼らは、そんな所にはもう通うな、と忠告しただろう。僕が「ル・コンデ」で多くの時間を過ごしたのは、誰かからきっぱりと、そんな助言を与えて欲しかったからだ。〔……〕僕は低い声で、次第に異様なものに感じられる四語を繰り返し呟いていた――国立・高等・鉱山・学校。（30-31）

自分が通う学校に対する、この卑屈とも言える姿勢は、いったい何に由来するのか。敢えて想像するなら、彼もまた、私的事情を口にせず、それぞれ別々の世界に生きている「ボヘミアン」のような人たち――つまり、「ル・コンデ」の常連客たち――に深い憧憬を抱いていたからという可能性がある。傍らから事態や情景を観察し、それを報告するだけで満足する無名の青年。物語の内部にいながら、ほとんどその外部に身を置くこの匿名の語り手は、評価や名声といった社会的規範からの逃走を真剣に夢見ていたように思われる。ルキの「謎」に興味を覚えつつも、結局はその追究に踏み出すことなく、語り手の役割を手放すのもまた、そのせいかもしれない。だが、それでもなお、最後に発せられる感情告白の真意は判然としない。彼もまた、他の多くの登場人物たちと同様、背後に「謎」を残したまま、静かにテクストの表舞台を去っていくのだ。

第二の語り手　ピエール・ケスレィ

二番目の語り手役を引き受けるのは、ボーイングのノート「黄金の書」を借り出し、ルキと「バックスキンのジャケットを着た褐色髪の男」の箇所に〔二重〕下線を引いた、自称「美術出版者」の男性。その後「ル・コンデ」に現われることのないこの人物は、自身のイメージについて、「〔……〕彼ら〔「ル・コンデ」の常連客たち〕は、あなた〔ケスレィ自身のこと〕の過去を知らない。彼らがあなたに、それまでの人生について幾つかぼんやりとした質問をしたとしても、あなたはすべてをでっち上げることができる」(32) と嘯いている。かつて「総合情報局」とコンタクトがあったと語る彼は、とりわけ謎めいた存在であると同時に、情報を漁る探偵といった雰囲気を最も色濃く漂わせる人物でもある。彼はいったい何をしているのか？　この探偵もどきは、ジャクリーヌ・ドランク（Jacqueline Delanque）という女性の写真をポケットに入れ、「ル・コンデ」で長らくその女性を待ち受ける。だが、彼女は現われない。その後すぐ明らかになるように、この女性こそ、まさにあのルキなのだ。女性の追跡を続ける彼は、その後、彼女が滞在するホテルに赴き、ロラン（Roland）なる男性に託されたルキからのメッセージを目にする。話を先取りして言うと、「バックスキンのジャケットを着た褐色髪の男」、実はそれがロランである。

ところで、ケスレィがルキを追跡しているのは、彼女の夫を名乗るジャン＝ピエール・シュロー（Jean-Pierre Choureau）から、失踪した妻の調査を依頼されたからだ。ケスレィはこの人物の自宅を訪ね、ルキの情報を幾つか手に入れる。質問はかなり立ち入った事情にも及ぶが、結局、彼女が夫のもとを去った真の理由については、ほとんど明らかにならなかった（「ジャクリーヌ、シュロー夫人、旧姓ドランクの失踪について、彼に情報を与え、最小の手掛かりでも供給できるような者は、まさに一人もいなかった」〔47〕）。ケスレィは、夫から借りた妻の写真をポケットに入れ、その場を立ち去るしかない（「もう誰の言うことも聞いてはならないときがある。ジャン＝ピエール・シュロー、彼は結局、ジャクリーヌ・ドランクについて何を知っていたのだろう？　大したことは、何も」〔54〕）。

彼の追跡はその後どうなるだろうか。シュローへの報告は首尾よくなされるだろうか。だが、彼は、まったく予想外の行動に出る。彼の追究は突如停止され、シュローに対する義務も関心も露と消え去る。つまり、彼は探偵としての役割を完全に放棄するのだ。

もはや私に残されていたのは、ジャン＝ピエール・シュローに電話し、謎は消失したと言うだけだった。正確にはどの瞬間、何もしないと決めたのかを思い出そうとしてみる。彼の番号の最初の数字の幾つかを回して、私は不意に電話を切った。〔……〕ジャン＝ピエール・シュロー、彼はもうどうでもよかった。彼は端役でしかなかった〔……〕（62）

こうした気持ちの変化は、知人の情報屋だったベルノール（Bernolle）が警察台帳の調査に基づいて提供してくれた、ジャクリーヌ・ドランクの情報によって引き起こされたのかもしれない。それは、彼女がまだ少女の頃の情報――未成年ジャクリーヌの二度にわたる街中放浪、四年前の母親の死、不明の父親、等々――に関するものだった。だが、思い起こしてみると、ケスレィはシュローと面会する以前から既に、彼と会うことに抵抗を覚えている（「どんな惨事、あるいは夫婦の地獄に、彼は私を引きずり込もうとしているのか。私は失望に襲われるのを感じ、この待ち合わせに行きたいと、もうはっきり確信しているわけではなかった」〔41-42〕）。さらに言うなら、ケスレィの行動には、ジャクリーヌ（ルキ）と会うことを回避しているような姿勢さえ見受けられる。彼は「ル・コンデ」で彼女を執拗に待ち続けることもないし、彼女が滞在するホテルを訪ねるときも、彼女が不在であることを期待しているからだ（「彼女が不在である見込みはより大きいだろう。少なくとも、私はそう願っていた。そうすれば、私はフロントで彼女について、幾つか質問をすることができるだろう。〔……〕心配する理由は何もない。大通りを進むにつれ、私は落ち着きを取り戻していた。彼女が不在であることを、ほとんど確信していた〔……〕」〔37-38〕）。彼はシュローから依頼を受けた探偵、あるいは探偵のような存在でありながら、まるでその任務から手を引こうとしているように見えるのだ。それはいったい何故なのか。

シュローへの関心が消え去った理由は、彼の自宅で感じた強い「空虚感」だったに違いない（「私は空虚感に囚われた。私はその瞬間、ジャクリーヌ・シュロー、旧姓ドランクの決定的とも思える不在を強く感じていたと言わなければならない」〔49〕）。そしてその後、ケスレィの意識がジャクリーヌだけに集中していく理由は、彼がシュローに対し、最後に思い切って口にした質問、およびその答えの内に隠されていると思われる。「彼女はまだ、自分の家族の誰かと会っていたでしょうか」〔54〕という彼の問いかけに対し、相手はこう答えるのだ。「いいえ、彼女にはもう家族はいませんでした」〔54〕。シュロー夫妻の家庭問題など、ケスレィにとってはもう些細なことに過ぎない。ケスレィとジャクリーヌの謎に満ちた関係が、突如堰を切ったように物語の表面に浮上してくるからだ。今や、彼の意識は彼女一人に集中している（「結局、唯一の興味深い人、それはジャクリーヌ・ドランクだった。私の人生には多くのジャクリーヌがいた……。彼女はその最後の人なのだろう」〔62-63〕）。彼の気持ちは、ジャクリーヌの孤独と密接に寄り添う。そして、自分の行動の無神経さ、ふがいなさを改めて思い知らされるのだ。

私は思いに耽っていた。ジャクリーヌ・ドランクは、私の慎み深さを当てにしてくれて構わない。〔……〕だが、彼女には何も心配する理由はない。私が「ル・コンデ」に行くことはもうないだろう。私は本当に運がよかった。二度か三度、あのカフェのテーブルで彼女を待っていた日、彼女はやって来なかった。彼女に知られないように、こそこそと様子を窺うことに、私は気詰まりを覚えただろう。そう、私はそうした自分の役割に、恥ずかしさを感じたことだろう。いったいどんな権利があって、人の人生に不法に立ち入ろうとするのか。何と図々しいことだろう。人の胸中を探り――そして、彼らに説明を求めるとは……。(66)

こうした述懐は、異様と言えば、あまりに異様である。相手が自分と関わりのない存在なら、これほどの恥ずかしさを覚える理由などどこにもないからだ。では、彼は以前からジャクリーヌを知っていたのか?「私の人生には多くのジャクリーヌがいた」(62) という先の表現には、そうした事情が巧妙に暗示されているのかもしれない。

ある明るい秋の日の午後、ピガール駅に降り立ったケスレィは、街中を歩きながら過去の情景へと思いを馳せる。すると突然、ジャクリーヌに纏わる過去の光景が、彼の胸中に鮮明に浮かび上がるのだ。それは、ピエール・ケスレィとジャクリーヌ・ドランクの関係を見定め、解釈する上で、限りなく重要な記述として機能している。

> 結局、この地区で彼女の人生、ジャクリーヌ・ドランクの人生は始まったのだ……。私は彼女と待ち合わせをしているようだった。ブランシュ広場の所で少し鼓動が高まり、自分が動揺しているのを、怖気づいてさえいるのを感じていた。もう長らく覚えのない感覚だった。少しずつ速くなる足取りで、分離帯の上を進み続けた。この慣れ親しんだ界隈は、目を閉じていても歩けただろう。〔……〕あり得ないことではない。私は昔、あのジャクリーヌ・ドランクとすれ違っていた。彼女が母親に会うためムーラン＝ルージュに行くとき、右側の歩道で。あるいは、ジュール＝フェリー校の下校時間に、左側の歩道で。さあ、到達したのだ。(63)

極度に動揺しつつも、ケスレィがこれほど生々しくジャクリーヌのイメージを把握し、彼女を身近な存在と感じているのは何故なのか。テクストのどこを探しても、この人物の身元を明確に述べる箇所は見当たらない。だがそれでもなお、このケスレィという人物がジャクリーヌの極めて近しい関係者、思い切って言うなら、「父親」に匹敵する存在であることは否定できないように思われる。年齢的にも、何ら矛盾するところはない（「一人の五〇代の男」〔159〕）。無論、証拠はないが、彼が幼き頃のジャクリーヌについて繰り出す次のような描写を見れば、ケスレィが彼女の「父親」に匹敵する存在、あるいはそれ以上である可能性は、かなり高いと言わなければならないだろう。

かつて、ジュヌヴィエーヴ・ドランク〔Geneviève Delanque、ジャクリーヌの母親〕が、ムーラン＝ルージュへ仕事に向かったのは、この時間〔夕闇が降りる頃〕だったと、私は推測している。彼女の娘は一人、六階に留まっていた。一三歳か一四歳のある夜、彼女は、母親が仕事に出かけた後、管理人の注意を引くことなく、家から抜け出した。彼女は、外に出ても、大通りの角より先に行くことはなかった。最初の頃は、「メキシコ」という映画館の一〇時からの上映を観るだけで満足していたのだ。それから家に戻り、自動消灯スイッチも押さずに階段を上り、できるだけ静かにドアを閉める。ある夜、映画館を出た彼女は、ちょっとだけ遠くまで歩いてみた。ブランシュ広場まで。そして、毎晩、もうちょっとだけ遠くまで。サン＝ジョルジュの、そしてグランド・キャリエールの警察台帳に記されていたように、未成年者による放浪。この二つの土地の名は、私に月光を浴びた草原を思い起こさせる。墓地の裏手、コーランクール橋を過ぎた辺りにあるその草原で、人はようやく、戸外の空気を吸い込むのだ。彼女を引き取るため、母親が警察署にやって来た。それ以来、弾みがつき、もう誰も彼女を止めることはできなかった。

ベルノールが集めた幾つかの手掛かりから判断するなら、西方向に向かう夜の放浪だった。(67)

たとえベルノールからの報告があったとしても、まったく赤の他人が、はたしてここまで正確に、彼女の少女時代の行動を想像できるだろうか。こうした述懐は、ベルノールの報告内容を明らかに越えている。自ら認めるように、彼は彼女の住んでいた地区を知悉しているだけでなく、かつてそこで、彼女と「すれ違っていた」とさえ述べているのだ。そして何よりも、彼女に対し、釈明の余地のない「怖気」、「気詰まり」、そして「恥ずかしさ」を感じている。それはいったい、何故だろうか。依頼された調査対象でありながら、対面することに動揺や気詰まりを覚え、遭遇を回避しようとするケスレィの心情は、どうしたら生じるのだろうか。彼の心配は一見、ジャクリーヌの負の部分——少女の頃、街を放浪し、警察に保護されたという事実——が世に知られてしまうことにあるようだ(「もし彼女が辛抱強くヌイイに留まっていたら、ジャン゠ピエール・シュロー夫人の陰に、警察署の台帳に二度名前が登場するジャクリーヌ・ドランクが隠れていることは、いつか忘れられていただろう」(68))。だが、そんなことが、はたしてそれほど重要だろうか。ジャクリーヌの夜間放浪が気になったのは、もちろん確かだろう。そのような行動を彼女に強いたのは、自分だったかもしれないからだ。だが、それよりも、ケスレィには人間として絶対に果たさなければならないことがあった。それは、接近したり、捜索したりすることなく、彼女の人生をじっと遠くから見守り続けること。それ以外にないだろう。「唯一の興味深い人、それはジャクリーヌ・ドランクだった」(62)と言うほど、彼の思いはすべて彼女に集中している。だが、彼は彼女に会うことを自ら禁じている。そうするしかないのだ。今更どんな顔をして、彼女に向き合えばいいというのか。彼に望めるのは、彼女の平穏と安全だけなのだ。痛切な心の声が、テクスト中に響き渡るような気さえする。今、ベンチに座ったケスレィは、夢見るかのように、「ジャクリーヌ・ドランクの辿った足取りを追って」(69)いる。目の前の大通りに、二人の過去の痕跡を探し求めるかのように。

あるいはむしろ、私はこの大通りに彼女の存在＝現前(présence)を感じていた。その光は、その意味を上手く解読できぬまま、またそれが、どんな歳月の奥底から私に投げかけられているのか分からぬまま、合図＝信号のように輝いていた。そして、その光は分離帯の薄闇のため、まだひときわ鮮やかであるように思われた。鮮やかであると同時に、遙かに遠い光。(69)

そして、心のなかの彼女に向かい、最後にこう呟く。

ジャクリーヌは私を信頼して構わなかった。絶対、手の届かない所にいるよう、彼〔シュロー〕に時間を与えよう。

その瞬間、彼女もまた街のどこかを歩いていた。あるいは、「ル・コンデ」のテーブルについていた。だが彼女に、恐れるべきことは何一つなかった。私がそこに行くことも、もうないだろう。(70)

第三の語り手　ジャクリーヌ・ドランク、愛称ルキ

さて、いよいよ中心人物、ジャクリーヌ・ドランクの登場である。彼女はいったいどんな女性なのか。これまでは外的な視点からのみ語られてきた彼女は、ここで初めて内的な視点から、自らの生に纏わる心情を吐露することになる。ベルノールの報告と彼女自身の述懐をもとに、彼女が「ル・コンデ」に姿を現わすまでの人生を、先ずは手短に要約しておくとしよう。フランス中部、ソローニュ地方(モディアノの小説に頻繁に登場する地名)で生まれた彼女は、幼少の頃、母親のジュヌヴィエーヴと共にパリにやって来る。ジュヌヴィエーヴが、ソローニュ地方に屋敷を所有していたムーラン＝ルージュの支配人から、案内係の職を得たことが機縁だった。モディアノの小説には幸福な家族はほとんど登場しないが、この家族についても事情は同じである。父親は不明。母娘二人だけの家族は、パリ一八区、ラシェル大通りのアパルトマン(ムーラン＝ルージュやブランシュ広場のすぐ近く)に慎ましく暮らすことになる。寂しさのためか、娘は七年ほど前から夜の街を放浪し始め、二度警察に

保護される。そして、それから三年、つまり今から四年前、母ジュヌヴィエーヴが死亡する。その後、母親の友人ギィ・ラヴィーニュ（Guy Lavigne）の援助を受けて生活していた彼女は、母親と暮らしたアパルトマンを離れ、パリ一七区（凱旋門の近く）のホテルに移り住む。そしてその後、ジャン＝ピエール・シュローと結婚し、ヌイイで暮らし始める。それからの状況は、既に触れたとおりである。
　モディアノのテクストには幸福な家族はほとんど登場しないと述べたが、ジュヌヴィエーヴとジャクリーヌの関係は、決して険悪ではない。むしろ、互いの気持ちを気遣いながら毎日を過ごしている。

　私はよく怖くなり、安心するため、母にすすんで会いに行こうとしたけど、彼女の仕事を邪魔するのではないかと考えた。彼女は私を叱ったりしなかっただろうと、今は確信している。あの夜、グランド＝キャリエールの警察へ私を迎えに来てくれたとき、母は少しも私を責めなかったし、脅したり、説教したりもしなかった。(73)

身を屈め、母は私の頬にキスをした〔……〕それが私たちの間にコンタクトの生まれた、たった一度きりの機会だったと、私は思っている。それはあまりに短く、不器用だったが、とても力強かったので、何故その後また、そうしたコンタクトを生み出すような愛情を彼女に示すことができなかったのかと、私は後悔している。(74)

父親の存在を知らずに育った彼女は、理想どおりの家族像をずっと心の内で思い描いてきたに違いない（「〔……〕想像のなかの家族、夢に思い描いたような家族」〔78〕）。そんなドランク母娘にとって象徴的とも思える場所が、コーランクール通りの坂にある、墓地を見下ろす橋の上である。母親が娘を警察に迎えに来た日、二人は長い間その場に立ち止まり、墓地の辺りを見下ろす。ジャクリーヌはそのときの気持ちについて、後にこう述べている。

私はおそらく、母の狭い人生から、彼女をちょっとだけ遠くまで連れ出そうとしていたのだ。彼女が亡くならなければ、彼女に他の地平線を幾つも見せてあげられたかもしれない、と思っている。（79）

この橋の辺りは、後にも重要なトポス（場所）として立ち現われるので、その際にまた改めて触れ直すことにしよう。

ジャクリーヌは、母が亡くなる前、鎮痛剤と「エーテル」を買いに行ったブランシュ広場の薬局で、ジャネット・ゴール（Jeannette Gaul）という、「緑色の瞳」の少女と出会い、誘われるまま、「ル・カンテール」（Le Canter）というカフェでシャンパンをご馳走になる。モディアノのテクストには、よく似た人物や舞台設定がときおり登場するが、この少女の周囲には、『小さな宝石』の世界を明白に想起させる要素が凝集している。ブランシュ広場がモディアノの小説世界の、いわば「出発点」、「指標点」であることは既に触れたが、二人が親交を深める「ル・カンテール」というカフェは、テレーズにとってもお馴染みの店である。「エーテル」、そして「緑色の瞳」。これもモディアノの世界に頻出する重要なアイテム・属性と言ってまず間違いない。「エーテル」はテレーズが欠かさず愛用していた薬品であるし、「緑色」には、彼女の気持ちを安心させる力のようなものがあったからである。ブランシュ広場の薬局にも注目すべきかもしれない。テレーズを優しく支えてくれたあの女性薬剤師は、以前、ブランシュ広場の薬局で働いていたからである。テレーズが女性薬剤師に吐いた、自分が東洋語学校の学生だという「嘘」も、ジャクリーヌの口からジャネットに対し、そのまま反復されている。極めつけは多分、ジャネットの以前の職業だろう。それはモディアノの世界に半ば強迫的に付きまとう、「舞台女優」あるいは「ダンサー」という職業だ。テレーズの母親シュザンヌは、かつて「舞台女優」だったが、事故のせいでそれを断念せざるを得なかった。そして、ジャネットの言葉を信用するなら、彼女もまたシュザンヌと同じ経験を味わっているのだ（「今度は私が、彼女が何を職業にしているのかを知りたくなった。ダンサーだったけど、事故があって、その仕事を辞めざるを得なかった、と彼女は言った」（87））。こうして知り合ったジャネットは、ジャクリーヌが凱旋門近くのホテルに移り住んだときも、またシュローと結婚した二週間後も、ヌイイの自宅に顔を見せてくれる。

彼女は結局、最後の最後までジャクリーヌの傍に寄り添う存在となるだろう。

誰の目にも魅力的に映るジャクリーヌ。だが、本当の彼女はいったいどんな存在なのだろうか。一言で要約するのはまず困難だろう。ただ、彼女が言い知れぬ孤独や寂しさ抱えていることだけは間違いない。それは、恐怖以上の感覚に変わることさえある（「私は激しい不安を感じた。夜にしばしば、そうした感覚に囚われた。そして、それは恐怖よりもさらに強烈だった――これからは、何の助けもなく、自分しか頼るものがないという、あの感覚」〔82〕）。だが、日によっては、そうした感覚から完全に解き放たれることもある（「ところが、別の晩には激しい不安は消え去り、外出しようと、うずうずしながら、母が出かけるのを待っていた」〔82-83〕）。ジャネットが救世主のような存在に思えたのは当然だろう（「私は、この先の出会い、私の孤独に終止符を打ってくれる出会いに、大いに期待していた。この女の子〔ジャネット〕は私の最初の出会いであり、私が逃げ出す（沖に出る）のを、おそらく手助けしてくれるだろう」〔88〕）。だが、彼女には、人との関りを積極的に深めるというより、むしろそうした関係を断ち切ろうとする心の動き、つまり、最後には結局、孤独を選んでしまうという傾きが顕著なことも、また確かである（そうした観点から見れば、ジャネットは、出会いと逃走の機会を、ジャクリーヌに同時に提供するアンビヴァレントな存在と言えるかもしれない）。シュローとの結婚生活から逃げ出したことについても、いろいろと複雑な理由が考えられるが、彼がケスレィに対して発する「人は関係（liens）を築こうとするのです。お分かりでしょう……」（51）という言葉は、彼とジャクリーヌが本質的に相容れない存在であることを暗示しているようにも見える。心の深奥に言い知れぬ不安や寂しさを感じても、それを決して打ち明けず、一人速やかに立ち去る女性。ルキ＝ジャクリーヌの「謎」。それはすべて、そんな彼女の姿勢に凝集されている。

もう二度と「ル・カンテール」の連中とは会わないと、固く決心していた。その後も、誰かと縁を切る度に、同じ陶酔感を覚えた。私が本当に自分自身だったのは、逃げる瞬間だけだった。私の唯一の良き思い出は、逃走（fuite）と失踪（fugue）の思い出だった。（102）

かなり衝撃的な述懐と言わざるを得ないが、こうした逃げることを希求する彼女の思いは、クリシー大通りの本屋「マッテ」（Mattei）で見つけた書物のタイトル、『無窮への旅』（*Voyage dans l'infini*）と響き合っているようにも見える。彼女もまた、心のどこかで「無窮への旅」に憧れていたのかもしれないのだ。「マッテ」は彼女にとって、客のほとんどいない、お気に入りの場所だった。ちなみに、彼女はこの書店について、「そう。その本屋は単に避難所だっただけではなく、私の人生における一つのステップでもあった」（100）と述べている。

そして、書物と言えば、もう一冊重要と思われるものがある。定期的に講演会のようなものを主催するギィ・ド・ヴェール（Guy de Vere）という男性が読ませてくれた、ジェイムズ・ヒルトン（James

Hilton, 1900-1954）の小説、『失われた地平線』（*Lost Horizon*, 1933）である。この作品が重要なのは、そこに登場するチベットの「シャングリラ」（理想郷）と、彼女が母親のジュヌヴィエーヴと佇んだことのある、あのコーランクール通りの坂道を、幸福なイメージのなかで一つに重ね合わせてくれるからだ。「ル・カンテール」から一人抜け出し、もう二度とその店の連中とは付き合わないと決めたときも、彼女の足は自然とそこに向いていた。

〔……〕『失われた地平線』、人生と叡智の秘密を学ぶため、シャングリラの僧院に向かってチベットの山々を登っていく人たちの物語。でも、そんなに遠くまで行く必要はない。私は夜の散歩を思い出していた。私にとって、モンマルトルは、まさにチベットだった。私には、あのコーランクール通りの坂道だけで十分だった。上の、シャトー・デ・ブルイヤールの前で、私は生まれて初めて、ほっと一息ついていた。（101-102）

彼女が「新しい出発」（102）を期待する、コーランクール通りの坂道。「新しい出発」とは何を意味するのか。また、そこには誰かが待っていた、と彼女は言うのだが、その誰かとは、いったい誰なのか。最後に吐露される、彼女の情熱的とも言うべき心情には、「生」に対する宗教的とも思しき憧憬と、「死」を思わせる謎めいた感慨が、奇妙な形で同居している。この特異でアンビヴァレントな感覚は、はたして何に起因するのだろうか。

私はそれ〔待ち合わせの場所〕を知らせる合図を待っていた。向こうで、その通りは空のなかへと通じていた。まるで、断崖の縁へと導くように。ときどき夢のなかで囚われるあの軽やかな感覚で、私は前に進んでいた。あなたには、恐れるものはもう何もない。危険などすべて取るに足りない。もし本当に悪いことになったら、目を覚ませばいい。あなたは無敵なのだ。断崖の先に早く到達したいという気持ちで、私は歩いていた。そこにはもう、空の青さと虚空（le vide）しかなかった。私の精神状態を、どんな言葉で表現すればいいだろうか。私に使えるのは、とても貧弱な語彙しかない。忘我？　陶酔？　恍惚？　とにかく、私にとって、その通りは馴染み深かった。以前にも辿ったことがあると感じていた。私は間もなく断崖の縁に到達し、虚空に身を投じるだろう。何という幸せ。空中に浮かんで、ずっと探していたその無重力の感覚をついに知ることになるのだ。（103）

最後に彼女は、ギィ・ド・ヴェールが貸してくれた書物のタイトルを、*Louise de Néant* から *Jacqueline de Néant* へと、ボールペンで書き換える。"néant"とは、「(虚) 無」、「死」、「消滅」、「無価値」などを意味する名詞である。この書き換えには、彼女のいかなる心情が反映されていたのだろうか。その理由は最後まで闇に包まれたままと言わざるを得ない。語り手としてのルキ＝ジャクリーヌの役目はここで終了し、物語は最後の語り手へと引き継がれるからである。

最後の語り手　ロラン

「ル・コンデ」にも顔を出し、ルキ＝ジャクリーヌと一緒にいるところを何度か確認される「バックスキンのジャケットを着た褐色髪の男」、それがロランだ。モディアノの小説では珍しくないことだが、ロランは本名ではない。偽名なのだ。アイデンティティについても、決して明白とは言えない。「物書き」と言えば聞こえはいいが、小説家のようなステイタスを具えているわけでもない。パリの通り名について綴った『中立地帯』(*Les Zones neutres*)と称する断片的文章(この文章は、ルキに捧げられている)。怪しげな出版社から依頼され、代筆を引き受けた一〇篇ほどのパンフレット。それが作品中で触れられる、彼の「作品」のすべてだ。そして、これもまた極めてモディアノ的だが、幸福な家族生活とは、ほぼ無縁な人生を生きている。胡散臭い仕事仲間たちに囲まれた父親(父親は言及されるだけで、物語に登場することはない)、そして終始不在の母親。その姿は『夜の事故』の主人公とも重ね合わされる。どう積極的に捉えても、幸福だったはずはない。パリ生まれの彼には、ルキと同席した「ル・コンデ」に足を運ぶことさえ、苦痛だったに違いないのだ(「僕はといえば、セーヌ河の対岸、子ども時代を過ごした六区の方へ戻るのが怖かった。あまりに多くの辛い思い出……」〔129〕)。

では、ルキとロランはどこで知り合ったのか。定期的に人を集め、読書会や講演会のようなものを行なっていた、あのギィ・ド・ヴェールなる人物の自宅で、二人は出会ったのだ。運命的なめぐり合いと言えるかもしれない。彼はルキについて、「要するに、僕は彼女を前世で知っていたに違いない」(111)とまで言い切っている。ルキは夫シュローの家から失踪した後、このロランと、最後まで人生の時を共有することになる。ロランにとって、この遭遇はこの上なく重要と感じられたかもしれない。初めてルキと出会った夜、二人で歩いたギィ・ド・ヴェール邸前の通り名を、どうしても書き留めておこうと考えたからである(「僕はどうしても、この通り名を記しておきたかった。僕たちの道(人生)は、そこで交わったからだ」〔107〕)。二人の気持ちが接近するのは、もはや時間の問題だったに違いない。たった一人で人生に投げ出されてしまったという悲痛な感覚。ルキとロランは、そんな癒し難い孤独感を、いわば共有しながら生きていたのだ(「今思えば、僕たちの出会いは、人生に何の投錨地も持たない二人の人間の出会いだったような気がする。この世界で、僕たちは互いに一人ぼっちだったんだと思う」〔108〕)。

二人の生活は、貧しいながらも、幸福だったと言えるだろう(「僕たちには未来があった。あの晩、君は親切にも、エトワール地区まで、僕に会いに来てくれた」〔133-134〕)。彼らは自分たちの住む場所について嬉しそうに語り合ったり、マジョルカ島への旅行に思いを馳せながら、過ごすことができた。二人が望んでいたのは、過去の忌まわしい人たちの記憶を永遠に断ち切ること。ただそれだけだった（「そうした恐喝者たちから逃れるため、身を隠す必要があった。ある日、最終的に、彼らの射程外に達することを願いながら」〔127〕）。だが、そうした懸念も束の間のものに過ぎなかった。二人でいれば、すべて解決されたのだ（「僕と一緒なら、彼女は何も恐れなかった。〔……〕彼女は自信を取り戻していたと、僕は思う〔……〕」〔128〕）。

しかし、物語には、まるで予想もつかないような結末が用意されている。それは、一一月の土曜日のことだった。少年時代の忌まわしい記憶から解放されたロランは、自室で精力的に原稿執筆に取り組んでいた。そして、その日は午後五時に、「ル・コンデ」でルキと待ち合わせる約束になっていた。到着した彼を迎えたのは、いつも目にする常連客たちの活気溢れる姿ではなかった。そこにいた三人の常連客は、青ざめた顔で、ロランに無言の視線を向けていた。彼らには、何か重大なことを告げようとしている気配があった。三人のうちの一人、ザッカリアスが立ち上がり、ロランのもとに歩み寄る。そして、抑揚のない声でこう言った。「ルキ。彼女が窓から身を投げた」〔159〕。突然過ぎる知らせだった。順調な付き合いをしていたはずの彼女が、何故そのような行動に及んだのか。あまりの衝撃に、ロランは茫然とする。

この瞬間から、僕の人生に欠落、空白が生じた。それは僕に空虚感を引き起こしただけではなかった。僕には、それを臆せず見つめることができなかった。この空白のすべてが、発散する強烈な光で、僕の目をくらませていた。そして、その状態はずっと最後まで、このままだろう。(159)

こうしてルキは、一四区、ブルセ通りの病院(おそらく、サント＝アンヌ病院)で、息を引き取る。幸福な恋人同士と考えられていたに違いないルキとロランは、死という決定的な「欠落」によって、無残にも引き離される結果になるのだ。そのときのロランの気持ちは、察するに余りある(「僕はこの世に取り残された生き残りなんだという気持ちをますます強くしていた〔……〕」〔147〕)。先の作品でも既に考察したように、モディアノは人の痛切な心情を「犬」という動物に託して語るのが得意である。本作でも、その手法は巧みに採用されている。ある夜、ルキとロランはパリの街中を歩いていた。すると一匹の犬が現われ、しばらく二人の後を歩いてから、やがて教会のなかに入っていく。その後も散歩を続けた二人は、一軒のアパルトマンの前で腰を下ろし、そこで暮らす二人の姿を夢想する。そして、その夢想の場面にもまた、先ほどの犬が登場するのだ。

正面のアパルトマンに住んでいたのは、僕ら二人だった。僕らは明かりを消すのを忘れていたのだ。そして、僕らは鍵をなくしていた。さっきの犬が僕たちを待っているに違いなかった。僕らの寝室でまどろみながら、時の終わりまで、僕らをずっと待ち続けているのだろう。(136)

犬が足を踏み入れる「教会」は、近い将来に執り行なわれるはずの、二人の結婚式を暗示しているのかもしれない。だが、この引用部分には、その後の二人の運命を予期するかのような、言い知れぬ不安感が漂っている。モディアノは犬を「家族・家庭」、そして「見捨てられたもの・取り残されたもの」の象徴としてしばしば登場させるが、この夢想場面に現われる犬は、住人である二人が鍵を紛失したため、永遠に彼らと会うことができない。それは、幸福な家族・家庭という二人の夢が、夢のまま潰えざるを得ないことを、暗に示してはいないだろうか。また、「時の終わりまで」寝室に取り残される犬は、「この世に取り残された生き残り」であるロランの姿を予兆してはいないだろうか。

ルキ＝ジャクリーヌの思いもよらぬ死は、いったい何故生じてしまったのか。事故なのか、それとも自殺なのか……。それはおそらく、誰にも分からないだろう。幾つかの可能性を想像してみる以外に、できることは何もないのだ。ここでもまた、あり得たかもしれない理由を想起するだけに留めておこう。ロランはルキの友人ジャネット・ゴールについて、二度ほど気がかりな懸念を表明している。

その後、ジャネット・ゴールはセルス通りのホテルに彼女を訪ねていた。僕は、あの部屋で二

人を目撃した日、訝しむべきだったろう。そこにはエーテルの匂いが漂っていたのだ。(122)

僕は、彼女〔ジャネット〕に気をつけるべきだったろう。ルキは「ル・コンデ」にも、ギィ・ド・ヴェールの集まりにも、彼女を連れて行かなかった。あの少女が、自分の陰の部分でもあったかのように。〔……〕彼女たちは何か秘密を共有している。僕はそんな印象を抱いていた。(123-124)

ジャネットとの交友を機に、ルキは薬物——ジャネットは、違法薬物と思われるそれを、「雪」(la neige)と呼んでいる——を手にするようになっていた。ルキには、「ル・コンデ」でも、何か薬物をやっていた形跡がある(「確信はないが、その他の中毒性物質についても、ルキはグループのあるメンバーたちとそれを使用している、と僕は理解していた」〔16〕)。ロランがジャネットの存在を懸念したのは、彼女と薬物の日常的な関わりを知っていたからではないだろうか。彼には、ノートル・ダム寺院の近くで、彼女たちと落ち合ったとき、七月だというのに、ジャネットが「雪」という言葉を口にするのを聞いて、おかしいと思ったことがあるからだ。そして、運命の日。ルキはジャネットと一緒にホテルの同じ部屋にいた。ルキは窓から身を投げ、ジャネットは、それを止めることができなかった。ルキは何故突然、窓から飛び下りてしまったのか。もし彼女が「雪」をやっていたとしたら、……という想像は十分可能かもしれない。だが、死に至るまでの彼女の詳しい行動や心情について説明する記述は、テクストのどこにも見当たらない。読者には、ザッカリアスが口にする「ルキ。彼女が窓から身を投げた」（159）、そして、女性看護師が伝える「彼女が亡くなった」（159）という事実報告だけが、永遠の空虚のまま、取り残されることになるのだ。

深読みと批判されるかもしれないが、ルキには自分の死をつねに思い描いているような節がある。そうした心情を最も明確に顕在化させるのが、あのコーランクール通りの坂道で為される、夢とも現ともつかぬ彼女の独白だ（「私は間もなく断崖の縁に到達し、虚空に身を投じるだろう。何という幸せ。空中に浮かんで、ずっと探していたその無重力の感覚をついに知ることになるのだ」〔103〕）。幸福感さえ滲ませるこの言葉。そこにはもはや何の不安も見て取れない（〔……〕怖れるものはもう何もない。危険などすべて取るに足りない〔103〕）。ルキが使用する「身を投じる」（se jeter）という動詞は、ザッカリアスが口にする動詞（「身を投げた」）とまさに対照的な形で呼応し合っている。前者は幸福をもたらす仕草を、そして、後者は死をもたらす仕草を表象するものとして。窓から落下する瞬間、彼女が最後に発する言葉にも、悲惨さはほとんど感じられない。彼女は自分自身に語り掛けるように、そして自分に勇気を与えるかのように、こう呟くのだ。「これでよし。気儘に行こう」（160）。

愛するが故の隔たり

互いに好感を抱く者同士が、相手の心情や行動を正しく理解しているかというと、どうもそうではなさそうだ。事はそれほど単純ではないのだ。人は親密になればなるほど、相手の陰（秘密）の部分と寄り添わなければならないのかもしれない。「ル・コンデ」の客の一人に、ボブ・ストームズ（Bob Storms）という男性がいる。ルキとロランを気に入り、マジョルカ島の自分の屋敷に来るよう勧めてくれる、親切極まりない人物だ。だが、自らに執拗な好奇心を向けられると、彼の様子はたちまち一変する。

〔……〕とても実直な人だった。〔……〕僕〔ロラン〕は彼に、それまでの人生のことを話してほしいと思った。彼はいつも曖昧な調子で、僕の質問に応じていた。自分への強すぎる好奇心を感じると、突然、彼の陽気さは立ち消えた。まるで、何か隠さなければならないことがあるかのように。あるいは、そうした足跡をくらまそうとするかのように。彼は答えなかったし、最後は結局、大笑いすることで沈黙を断ち切っていた。(152)

親密な存在を失ったときこそ、その人に纏わる「謎」は鮮烈に意識されるのかもしれない。ルキの死は、彼女と親しく接した二人の人物を、そうした思念と深く向き合わせることになる。

一人は、あのギィ・ド・ヴェール。ルキの死から何年か経った頃、ロランはオデオン座の辺りで偶然、彼と再会する。二人は互いの近況について、しばらく言葉を交わし合う。そして別れ際、ド・ヴェールは、ルキという掛け替えのない女性の「謎」、「分からなさ」を、感極まった様子でロランに伝えるのだ。


「ねえ……。私はよくルキのことを考えるんだ……。相変わらず何も理解できていないいんだよ」

彼は動揺していた。いつも躊躇(ためら)いなく明快に話していたあの彼が、自分の言葉を探していた。

「馬鹿げているな、私があなたに言っていることは……。理解すべきことなんて、何もないいんだ……。誰かを本当に愛しているときは、その人の謎の部分も受け入れる必要があるんだ……。そのために、私たちはその人を愛するんだ……。そうじゃないのかな、ロラン……」(145)


相手が自分と異なるものを抱えているからこそ、その人を愛する。こうした発想は、直ぐには理解できないかもしれない。もし理解できたとしても、それを実行に移すのは、なかなか困難だろう。だが、このド・ヴェールの言葉には、人が自分以外の者――「他者」と表現してもいいだろう――と関わる際、最も必要とされるに違いない姿勢が、極めて的確に表現されている。理解し合っている友人であろうと、相思相愛の恋人であろうと、二人の人間が同一の存在であることは、まずあり得ない。人々の間には無論、互いに共有できる趣味、思想、信条といったものは存在する。しかし、人はどこかに必ず、「他者」としての「差異」(différence)を抱えながら生きている。それが、人間の自然な姿なのだ。同じ思念と直面する、もう一人の人物は、ルキと最も親密に付き合い、最後まで彼女を愛し続けたロランだ。「誰かを本当に愛しているときは、その人の謎の部分も受け入れる必要があるんだ」と、ド・ヴェールが言ったとき、彼は直ぐにその真意を疑う。そんなことはあり得ないと思ったからだ。

どんな謎だというのか? 僕は、二人が互いに似ていたと確信していた。だって、僕たちはしょっちゅう、テレパシーで意思を伝え合っていたではないか。僕たちの波長は、ぴったり同じだった。生まれも、同じ年の、同じ月。(149)

だが、そうした確信は瞬時に立ち消える。ロランの考えもまた、ド・ヴェールの言葉に同調していくのだ。

だが、僕たちの間には違い(différence)があったと考えるべきだ。
駄目だ、僕もまた、どうしても理解できない……。特に、最後の数週間を思い出すと。

（149-150）

ド・ヴェールとロランが「理解できない」のは、言うまでもなくルキの「死」だ。生前、彼女と最も親密に接していたはずの二人にも、彼女の死については、その理由を明確にする手立てはない。彼女の死は、いわば永遠の「空白」のまま、テクストの内に留まり続けるのだ。

異なる四人の語り手によって綴られてきた、ルキをめぐる物語。それぞれの語り手は、その後どうしていただろうか。国立高等鉱山学校の学生であることに疑問を感じていた最初の語り手は、ルキとロランの励ましを得て、その後直ちに退学を決意する。そして、ボブ・ストームズが催した夜会にも姿を見せている。第二の語り手、ピエール・ケスレィは、作品の最後にもう一度だけ登場し、ロランと短い言葉を交わし合う。場所は、ルキが亡くなった病院の待合室。二人はそこで、掛け替えのないルキの死を女性看護師から伝えられるのだ（「女性看護師が、彼女が亡くなったことを僕に伝えに来た。彼「ケスレィ」は僕たちの方に近づいてきた。まるで、関係者であるかのように」〔159〕）。ルキとロランのその後については、もはや説明する必要はないだろう。物語は幕を閉じ、今はルキだけが不在なのだ。

ルキとロランの深い絆を暗示していると思われるエピソードについて、最後に触れておくとしよう。とある七月の夕方、陽気な気分で街を歩いていたロランは、一本の木の幹に貼られた掲示を目にし、強烈な衝撃を与えられる。それは、近日中にその木を伐り倒すという知らせだった。ロランには、その木が死刑を宣告されているように見えた。彼はそのとき、永遠に断ち切られたかのようなルキと自分の運命を、そこに重ね見てしまったのかもしれない。だが、彼はすかさず、ド・ヴェールが傍らにいて、「……そうじゃないさ、ロラン。悪い夢だ……。木は伐られたりしないさ……」(147)と断言してくれる姿を想像し、平静を取り戻す。

ド・ヴェールと最後に会った日、ロランはド・ヴェールがかつて集まりを開いていた建物の木蔦が まだあるかどうか確認しにいったことを彼に伝えた。建物一階の窓の所にあった木蔦。それはまさに、ルキとロランの出会いを示す、思い出深い植物だった。ルキそのものだったと言っても、おそらく過言ではないだろう。プルーストを彷彿させる、ド・ヴェールの気の利いた返答は、ルキとロランの優しい関係を、いつまでも深く、読者の心に刻みつけることになるだろう。「それでは、あなたは既にその頃〔ロランが二〇歳のとき〕、失われた木蔦を探し求め始めていた(vous partiez à la recherche du lierre perdu)と、私には思えますね。違いますか?」(142)。「木蔦」——花言葉の一つは「永遠の愛」。

【第四章】

『地平線』（二〇一〇年）

――失われた青春の時を求めて

失踪する女性、逃走する物語

モディアノのテクストは、人生に生じる身近な者の「失踪・逃走」(fugue/fuite)を、一つの潜在的テーマのようなものとして抱え持っている。失踪するのは、ほとんどの場合、女性だ。父親は最初から不明、もしくは、物語の途上で徐々に表舞台から姿を消していく。『小さな宝石』では、主人公の母親シュザンヌ・カルデレス。『夜の事故』では、車の事故を機縁に主人公と遭遇するジャクリーヌ・ボーセルジャン。そして『失われた青春のカフェで』では、窓からの転落死という形で衝撃的な最期を迎えるルキ、本名ジャクリーヌ・ドランク。いずれも作品に欠かせない、重要な登場人物であることは明らかだ。物語をさまざまな形で揺動化し、そこに攪乱的とも言えるダイナミズムを与えているのは、まさにこうした「失踪する女性たち」の存在に他ならないからである。

『地平線』(*L'horizon*, 2010)でそうした役割を担うのは、マーガレット・ル・コズ(Margaret Le Coz)という女性。ドイツのベルリン生まれ。国籍はフランスだと思えるが、Margaretという名前は、フランス人としては珍しく感じられるだろう。ここでは、ブルトン人(ブルターニュ地方の人)であるという彼女の言葉を考慮し、英語式にマーガレットと呼ぶことにしよう。時間的な流れに沿って述べるなら、彼女はベルリンで生まれた後、フランスのリヨンに移る。その後、スイスのアヌシー、ローザンヌに移動し、そこでしばらく暮らした後、パリにやって来る。そしてまた、ベルリンに去っていく（と想像される）。詳しいことに関してはこれから順次確認していくが、彼女の移動の背後には、何かからの「失踪・逃走」という動機・理由がつねに潜んでいると思われる。それはたして何なのか。この女性の移動・変貌とともに、物語もまた、錯綜的にその姿を変えていく。『地平線』とは、失踪・逃走する女性の物語であると同時に、物語自体がその内部にさまざまな亀裂や謎を孕んだ、いわば「逃走する物語」でもあるのだ。

物語に登場する中心的な人物の一人は、パリに住むジャン・ボスマンス（Jean Bosmans）という青年である。ジャンがマーガレットと出会うのは、彼女がパリに住み始めてからなので、ベルリン、リヨン、アヌシー、ローザンヌ時代の彼女に関しては、彼女の話からその様子を想像することしかできない。ずっとパリで暮らしてきたジャン。そして、何度か国境を越えながら、それぞれの場所で逞しく生きてきたマーガレット。いかに親密に結ばれていようと、二人の間——とりわけ、ジャンの側——には、最後まで謎や亀裂といった感覚が拭い難く残されることになるだろう。

興味深いことに、この小説は出だしから直ちに物語に突入するわけではない。ジャンの視点から思念された『地平線』という小説そのものの結構や特質について、極めて入念な説明が提示されるのだ。このほとんど小論考とも言えそうな冒頭の濃密な文章を、先ずは確認することから始めることにしよう。

『地平線』は、ジャンに関する次のような言明によって開始される。

しばらく前から、ボスマンスは青春時代の、続きがなく、いきなり断ち切られてしまった幾つかのエピソード、名前のない顔、儚い(fugitives)出会いについて考えていた。それはすべて遠い過去のものだったが、そうした短いシーンは人生の他の部分とは結びつきがないかのように、永遠の現在のなかに宙吊りのまま留まり続けていた。彼はそれについて絶えず自問することになるだろう。そして、その答えを手にすることは決してないだろう。彼にとって、そうした断片はずっと謎めいたものであり続けるだろう。(9)

これは無論、時を経た後、ジャンが回想しているとされる過去の風景だ。そこには出来事の「断片」は見出せる。だが、断片同士の間には思わぬ亀裂や距離が存在し、そこから一貫性を有する物語を浮上させることはできない。作者モディアノもまた必然的に、そうした難問と向かい合っている。ジャンが、記憶や想念の「断片」を一つの物語に収斂させるのは永遠に不可能だと考えている以上、モディアノもまた、それに従わざるを得ないからである。ジャンが思念するように、そこには、物語の結構を支える起承転結のようなフレームは、一切存在しないのだ。このように、『地平線』は、出来事の断絶・混乱という状況を、より先鋭的に浮上させる物語と考えて、まず間違いないだろう。それはまさに、永遠に収束することのない物語(「逃走する物語」)なのだ。ウンベルト・エーコ(Umberto

Eco, 1932-2016）なら、この物語を「開かれた作品」と呼んだかもしれない。
ところで、ジャンに関わる冒頭の言明には、まだ続きがある。この物語のイメージや在り方を伝えるには、不可欠と思われる一節なので、多少長くなるが、すべて引用しておくことにしよう。

こうした記憶の断片は、人生に幾つもの岐路が鏤（ちりば）められ、目前に選択に困るたくさんの小道が開かれているような年月と結びついていた。彼が手帳に書き込んでいた言葉は、ある天文学の雑誌に送った「暗黒物質」（«matière sombre»）に関する記事を彼に思い出させていた。彼は、明確な出来事やお馴染みの顔の背後に、暗黒物質になってしまったすべてのものを確実に感じていた――束の間の出会い、逸した約束、失われた手紙、古い手帳に記されたまま忘れられてしまった名前や電話番号、気づくことさえなくすれ違っていた人たち。天文学の場合と同じように、その暗黒物質は人生の可視的な部分よりも、ずっと広大だった。それは無限だった。そして彼はといえば、その暗闇の奥底にある幾つかの微弱な瞬きを手帳に書き込んでいた。そうした瞬きはあまりに微弱だったので、彼は目を閉じ、精神を集中し、全体の再現を可能にしてくれるような喚起力のある部分を探していた。しかし、全体など存在しなかった。断片、星屑以外、何もなかった。彼はその暗黒物質のなかに飛び込み、切れた糸を一本ずつ結び直し、そう、過去に戻って影を引き留め、その影についてもっと知りたいと思っただろう。不可能だった。

そのときに残されていたのは、幾つかの氏名を思い出すことだけだった。もしくは名前を。それらは磁石の役割を果たしていた。そして、解明するのに苦労する、混乱した印象を突如呼び覚ましてくれた。それらの印象は夢に属するものだったのか、あるいは現実に属するものだったのか。(10-11)

作品冒頭に据えられた、この小説らしからぬ言明においては、長い間ジャンの意識を支配してきたに違いない、人生の解明不可能な「不確かさ」という問題が、雄弁な比喩を基に提示されている。これはモディアノの小説世界を支える、いわば「屋台骨」的な信念と言ってもよいだろう。人生で遭遇する数多くの人々や出来事を、人はどのようにして整理・分類し、それらの関係・繋がりを理解可能な物語として蓄積・記憶していくのだろうか。それは自然に行なわれている、何でもない所作のようにも見える。しかし、日々遭遇する人々や物事は、時間の経過とともにその存在性＝「瞬き」を失い、記憶の闇へと姿を消していく。多くの場合、後に残されるのはその残像でしかない。つまり記憶の表面に繋ぎ留められているのは、海上に浮かぶ氷山のように、極めてわずかな、全体の一部分であるに過ぎない。モディアノの巧みな比喩を援用するなら、過ぎて行くもののほぼすべては――人にせよ、ものにせよ――やがては「暗黒物質」と化し、可視的なものの境域から遠ざけられていく。そして結局、「断片、星屑」だけが手元に残されるのだ。そこで人は、その取り残された「断片、星屑」を頼りに、過去の記憶・物語を再構成しようとする。だが、それは既に「不可能」だ。そのときにはもう、夢と現の区別さえつかないほど、世界は混乱してしまっているからである。

小説冒頭に置かれたこの思索的な一節は、ジャン——そしてモディアノ——の記憶概念や人生観を明白に反映しているように見える。つまり、モディアノの小説世界を読み解く上で、極めて重要な指標になり得るということだ。これから試みる『地平線』の読みにおいても、この一節をつねに念頭に、分析が進められることになるだろう。

ジャンとマーガレットの馴れ初め

では、少しずつ物語に足を踏み入れていこう。二人は最初、パリのオペラ座広場で出会った。その日は多数のデモ参加者たちが広場に押し寄せ、共和国保安機動隊（CRS）の人列と向かい合っていた。ジャンは、機動隊が動き出す前に群衆の間を潜り抜け、メトロの入口に到達していた。入口の階段をほんの数段降りたとき、背後でデモ参加者たちが押し返され、前を歩く人たちを突き飛ばした。大勢の人たちの圧力でバランスを失った彼は、前にいた若い女性（マーガレット）を巻き込む形で壁に押しつけられた。その後、二人は何とか電車に乗り込む。女性は壁に押しつけられた際に怪我をし、眉弓（びきゅう）の部分が出血していた。彼は彼女と一緒に二つ先の駅まで進み、薬局で絆創膏を買って、彼女の傷を応急手当てする。以上が、二人の、まさに「事故」とも言える馴れ初めだ。ジャンは後に、そのとき二人で歩いた同じブルー通りで、その日、二人が交わした会話を思い出し、強烈な感慨に囚われる。そこには、彼が物語の冒頭で力説した、あの記憶に対する思いが、極めて直截的な形で吐露されている。

二人の人間が最初の出会いの際に交わした言葉が、決して発せられなかったかのように、無のなかに消え去ってしまうというのは、本当に確かなのか？　また、あの呟きの声、何年来か交わされた電話での会話は？　耳元で囁かれたたくさんの言葉は？　そうした言葉の断片は、ほとんど重要でないため、忘却を余儀なくされているということなのか？（20）

残念ながら、確かと言わざるを得ない。たとえいかに大切な言葉が交わされたとしても、その言葉を「暗黒物質」の領域に追い遣らずにいることは、ほとんど不可能に違いないからである。

とはいえ、二人の出会いが不幸だったかと言えば、決してそうではないだろう。ジャンにとっても、マーガレットにとっても、それはやはり、運命と言う他ないような出会いだったろう。この二人の遭遇については、ジャンの視点から次のような言明が与えられている。

二人の人間の最初の出会いは、両者が痛みを感じる軽い傷（blessure）のようなものであり、それが、それぞれの孤独や無気力から、二人の気持ちを目覚めさせる。その後、マーガレット・ル・コズとの最初の出会いを考えたとき、それが別な形で生じることはあり得なかっただろうと、彼は考えたものだ――あの場所、あのメトロの入口で、互いに身体を投げ出されて。（24）

マーガレットが眉弓に負った傷は、まさに「両者が痛みを感じる軽い傷」を指し示しているように見える。実際、二人の交際は、あの日、あのメトロの入口で、彼女の「負傷」という思わぬ事態を契機に始まったからである。その後、ジャンとマーガレットの日々は徐々に穏やかな方向に進んでいく。彼らは、運命とも思しき出会いに支えられ、自身の「孤独や無気力」から、少しずつ解き放たれていくのだ。参考までに再度指摘しておくなら、モディアノの作品中で重要な役割を演じる女性は、何故か顔面に傷を負うか、既に負っている可能性が高い。『小さな宝石』のシュザンヌ・カルデレス、『夜の事故』のジャクリーヌ・ボーセルジャンなどの例が、すぐに思い浮かぶだろう。その「傷」の意味合いについて、明確に論じるのは困難かもしれない。だが、それが「母」、「母のような女性」、あるいは「憧れの女性」のイメージと連係している可能性は、やはり否定できないだろう。

結局は「暗黒物質」と化し、忘却の闇に飲み込まれてしまう数多くの名前のなかで、ジャンがふと思い起こすのは、メロヴェ（Mérovée）という、名前なのか名字なのかも判然としない一人の男の存在だ。この人物は、当時マーガレットが秘書として働いていた「リシュリュー代行機関」の社員で、名も知れない二人の取り巻きと共に、ジャンとマーガレットにしばしば干渉してくる。二人にとっては不快な存在だが、彼らの存在はそれほど大きな役割を果たしているようには見えない。敢えて言うなら、移動・失踪を繰り返すマーガレットにその新たな機会を促したということだろうか。

彼ら〔ジャンとマーガレット〕は、メトロの駅まで歩く。マーガレット・ル・コズが、仕事を変え、是非とも今、「リシュリュー代行機関」や、その同僚たちから決定的に離れることを望んでいると彼に言ったのは、その晩のことだった。彼女は毎日、求人・求職広告に目をやり、毎日、彼女に別の地平線（horizons）を押し広げてくれる文面を期待していた。(30)

ジャンは、それから何年か後、このメロヴェという男が、彼にとってまさに「暗黒物質」と化していく瞬間と立ち会うことになる。一月の深夜、タクシーに乗っていたジャンは、街の四つ角で、すっかり変わり果てた姿のメロヴェを目撃する。ジャンは一瞬、彼に近づき、話しかけようと考えるが、直ちにそれを思い止まる。相手は自分のことを覚えていないと考えたからだ。こうして、彼とマーガレットに、かつてあれほどしつこく干渉していた男は、その取り巻きたちと共に記憶の彼方に消えていく。まさに、「無のなかに消え去ってしまう」(20) のだ。

マーガレットの隠された逃走理由？

ある日、マーガレットがジャンへの返答を咄嗟に訂正したとき、彼は奇妙な不自然さを感じる。彼女が勤め先から遠い場所に住んでいる理由を尋ねた際、彼女は「安全だから」と答えた後、すぐに「他よりも静かだから……」と訂正したのだ。彼女の不安気な視線から、彼女が何らかの危険に晒されていると、ジャンは直観する。彼女は自身の身の上については、あまり詳しく話したがらない様子だったが、「何ヶ月か前から、私に付き纏っている男がいるの……」（33）と、漸く彼に打ち明ける。ジャンには、その「男」がどういう人物なのか皆目見当がつかない。男の身なりや特徴を尋ねても、彼女の返答はいつも曖昧で、要を得ないからだ（「髪は褐色、三〇歳くらい、背はかなり高く、顔はやせこけている」（35））。彼女の不分明な説明から想像するに、スイスで遭遇したその男をパリでも見かけたため、二度と顔を合わせないよう、最大限注意しているということらしい。彼女によれば、男の名字はボワヤヴァル（Boyaval）。名前は答えられないようだ。だが、いずれにせよ、この男の存在が、スイスからパリへの彼女の移動・逃走に関与しているのは間違いないようだ。彼女の気持ちを気遣うジャンは、自分が傍にいれば心配ないと、何度も彼女に言い聞かせる。彼女がある日、ボワヤヴァルらしき人物を見かけた際には、その人物と果敢に向き合い、相手の素性を確認したりもする。結果的には相手が否定したので、ボワヤヴァルに関する彼女の不安は、杞憂ということで決着していく。しかし、彼女がその男を恐れる真の理由については、結局、最後まで不明のままである。それに関しては、彼女は何一つ彼に説明する素振りを示さなかったからである。

怪しい男に付き纏われているという彼女の不安が、ジャンの気持ちと共鳴したのは、彼もまた同様な体験をしていたからである。それは、ジャンと両親に関わるエピソードである。モディアノの小説に登場する家族や親子関係が穏やかな幸福感と無縁であることは既に何度か指摘してきたが、それはジャン——そして、マーガレット——についても同様である。ジャンにもまた、息子に付き纏い、罵声を発したり、現金をせびり取ったりするような両親と思しき存在がいたのだ。こうした構図には、『夜の事故』の主人公と年老いた母親（?）の醜悪な関係がそのまま反復されている。マーガレットがジャンにボワヤヴァルのことを打ち明けたとき、彼が思わず自分と両親のことを持ち出したのは、二人が何かを忌避している、何かから逃走しているという感覚を共有することに気づいたからに違いない。彼は、彼女を脅かす男と自分の両親を重ね合わせ、彼女に両親の姿・行動を具（つぶさ）に説明する。

「五〇歳くらいのカップルを想像してみて」、とボスマンスは彼女に言った。「赤毛で無情な目つきの女、褐色の髪で、還俗（げんぞく）した司祭みたいな男。戸籍を信じるなら、赤毛の女は僕の母親」。〔……〕彼の方に歩いて来た母親は、挑発的な顎を見せながら、子どもを叱責するときの横柄な調子で、彼に現金を要求するのだった。褐色の髪の男の方は、離れた所に不動のまま立ち、彼に生き恥をかかせようとするかのように、厳しい態度で彼を注視していた。ボスマンスには、二人が、このように自分を蔑む理由が分からなかった。彼は幾らか紙幣があることを期待し、ポケットを探った。彼が母親に紙幣を手渡すと、彼女はそっけない仕草で、それをポケットに捩じ込んだ。(36-37)

『夜の事故』の主人公に付き纏う老女のように、ジャンを悩ませるこの二人が、本当に彼の両親であったか否かを確認することは困難である。「戸籍を信じるなら〔……〕僕の母親」という一節を考慮するなら、少なくとも女性の方は彼の母親だったのかもしれない。だが、確実にそうかと問われれば、やはり躊躇せざるを得ないだろう。マーガレットにとってのボワヤヴァルと同じく、この醜悪なカップルは、未来に踏み出すジャンが断ち切らなければならない、過去の亡霊のようなものだったのではないだろうか。実は、ジャンが小説家志望だと知ったとき、男(父親?)は口汚く彼を罵る。そして、母親(?)は傲慢そうな顎の動きで、連れ合いの意見に同意するのだ。だが、ジャンはそうした仕打ちにもめげず、こつこつと原稿を書き続ける。シモーヌ・コルディエ(Simone Cordier)というタイピストの女性に次の原稿を届け、彼女から戻されたタイプ済の文章をカフェで再校しながら、彼はこう考える。それは、本作のタイトル(『地平線』)について考える上でも、極めて重要な場面と言えるだろう。

彼の前には宵の時間がすべて残されていた。彼はこの地区にいたいと思っていた。自分が人生の十字路、あるいはむしろ、未来に飛び立てる境界に達したような気がしていた。頭のなかに、初めて「未来」という言葉が浮かんだ。別の言葉で言えば「地平線」。こうした宵、その地区の人通りの少ない静かな通りは、そのどれもが、未来や《地平線》(l'HORIZON)へと通じる逃走線(lignes de fuite)だった。(81-82)

この一節には、『地平線』という物語の基底にある、「未来」そして「逃走」という思考的テーマが、簡潔かつ明快に表現されている。「未来」に向かうことは、「地平線」を目指す一種の「逃走」のようなものなのだ。ジャンとマーガレットは、「地平線」という鍵言葉によって結び合わされている。マーガレットが新しい仕事を探し、求人・求職広告に目をやるときもまた、この鍵言葉が使用されていたからである(「彼女は毎日〔……〕彼女に別の地平線を押し広げてくれる文面を期待していた」〔30〕)。この後二人は、どのような「逃走線」を描き、新たな「地平線」に到達したのだろうか。

二人の新たな仕事

「リシュリュー代行機関」を逃げるようにして辞職したマーガレットは、街の就職斡旋事務所を介して、二人の子ども（一一歳と一二歳）の面倒を見る仕事を見つける。いわば、住み込みのない、臨時の家政婦といった身分だ。子どもたちの両親であるフェルヌ（Ferne）夫妻は、いずれも超高学歴のインテリ。夫のジョルジュ（Georges）は憲法学の教授、妻のシュザンヌ（Suzanne）はパリの法廷弁護士。二人の子どもたちも、まったく手のかからない優等生だった。ジャンが初めて二人と会ったとき、男の子は余白に書き込みをしながら数学の教科書を読んでいたし、女の子はブレーズ・パスカル（Blaise Pascal, 1623-1662）の『パンセ』（*Les Pensées*, 1670）に没頭していた。このような家庭に、特に深刻な問題が生じるはずはなかった。むしろ、安心して働くことができた。歴然とした生活環境の違いにも、自分たちの世界以外には、ほとんど関心を示さない夫妻の態度にも、ジャンとマーガレットは少しずつ慣れていった。だが、この夫妻と二人の間には、どうしても乗り越えることのできない障壁が横たわっていた。それは奇しくも、「犬」をめぐる話し合いの際、突如立ち現われる。モディアノが、物語にしばしば「犬」を登場させ、手の込んだ役割や象徴性を担わせる作家であることは既に確認済みだが、その手法はここでもまた、さりげなく採用されている。

ジャンがある晩、「オカルト学」の話題をフェルヌ夫妻に持ち出したとき、相手の反応が芳しくないと悟ったマーガレットは、助け船を出すかのように提案する。

「もうすぐアンドレ〔夫妻の息子〕の誕生日ですね……。私は、彼に子犬を贈ることができれば、と考えておりました……」(72)

彼女としては、無邪気な気持ちで言ったつもりだが、相手の顔には明らかに驚愕の表情が浮かんでいた。「まるで、彼女が下品なことでも口にしたかのように」(72)。フェルヌ夫人が、すかさず返答する。「家族では、これまで一度も犬を飼ったことがないんですよ」(72)。マーガレットが当惑していると感じたジャンは、今度は自分が助け船を出す番だと考え、「あなた方は、犬が好きではないのですか」(72)と問いかける。夫妻は彼の質問が理解できないかのように、沈黙を保っている。すると、ジャンの一言に促されたように、マーガレットが再度、自分の意見を口にする。

「でも、犬は子どもたちに喜んでもらえるのではないでしょうか」と、マーガレットは早口で言った。

「私は、そう思いませんが」と、教授の妻が言った。「アンドレは、犬のために数学から気をそらされることに耐えられなくなるでしょう」(72)

この決死の対決とも言うべき出来事は、結局、「この犬の話は忘れましょう」（73）という、フェルヌ教授のあっけない一言で幕を閉じることになる。この厳めしいアパルトマンには「犬の居場所など、どこにもなかった」（73）のだ。ジャンが最後に目にしたのは、まるで男のような夫人の顔と、その冷酷な眼差し。そして、それと対照的な夫の虚弱さのようなもの。ただ、それだけだった。

この束の間のエピソードが極めて重要と思えるのは、これとほぼ同形のものを、私たちは既に目にしているからだ。それは言うまでもなく、『小さな宝石』に登場する、あのヴァラディエ夫妻と少女をめぐるエピソードである。犬を飼いたいと望むのが少女である点を別にすれば、『地平線』の場合も、内容的にはほとんど同一のパターンが反復されている。フェルヌ家とヴァラディエ家、そして、その生活や居住空間にも、同種の匂いや雰囲気が立ち込めている。男勝りの夫人、夫妻の夜遅い帰宅、大人しい子ども、余計な家具調度のない部屋、等々。犬という動物が人間や家族の絆を担う象徴だとすれば、ヴァラディエ家のように、フェルヌ家にも「家族」の香りがしないのは当然かもしれない。また、犬が見捨てられるもののイメージと深く関係しているとするなら、『地平線』の場合、それはマーガレットの手に任された二人の子どもたち、さらには、両親の愛情に恵まれなかったジャンとマーガレットを表象しているのかもしれない。マーガレットが引き起こし、ジャンが加担した犬の問題で、フェルヌ夫妻が彼らに対し、激しい苛立ちや怒りを覚えたことは想像に難くない。夫妻はその後間もなく、マーガレットとの契約を解除するからである（「彼女〔マーガレット〕は、先の週に、わずかな説明もなく、フェルヌ教授と妻に解雇されていた」〔141〕）。

ところで、マーガレットがフェルヌ夫妻に雇われていた頃、ジャンはいったい何を職業にしていたのだろう。小説らしきものを書き、シモーヌ・コルディエという婦人に原稿のタイプ打ちを依頼していたということは分かるが、それ以上のことはほとんど何も語られていない。マーガレットと一緒に就職斡旋事務所に赴いたとき、彼は成り行きで申込書にサインしてしまうが、特に仕事を探しているという様子は窺えない（「あのね、僕には、おそらく当面、仕事の必要はありませんから」〔56〕）。

ある日の午後、一軒の古書店の前でふと足を止めた瞬間、ジャンはその雰囲気にいたく興味を掻き立てられる。それは「ル・サブリエ」（Le Sablier）という出版社を、社主の部下だったブルラゴフ（Bourlagoff）という人物が引き継ぐ形で経営している店だった。一階の書棚には、かつての社主によって出版された数多くの書籍が並べられていた。その大半は、オカルト学、東洋宗教学、天文学に関するものだった。ちなみに、以前の作品に登場した場所や店を別の作品に再登場させるのは、モディアノにお馴染みの技巧の一つだが、ここでもまた、それが有効に援用されている。「ル・サブリエ」というのは、『夜の事故』に登場するフレッド・ブヴィエールという人物が若書きの書物を発表した出版社と同名であり、書物のテーマ系列もよく似ている。

ジャンはすかさず、店内に足を踏み入れ、テーブルの背後にいたブルラゴフと話を始める。すると突然、週に四日店番ができる人を探していると告げられるのだ。彼はほとんど躊躇うことなく、週二百フランの報酬で、その仕事を引き受ける。後になって思い起こすなら、この頃こそがまさに、ジャンとマーガレットが最も距離を縮め、互いに恋人同士と感じることができた時期だったのかもしれない。「ル・サブリエ」は、暑い日も寒い日も、晴れた日も雨の日も、二人のお気に入りの待ち合わせ場所だったのだ。

その日から、かつての「ル・サブリエ出版社」で待ち合わせをする度に、彼は窓から彼女の姿を窺ったものだ。彼に会うために、彼女はレイユ大通りの坂道の歩道を立ち止まることなく歩き続ける。空が青い、冬の澄み切った光のなかを。だが、夏もそうだったろう。奥の背景に、公園の木々の葉群が見えるからだ。ときには雨が降ることもあるが、彼女がそれを気にする様子はない。彼女はいつもどおりの静かな足取りで、雨のなかを歩いている。彼女はただ、赤いコートの襟を右手で握っているだけだ。(61)

逃げる女

この後、物語は過去に立ち戻り、ベルリンで生まれ育ったマーガレットがパリに行き着くまでの経緯が語られる。それは、ジャンには見えない、いわば陰の部分の物語だ。彼女は少女時代に、母親のジュヌヴィエーヴとフランスのリヨンに移り住む。そして、しばらくはその地に暮らすが、ジュヌヴィエーヴが彼女の気に入らない男と結婚したのを機に、決定的に親子の縁を断ち切り、一人、スイスのアヌシーに移動する。二〇歳になったばかりだった。父親のことは最初から何も知らないので、この時点で天涯孤独の身になったわけだ。彼女の移動・逃走の人生は、この瞬間から始まったと考えて間違いないだろう。彼女は初めてミシェル〔この後登場するミシェル・バジュリアン〕に会ったとき、自分と相手の違いについて、「しかし彼女〔マーガレット〕は逆に、乱雑な飛び跳ね、断絶を繰り返しながら、人生を突き進んでいた。そして、その都度、また零から出発していた」(92)と思念するが、後にパリに到着したときもまた、そうした自己の姿を改めて強く確認することになる。

再び彼女の人生に亀裂が生じていた。だが、いかなる後悔も不安も感じていなかった。それは初めてではなかった……。それに、そうしたことはいつも同じように生じていた。誰も待っていない駅、通りの名前も知らない街に、彼女は行き着いていたのだ。彼女は、あれこれの地方や村の出身で、ときどきそこに帰省すると語るような人たちとは違い、決して出発点に戻ることはなかった。彼女は、以前住んだ場所には決して帰らなかったのだ。〔……〕

彼女は出発しなければならなくなる度に、歓喜の感情を覚えた。そして亀裂が生じる度に、

人生はまた力を回復すると確信していた。自分が長くパリに留まるかどうかは、分からなかった。それは状況次第だった。（86）

スイスに身を落ち着けたマーガレットは、先ず仕事探しを始める。あまり人目につかない秘書のような仕事を望んでいたが、なかなか見つけることができないでいた。そんなときにふと知り合ったのが、ローザンヌに住むミシェル・バジュリアン（Michel Bagherian）という男性だった。彼に状況を打ち明けると、提案されたのは、彼の二人の子どもを世話する家政婦の仕事だった。世間から身を引き離しながら行なえる仕事。それは彼女にとって、まさに理想的だった。そして、彼女の生活は日々何事もなく、穏やかに過ぎていった。

しかし、そこに突然、予想外の事態が生じる。一人の男が姿を現わし、悪質なストーカーのように、執拗に彼女に付き纏い始めるのだ。それは、後にマーガレットがジャンに打ち明けることになる、あのボワヤヴァルという男である。男は車を運転する彼女の前に不意に姿を見せたり、夜道で堂々と彼女を尾行したりする。目的は判然としない。

ある晩、アヌシーのロワイアル通りで、男が彼女に付いてきたとき、彼女は振り返って相手と向き合い、それほど執拗に自分を付け回す理由を、素っ気なく問い質した。男はチック〔痙攣〕

と思しき、少し間の抜けた笑みを浮かべた。だが、まるで彼女に対して恨み（ressentiment）でも抱いているかのようで、その目つきは厳しかった。（97-98）

結局、男からの返答は何一つ得られない。理由が彼女に対する「恨み」だとしても、それはたして、どういう恨みなのか。もちろん、彼女にも思い当たる節はない。ボワヤヴァルの付き纏いはその後も執拗に繰り返され、最後には、バジュリアン邸の前で彼女の帰宅を待ち受けるという事態にまで発展する。その晩は、車で一緒に帰宅したミシェルによって撃退されたが、翌朝、窓から外を窺うと、ボワヤヴァルは雨のなか、まだそこに留まり煙草を吸っていた。これほどの執念はいったい、どこから生じるのか。その後、ミシェルのお陰で少し落ち着きを取り戻したマーガレットは、耐えがたいほどの嫌悪感を覚えつつも、ボワヤヴァルの誘いに応じ、一緒に映画を観ることに同意する。相手がどんな人間か、確認しようとしたのかもしれない。映画の終了後、彼は彼女を家まで送りたいと申し出る。道すがら、彼には言い寄ろうとする素振りさえ見受けられない。「恋人はいるの？」（114）と尋ねただけだ。彼女は「いいえ」と応じた後、「寄っていきますか？」と鎌をかける。「膿を出す（crever l'abcès）」（115）、つまり相手の性根を捉え、決定的に禍根を断ち切ろうと考えたのだ。すると、相手は後ずさり、彼女には理解できない「恨みの表情」（115）のようなものを浮かべる。そして、「僕にそんなことを言って、恥ずかしくないのか？」（115）と言い放ち、いきなり彼女の左頬に平手打ちを与えるのだ。彼女はさらに、「本当は望んでいないのではありませんか？　おかしいですよ……。寄っていくのが怖いのですか？　どうして怖いのか言ってください」(115-116)と追撃する。相手は、ぎこちない足取りで退却するしかない。彼女は確信する。「〔……〕もう二度と彼の話を耳にすることはないだろう」(116)と。その二日後にも、ボワヤヴァルは彼女の前に姿を見せるが、彼女はもう相手に対して、以前のような恐怖や怒りを感じてはいない。今はもう、泰然として忘れる以外にないのだ(「彼は彼女の様子を窺っていた。彼女は平然としていようと努め、身を守るためにサングラスをかけていた。また、ボワヤヴァルのガラス越しの顔は、ぼんやりしたものに化していた」〔117〕)。

だが、これで彼女は、この薄気味悪い男を完全に撃退できたのだろうか。頬に平手打ちを受けてから二日後、相手が彼女に謝罪し、彼女もそれを受け入れたのだから、もう事は解決したと考えるのが自然なのかもしれない。バジュリアンもジャンも、もう心配する必要はないと、彼女に保証してくれたではないか。つまり、彼女は完全に「膿を出し切った」というわけだ。すると、彼女がスイスを離れ、パリに移動したことには、ボワヤヴァルとの一件はまったく関与していないということになるのか。そう問われると、頷くのはやはり困難だと思われる。パリに移ったマーガレットが、相変わらずこの男の存在を気にしていることは確かだからである。彼女がジャンに訴える恐怖心ももちろんだが(「彼女は、「そいつ」が自分の形跡を探り出すことに恐怖を感じていた」〔34〕)、彼女がパリという大都会を移動先に選んだ理由の底には、疑いなくボワヤヴァルへの防御意識が潜んでいるからである（「利点は、人は大都会に容易く撒き散らされるということだ。つまり、ボワヤヴァルにとって、パリで彼女を見つけ出すのは、スイスで見つけ出すより、ずっと厄介なことになるだろう」〔86-87〕）。だが、どこまでも判然としないのは、彼女が、ある意味気弱なボワヤヴァルを何故そこまで恐れるかということだ。判然としない理由はボワヤヴァルよりも、確実に彼女の側にあると言えるだろう。マーガレットには相手の質問をはぐらかす、または黙して返答しないといったことが多々あるからだ。そうした場面は、作品中にかなり高頻度で立ち現われる。彼女を、「不確かさ（le vague）の女性」と形容しても、誤りと解されることは、おそらくないだろう（「要するに、マーガレットは不確かさ（le vague）のなかに留まっていた〔……〕」〔35〕）。最初に彼女のことを「失踪・逃走する女性」と表現した理由の一つも、実はそこにある。「彼女はますます逃げ腰になっていた〔……〕」〔35-36〕」と語られるとき、この「逃げ腰の」（évasive）いう形容詞には、「失踪・逃走する」という意味と、「曖昧な」という意味が同時に盛り込まれている。彼女は、つねに正確さを重んじるジャンのような人物とは決定的に異なっているのだ（「それ〔見聞きしたものを忘れないこと〕こそが、大都会の無関心さや正体不明性、そして多分、人生の不確かさと闘う、彼なりの方法だった」〔25〕）。彼女がスイスで遭遇したボワヤヴァルという男に恐怖を感じるのは、演技ではなく、事実だろう。しかし、問題はその理由である。彼女は、おそらく誰に尋ねられても、最後までそれを具に説明することはないだろう。この物語を物語自体から失踪・逃走させ、ジャンが冒頭で展開する述懐のような世界を現出させるのは、マーガレットの内に秘められた、この永遠の「不確かさ」だとさえ言えるかもしれない。『地平線』とは、曖昧性を内包したまま織り成されていく、まさに「宙吊り的」なテクストであり、物語の整合的な全貌が読者の前に立ち現われることはまずないだろう。

この物語では、マーガレットにいろいろな質問が向けられる。しかし、そうした質問に対し、彼女が明確に応答しようとする姿勢はほとんど見受けられない。ボワヤヴァルとの問題を知ったジャンやミシェルが「そいつを恐れているの？」と尋ねたときも、ただ肯定するだけで、自ら積極的にその理由を説明しようとはしない。「どうして？　あなたは僕を怖がっているの？」とボワヤヴァル自身が聞いたときでさえ、彼女は口を噤んだままである。だが、この男と対決し、「膿を出し切ろう」と決意した瞬間、彼女はとっさに、昔の女友だちの助言——「曖昧にしないこと」（115）——に従ってみようと考える。周囲の人たちに対し、それまで曖昧な態度で接してきた彼女は、そこで一瞬、方向転換を試みるわけだ。それまでは「（何故）……が怖いの？」という言い方で自分に向けられてきた質問を、今度は彼女が相手に対して発することになる（「寄っていくのが怖いのですか？　どうして怖いのか言ってください」（116））。だが、相手もまた、その理由を説明しようとはしない。説明しないばかりか、動揺した様子で、逃げるように彼女の前から立ち去っていくのだ。つまり、ストーカーまがいの男も、犠牲者である彼女も、お互いの「恐れ」がどこにあるかを明言しようとはしない。曖昧さの空気は、マーガレットを包み込んでいるだけでなく、ボワヤヴァルの周囲にも立ち込めているのだ。結局、そうした不分明な曖昧さは最後まで消失することなく、この物語を支配することになるだろう。

幻想と現実

時は急速に過ぎ去る。マーガレットと一緒にいた頃から、既に四〇年ほどの歳月が経過していた。そして、ジャンはそれまでに二〇冊以上の本を書いていた。今、彼はパリの見知らぬ公園を歩いている。ふと前を見ると、乳母車を押した若い女性が目に入る。その後ろ姿は、まさにマーガレットのそれと同じだった〔「〔……〕マーガレットと同じ姿かたち」〔122〕〕。

彼の前にいたその女性は、本当にマーガレットに似ていた。彼は、相手との間に同じ距離を取りながら、後から付いていった。彼女が片手で押していた乳母車には誰も乗っていなかった。彼女から目を離さず公園を横切るにつれ、それはマーガレットだと確信していた。〔……〕語り合おうと思っても、水族館のガラスに隔てられた二人の人間のように、理解し合えることはないだろう。彼は足を止め、彼女がセーヌ河の方に遠ざかっていくのを眺めていた。彼女に追いついたところで、どうにもならないだろう〔……〕。彼女には僕であることが分からないだろう。

でも、僕たちはいつか奇跡的に、同じ回廊を通るだろう。そうなれば、この新しい地区で、すべてがまた二人のために始まるだろう。(123)

四〇年もの時の経過を考えるなら、ジャンが目にした光景は幻想と言う他ないだろう。しかし、彼はそのとき、乳母車を押す女性がマーガレットであると、心から「確信」していたのだ。女性は「マーガレットと瓜二つの人——おそらく、別の人生のなかの彼女」(125)といったんは言い換えられるが、直ぐにまた、「マーガレットに似た女性——いや、それは彼が知っていたマーガレットそのものだった」(129)と表現し直される。誰も乗っていない乳母車を押す一人の女性。この鮮烈なイメージには、ジャンのいかなる心情が反映されているのだろうか。さまざまな解釈が可能だろう。敢えて一つの読み方を提示するなら、この女性は幻想のなかに立ち現われた、マーガレットそのものだと言えるのではないか。四〇年前には、いつか自分と結ばれると思っていた女性。そうなれば、二人の間には「子ども」が誕生していたかもしれない。だが、目の前の女性が押す乳母車には、子どもの姿はない。その後に生じた女性の失踪により、彼の夢見ていたものは、夢のまま終わってしまったのだ。とはいえ、ジャンの気持ちは後悔や悲しみだけに満たされているわけではない。それは、「すべてがまた二人のために始まるだろう」(123)という言葉からも、明確に窺うことができる。しかし、それはまさに「奇跡」の領域で生じるような出来事に違いない。ジャンはマーガレットとの夢の続きを、「来世」に託しているのだろうか。

この乳母車を押す女性と出会ったのと同じ日、ジャンは奇しくも、もう一人の「過去の亡霊」(129)と出会うことになる。彼は前日、あるカフェで検索していたインターネットで「ボワヤヴァル」という固有名を偶然目にするのだ。昔、マーガレットが恐れていた男かもしれないと考えた彼は、乳母車の女性を見かけたのと同じ通りで不動産業を営む同姓の男——ちなみに、名前はアラン(Alain)——を訪ねてみようと考える。会って話をすると、相手は極自然な態度で応じてくれる。しかし、かつて同姓の人物に会ったことがあると伝えた瞬間、相手は突然、不安そうな態度を示し始める。ジャンはさらに鋭く核心を突いていく。アヌシーという具体的な地名を口にし、そのボワヤヴァルという男は、フランスのスキーチームにもう少しで仲間入りできるところだったと言うと、彼は自分がその人物であることをあっさりと認める。だが、ジャンの追撃はまだ止まらない。とどめの一撃とばかりに、マーガレット・ル・コズの名前を彼に突きつけるのだ。相手は思い出すような素振りをした後、眉をひそめ、「それで、彼女はまだお元気なのですか」(128)と問い返す。そして、ジャンが間を置かず「分かりません」(128)と答えると、「マーガレット・ル・コズという人のことは覚えていません」(128)と嗄れ声で応じ、それっきり話題を逸らしてしまうのだ。相手にそうされてしまうと、ジャンにはもはや為す術がない。目の前の男とマーガレットに関する真相は、ここでもまた、あの「暗黒物質」の境域に引き渡されてしまうのだ。だが、このやり取りの最後には——無論、ジャン自身には分からないのだが——、この男がボワヤヴァルであることを示す確実な証拠が添えられている。

彼〔ボワヤヴァル〕は、左手を平らにしてテーブルの上に置いた。受け皿のスプーンを右手に摑み、柄の部分で、広げられた指の間のテーブルを叩いていた。ボスマンスは、手の甲と、中指と薬指に沿った部分の傷跡から目を逸らすことができなかった。その手はかつて、小型ナイフによる幾度もの一撃で傷つけられたような感じだった。(128)

ボワヤヴァルのこの仕草は、彼がスイスにいた頃、ポーカー仲間に披露していたお気に入りの悪ふざけを、ありありと彷彿させる。

彼〔ボワヤヴァル〕はさまざまな刃のついたナイフを携帯していたが、「駅」のカフェでポーカー勝負を始める前に披露される悪ふざけの一つは、次のようなものだった。先ずは、指を開いた左手を平らにしてテーブルに置く。そして、徐々に速度を上げながら、指の間にナイフを打ち込んでいく。彼が皮膚を傷つけなければ、カード仲間たちは各々、彼に五〇フラン与えなくてはならなかった。もし怪我をしたら、彼は白いハンカチで手を包むだけで我慢する。そして、いつもどおり勝負が始まるのだ。(107)

マーガレットを追い回していたこの男が、限りなく執念深く、胡散臭い人物であったことは、スイスで彼に関わった人たち——そして読者——にはある程度、把握可能だろう。しかしながら、先の場面で彼と（おそらく）初めて顔を合わせたジャンには、マーガレットとの経緯を含め、この男の過去を確認する術がない。さらに言うなら、パリに住み着いたアラン・ボワヤヴァルが、スイスを離れてから、いかなる人生を歩んできたのかとなると、それは結局、誰にも分からない。完全に情報が欠如しているからである。強烈な個性を発揮しながら、物語に介入してくる人物。ボワヤヴァルをそう見なすことも可能だろう。しかし、曖昧な存在のまま、早晩、物語の舞台から掻き消されていくこの人物もまた、あのメロヴェと同じく、単なる一人の「端役」（comparse）、つまり「暗黒物質」の一つに過ぎなかったのかもしれない。

地平線の彼方へ——決定的な逃走

物語は、ジャンとマーガレットがある家族と知り合うことで、思わぬ展開を迎えることになる。それは、ジャンが働いていた出版社「ル・サブリエ」に、アンドレ・プートレル（André Poutrel）なる整骨医が現われ、自分が過去に出版した書籍——彼はそれを「若気の過ち」（142）と名付けている

――を探していると告げることから始まる。彼には、連れ添いであるイヴォンヌ・ゴシェ（Yvonne Gaucher）と、「おちびのピーター（le Petit Peter）」（137）と呼ばれる息子がいる。しかし、ジャンが幾度も疑念を覚えるように（「これは本当だが、彼〔ピーター〕は両親にまったく似ていなかった。彼らは本当に彼の両親だったのか。それに、彼らは夫婦だったのだろうか〔……〕」〔153〕）、異なる姓を名乗るこの夫妻――そして息子が――真の家族であるかどうかは、結局最後まで判然としない。そこにはまさに――ほとんど家具らしきものが見当たらない部屋とともに――、『小さな宝石』に登場する、あのヴァラディエ一家の雰囲気を彷彿とさせるものがある。ついでに指摘しておくなら、ジャンはイヴォンヌが「ダンサー」であったと確信している（152）。ダンサーという職業が、モディアノの小説において、いかなる意味作用を醸し出しているかについては、もはや改めて説明する必要はないだろう。

アンドレの登場は単なる一挿話ではない。それは、ジャンと、その場に同席していたマーガレットの人生を決定的に破壊してしまうことになる事件の、いわば前触れに他ならなかったからである。マーガレットは前週、フェルヌ夫妻邸での仕事から解雇されていた。したがって、アンドレに提案されたピーターの世話をする仕事を、彼女が躊躇わずに引き受けたのは、ほとんど自然の成り行きだったと言えるだろう。だが、ジャンの気持ちのどこかには、アンドレに対して幾ばくかの疑念があった。彼が口にした「若気の過ち」という言葉が妙に気になっていたからだ。そこで、ジャンは率直に、その気持ちをイヴォンヌに伝える。彼女から返ってきたのは、かなり意味深な答えだった。

「それは若気の過ちだったと、彼〔アンドレ〕は僕に告白しました……」

イヴォンヌ・ゴシェは当惑しているように見えた。

「ああ……それは私たちの人生の一時期すべてに関わることだったのです……。私たちは軽率でした……。でもとにかく、アンドレがあなたに説明すると思います……」(143)

結局、彼女からは事の詳細を聞き出すことはできなかった。だが、アンドレの書いた書物の見返しを見ていたとき、「モーリス・ブレーヴ(Maurice Braive)、そしてブルー通りの人たちに」(146)という献辞が記されているのを発見する。そして、ジャンはそのとき、アンドレがかつてオカルティズムや秘教に関わる実践グループの代弁者として扱われていたことを確信するのだ。

彼の確信は正しかった。ブレーヴという人物は、かつてブルー通り二七番地のアパルトマンに男女を集め、道徳的に非難されるべき魔術や実験を行なっていたのだ。そうした儀式はアンドレの書籍でも触れられていた。ブレーヴは結局、グループのメンバーとともに逮捕され、出身国に追放された。しかし、たとえ時が経ていても、官憲の追及や取り締まりは、その後も厳しかったに違いない。実は、アンドレが出版社「ル・サブリエ」を訪れたのは、いわば証拠隠滅を企てるためだったのだ。

この本……、若気の過ちは、とプートレルはおちびのピーターの肩に手を置いて、繰り返した。彼は微笑んでいた。彼は冗談を言うみたいに、ボスマンスにまた言った。

「あの本が、あなたの書店にはもう残っていないので、ほっとしています。証拠物件は徹底的に消し去る方がよいのです」(148)

しかし、プートレルの思惑はあえなく断ち切られる。ある日、三人の警察官が診察室に押しかけ、手錠を掛けた後、彼を連行してしまうのだ。手錠こそ免れたものの、イヴォンヌもまた同時に連行される。つまり、おちびのピーターだけが、後に残されたのだ。だが、不思議にも、この出来事に最も敏感な反応を示したのは、マーガレットだった(「引きつった顔のマーガレット。彼女は話すことにも難儀していた」〔156〕)。その後の彼女の行動は、ジャンにとっても不可解だった。彼女は部屋に帰ると、大急ぎでスーツケースに荷物を詰め、部屋の鍵を彼に手渡す。そして、夜の九時に北駅を発車するベルリンもしくはハンブルグ行きの列車に乗り込むのだ。彼女によれば、アンドレとイヴォンヌが逮捕されたとき、三人の警察官の一人が彼女に書状を示し、翌日一〇時に警視庁に出頭するよう言い渡したというのだ。彼女はそのとき、パスポートの提示も求められた。いつも携帯していたパスポートは――彼女も承知のように――既に失効していた。大きな問題ではないと判断したジャンは、パリに留まるよう彼女を説得するが、その意思を抑えることはできない。無論、彼女への出頭要請は、アンドレとイヴォンヌの逮捕・連行とも関わりはなかった。彼女が逃走しなければならなかった理由は、結局最後まで、謎のまま留まることになるだろう。

いいえ、ジャン。それは不可能なの。彼ら〔官憲〕は、書類に書かれている、あなたに話したことのない私に関する事柄を知っているの。彼女は彼らの前に翌日出頭するよりも、むしろ姿を消す方がよいと考えていた。〔……〕長い間、彼女はもう質問には答えないと決心していた。ジャン、私を信じて。私たちのような人間を捕らえたら、彼らはもう決して釈放なんてしないのよ。(157-158)

この出来事を最後に、彼女はまさにジャンの前から完全に姿を消してしまう。会いに来るどころか、住所を知らせてくることもない。何年経っても、手紙一通届かなかったし、電話での連絡が入ることもなかった(「マーガレットの顔は、ついに遠ざかり、地平線に消えてしまった〔……〕」(159))。彼はこの後、マーガレット失踪後の自身の生を、夜行列車のイメージを用いて表現するが(「彼自身、その後の雑然とした歳月のなかで、数多くの夜行列車に乗ってきた」(159))、そうしたイメージはテクストの一四頁ほど前の一節で、二人の未来を暗示するものとして既に提示されている。

偶然と空虚が人生の別の時期よりも大きな役割を演じる束の間の出会い。夜行列車のなかでのような、未来のない出会い。若い頃の夜行列車では、しばしば旅人たちの間にある種の親密さが生じた。そうだ、マーガレットと僕は絶えず夜行列車に乗って来たんだという印象がある。だから、僕たちの人生のその時期は、不連続で混沌とし、相互の間にごくわずかな繋がりもない多くの連続的な要素によって細かく断ち切られているのだ……。そして、僕たちの短い旅の一つで最も僕に強い衝撃を与えたのは、プートレル医師、イヴォンヌ・ゴシェ、そして「おちびのピーター」と経験した旅だった〔……〕。

四〇年も経つと、それを整理することもできない。もっと早く手を付けなければならなかったのだ。だが、欠けたパズルのピースを、今どうやって探し出したらいいというのか。(145-146)

一瞬にして断ち切られる、身近に接してきた人たちとの関係。ジャンはあの日以来、アンドレのその後についても、おちびのピーターの消息についても一切耳にしていない。二人との出会いは、まさに細かく断ち切られた「短い旅の一つ」に過ぎなかったのだ。だが、ジャンはある日、消えずに残っていた過去の亡霊とも言うべき人物を、パリの街中で偶然見かけることになる。それは、カフェの椅子に若い女性に付き添われて座る、年老いたイヴォンヌだった。しかし、彼には彼女に声をかける気力も勇気もなかった。たとえ話しかけたところで、彼女はもはや、彼が誰であるかさえ分からなかっただろう。

しかし、立ち上がることができなかった。身体に鉛のような重さを感じていた。十分な勇気がなかったのだ。物事は漠然としたままの方がよいのだ。〔……〕そもそも、それは本当に彼女だったのか。もうそれ以上知らない方がよかったのだ。〔……〕一瞬、その視線が彼に注がれた。だが、彼だとは分からないようだった。(137-138)

ベルリンへの旅

マーガレットが失踪した後も、ジャンは絶えず彼女のことを考えてきた。インターネットで「ル・コズ」あるいは「マーガレット・ル・コズ」と何度も検索したが、思うような結果を得られないでいた。彼女が昔、ベルリン生まれだと教えてくれたことをふと思い出し、「マーガレット・ル・コズ、ベルリン」と試しに検索してみた。すると、一件の応答があり、彼女の名前とともに、住所や電話番号が画面に現われた。やはり、ベルリンが鍵だったのだ。彼は列車で、直ちにベルリンに向かう。ベルリンに到着した彼は、ピザハウスの隣席に座っていた三〇代と思しきアメリカ人男性、ロッド・ミラー

（Rod Miller）に話しかけ、マーガレットの住所の始めに記されていた書店について質問する。すると、彼は偶然にもその書店の常連であり、店主の女性についても親切に教えてくれた。その女性はジャンと同年代であり、独身であることも明らかになった。長い間待ち望んできた彼女との再会は、目の前に近づいていた。

間もなく、彼は書店のなかに入って行くだろう。どう会話を切り出したらよいのか、彼にはよく分からないだろう。彼女には多分、彼が誰なのか理解できないだろう。あるいは、彼のことを忘れてしまっているかもしれない。結局、二人の道は極短い期間、交差しただけなのだ。

（165-166）

だが、忘れてならないのは、その書店にいる女性が本当にマーガレットかどうかということである。ジャンが店内に足を踏み入れ、その女性と対面する場面の描写は永遠に宙吊りのままであり、その展開が明らかな形で提示されることはない。物語の終わりについては、読者一人一人が想像するしかないのだ。物語はこうして曖昧性に包まれたまま、その長い幕を閉じる。参考のため、テクストの最後の一節をここに引用しておくことにしよう。

非常に長い間歩いたため、彼は疲れていた。でも、時計の二本の針が正午に文字盤で重なり合うように、自分がある日出発した正確な場所、同じ時間、同じ季節、同じ広場に立ち戻ったことを確信し、珍しくも落ち着いた気分を感じていた。彼は半ば気だるさのなかを漂い、小公園の子どもたちの叫び声や、周囲の会話の囁き声に身を揺すられていた。夕方の七時。彼女はとても遅くまで書店を開けていると、ロッドは言っていた。(166)

【第五章】

『夜の草』（二〇一二年）
——謎深き過去に身を任せて

物語の結構

モディアノのテクストでは、若き日を振り返る主人公が、謎に満ちた過去を思い起こしながら、確たる真実も分からぬまま、忘却の彼方に消えていった事件や出来事について述懐するという物語パターンがよく見受けられる。『夜の草』(*L'herbe des nuits*, 2012)もまた、そうした系譜に連なる作品の一つと見なしてよいだろう。ある日、主人公の男性の前に一人の謎めいた女性が登場し、物語は最後まで、彼女の「不可解さ」を中心に展開する。しかし、強烈な残像を長い年月にわたって彼の心に留めることになるその物語には、そうした不可解さを解消するような、確たる終わり――「大団円」――のようなものは何も用意されていない。つまり、物語は永遠に「開かれた作品」のまま終結するのだ。『夜の草』はその意味で、前章で扱った『地平線』と極めて似かよった結構を有するテクストと言えるかもしれない。必然的に、語られるテーマには共通する部分もかなり多い――頻繁に住処を変える女、希薄な家族関係、時間と記憶の錯綜、不可解な出来事、主人公が最後に辿り着く文筆家という職業、等々。

主人公のジャン(Jean)が何を生業にしているのかは、どうも判然としない。いつも「黒い手帳(un carnet noir)」(6)を携帯し(ちなみに、手帳を持ち歩く主人公は、モディアノの他の小説にもよく登場する)、日常で目撃した情報や、「文学」に関わる覚書らしきものを、そこにこまめに書き留めている。彼の行動から想像されるのは、文筆家志望の青年といった、とりあえずのイメージでしかない。モディアノの作品ではよくある設定だが、ジャンもまた家族に恵まれていない若者のようだ。そしてそれは、彼が出会う謎めいた女性ダニー（Dannie）にも当てはまる（彼女は父親の顔を知らない〔158〕）。二人は出会う前から既に、どこか似ているのだ（「〔……〕二人には共通点があり、同じ世界に属していると、僕は確信していた」〔48〕）。自分の姓について、ジャンは結局、最後まで打ち明けることはないが、自身および、自身と家族との関係については、次のように述懐している。

その当時、僕は自分のアイデンティティに確信を持っていなかったが、彼女〔ダニー〕は何故、僕にも増してそうだったのか。僕は今日でもなお、自分の出生証明書の抄本が正しいことを疑っている。僕は、僕の本当の姓、本当の生年月日、そして決して知ることのなかった本当の両親の姓名が記入された紛失書類が、この手に渡されるのを終わりまで待つことになるのだろう。（114）

ジャンとダニーの関係には、『地平線』のジャンとマーガレットの関係をどことなく彷彿させる部分がある。いずれも、ふとした偶然で知り合い、親しく付き合い、そして最後にはまた離れ離れになるからである。ジャンが最初“Dany”だと思ったダニー（Dannie）は、仮名・偽名であることが後に判明するが、名前が英語風であるという点でも、二人の女性は共通している。ジャンは大学都市のカフェテリアでダニーと出会い、付き合いが始まるが、アメリカ館に住んでいたダニーは学生でもアメリカ人でもなく、そこに来てからもまだ、それほど日は経っていなかった。謎めいた彼女のイメージは、出会いのときから既に、ジャンの脳裏に強く焼きつけられていたに違いない。彼女が大学都市にいたのはほんのわずかな期間に過ぎなかった。まるで「放浪者」(flâneuse) のような彼女は、その後間もなく、ガリ・アガムーリ (Ghali Aghamouri) というモロッコ出身の男性の指示で、モンパルナス地区のホテル——「ユニック・ホテル」——に移動するが、彼女には、特定の場所に住所を定めようとする意思は感じられない。彼女が住処を移したホテルには、アガムーリとも関係のありそうな数名のモロッコ出身者たちが集まっていて、周囲に怪しげな空気をまき散らしているが、ジャンは、アガムーリとの関係を除き、彼らとの間に傍観者のような距離を保ち続ける。モロッコからやって来た彼らが、パリで何をしているのかは判然としない。不穏な様子から、国家に関わるような重大な計画に加担しているとも考えられるが、彼らの一人一人が物語の途上でそうした計画にどう具体的に関与したのかについては詳(つまび)らかにされていない。彼らが何らかの活動に関わっていたのは確かだろう。それは、後に警察の取り調べ調書に残されることになる彼らの氏名からも推測できる。だが、彼らそれぞれの行動や役割については、ほとんど何も明かされていないのだ。モディアノのテクストには、際立った個性で読者の関心を引きつける人物がよく登場する。だが、語りが終結してしまうと、彼らは結局、物語の結構に彩りを添えるためだけの存在だったのではないか、とさえ感じてしまう。『地平線』のメロヴェやボワヤヴァルと同じく、アガムーリの周辺に登場する数名のモロッコ出身者たちもまた、物語に巧妙な伏線や交錯を忍ばせる役割を負わされているだけなのではないか。そんな風に思えてしまうのだ。ちなみに、ジャンもまた、彼らの存在を二度にわたり、「端役」（comparses）という言葉で表現している。

否、僕の人生において、彼らが極めて重要な役割を演じるようなことは、断じてなかっただろうと、その瞬間、僕は理解した。端役たち。(28)

僕は、そうした「ユニック・ホテル」の端役たちに本当に関心がなかった。〔……〕彼らが僕の記憶から完全に消え去ることがないように、繰り返しその名前を口にしようとしている、あの人たち。(113)

後に文筆家となるジャンのこの言葉には、確かな説得力のようなものが感じられる。この物語における彼らの位置づけは、まさしく「端役」であり、物語の進行を終始リードし続けるのはダニーに他ならないからである。では、「主役」とも言うべきダニーとは、いったいどんな人物なのだろうか。「端役」たちにも、それぞれの味や個性があることは、もちろん否定できない。だがその点に関しては敢えて目を瞑(つぶ)り、ここからはダニーという摩訶不思議な女性と語り手役のジャンに焦点を合わせ、物語の展開を見ていくことにしよう。

家宅侵入する女

ダニーが品行方正な人物でないことは、物語が始まるやいなや、直ぐに感じ取ることができるだろう。学生でもないのに、大学都市の学生寮に住みついたり、アガムーリの妻ミシェール (Michèle) の身分証明書を不法に使用したりするだけでなく、モロッコ出身の男の一人から偽の書類を手配してもらったりするからだ。それがどういう類のものかは不明だが、彼女の周囲にはつねに「犯罪」の匂いが立ち込めている。アガムーリがふと漏らす「彼女は今のところ何とか安全だが、厄介事 (une sale histoire) に巻き込まれていることを気づかれる恐れがある」(88) という言葉は、無視できない不安として、ジャンの心にいつまでも留まり続けることになる。ダニーが不穏な女性だということを窺わせるものは、この他にもたくさんある。後に判明することだが、名前を何度か詐称していたこと、生粋のパリ生まれであるのにカサブランカ生まれだと嘘を吐いていたこと、軽犯罪とはいえ、かつて高級品の窃盗で八ヶ月間拘留されたことなど、細かい事まで数え上げたら、おそらく切りはないだろう。

モディアノの小説には、"entrer par effraction"という表現がしばしば登場するが、それは「(不法に)家宅侵入する」という意味である。そして、他ならぬダニーこそがまさに、その典型的な「家宅侵入」の常習者なのだ。住む資格のない大学都市の部屋に泊まっていること自体が、そもそも「家宅侵入」と言えるのかもしれないが、彼女はこの物語のなかで、少なくとも二回、大胆な「家宅侵入」を行なっている。そして、それらはいずれも、ジャンと共に実行される。

最初のケースは、パリから遠く離れたラ・バルブリ(La Barberie)という小集落にある、同名の屋敷——作中では「田舎の別荘」(maison de campagne)とも呼ばれている——への侵入だ。そこはどうやらドルム夫人(Mme Dorme)という女性(この謎めいた女性の名は、後にもまた登場する)の持ち物らしい。彼女の話によれば、夫人とはかつて仕事を探していたときに知り合ったということだが、ダニーが何故その屋敷の鍵を持っていたのかは判然としない。一緒に侵入したジャンは、「僕たちはその屋敷に不法侵入したと考えていた」(48)と、正直に自身の気持ちを表明するが、彼女もまた否定することなく、その事実を認める(「[……]自分には、この屋敷にいる「権利」はまったくないのだと、彼女は僕に説明した」(48))。モロッコ出身の男たちの一人から借りた車で屋敷に移動した二人は、そこで数日を過ごすことになるのだが、そこにある日、黒い大型車に乗った二人の男が現われ、入口の呼び鈴を鳴らす。ジャンは無論、彼らが誰であるのか分からない。一方、ダニーには、彼らがどんな輩か見当がついているようだ。結局、居留守を使うことで、彼らを無事、撃退することができたが、ジャンにとっては気掛かりでならない。屋敷の持ち主の友人たちだろうと彼女は言うのだが、どうやら彼らとは顔を合わせたくない様子なのだ。アガムーリがふと口にしたあの「厄介事」という言葉を思い起こすまでもなく、このときから多分、ジャンは彼女が何らかの犯罪に加担している可能性を感じ始めたのかもしれない。実を言えば、そうした状況を仄めかす出来事を、ジャンはラ・バルブリに来る数日前に目撃している。その日、待ち合わせをしたカフェに蒼ざめた顔で現われたダニーは、お気に入りの酒「コアントロー」(Cointreau)を一息に飲み干す。そして会計の際、五百フラン紙幣で支払いをするのだが、その紙幣は何と、赤い紙の帯に包まれた札束から引き抜かれたのだ。彼女はどうしてそのような大金を持っていたのか。それに関する説明はどこにもないし、ジャンが彼女に問い質したという様子も見当たらない。それはいわば、彼女の隠された生活を匂わせる一種の記号のようなものとして機能しているのだ。

「家宅侵入」の二つ目のケースは、紛れもなく「犯罪」と言えるだろう。ダニーはある晩、昔住んでいたアパルトマンをジャンに見せたいと言う。鍵も持っているということだった。件の建物に到着し、部屋に向かう際、彼女は彼に対して、「管理人は、この時間いつも離れているの。でも、階段では物音を立てないでね」(60)と言う。彼らはまさに「足音を忍ばせながら(à pas de loup)」(60)階段を上るのだ。まさに侵入者・犯罪者の足取りである。部屋に着くと、小声で話し、入口以外の明かりはつけないようにと彼女に念押しされる。確かに、彼女は以前その住居に住んでいたのかもしれない。建物の状況を知悉しているだけでなく、なにせ、鍵まで所有しているのだ。しかし、彼女の行動はどう見ても常軌を逸している。彼女はテーブルの引き出しを一つ一つ物色し、なかから取り出した書類を何枚かコートのポケットに突っ込む。そして、ナイトテーブルの上にあった本を一冊、同じようにポケットに入れてから、何故かレコードプレイヤーとレコードディスクを二、三枚、持っていた買い物袋に押し込むのだ。入口から誰かが入ってこないかと心配するジャンは、もう気が気ではない。「ここに住んでいる人たちを知っているの」(62)と聞いても、彼女からは何の返答もない。すると彼女は少し何かを考えてから、「この部屋にいられなくて〔……〕残念だわ」(63)と大声で口走った後、「管理人が戻っているに違いないわ。できるだけ速く、管理人室の前を通り抜けなければ」(63)と、ジャンに速やかな逃走を促すのだ。二人は結局、危機一髪のタイミングで、逃げるようにその場から退出するが、ジャンにとってはまさに恐怖と緊張の連続であったに違いない。彼はそのとき、自分の身に起こり得たかもしれない事態を、次のように想像していたのだ。

表出入口の解錠ボタンを押す。だが、もしそれが封鎖されていたとしたら? とても重くて、僕に押し込み強盗(cambrioleur)のような様子を与えていたような気がする、あの買い物袋を隠すのは不可能だった。入口は封鎖され、管理人は警官隊に電話し、彼女と僕は囚人護送車に

乗せられていただろう。(63)

彼女がそのアパルトマンに以前住んでいたことが、たとえ事実であったとしても、彼女――並びに彼――の行動は、ほぼ間違いなく「家宅侵入」および「窃盗」に相当すると判断されただろう。もしも、入口が封鎖されていたら、結果はまさにジャンの想像どおりになったに違いないのだ。結局のところ、この出来事に関わる真相は最後まではっきりしない。彼女が何故、何の目的で、そのような行為に及んだのかは、誰にも分からないのだ。ただ一言付け加えておくなら、彼女には、その謎めいた行動力だけでなく、ジャンとは比べものにならないほどの度胸と大胆さがある。それは多分、この物語に「暗黒小説」(un roman noir)のような相貌を与える、主要な原動力となっている。物語の中心にいるのはつねに彼女だと言っても、おそらく過言ではないだろう。この物語をリードする彼女には、他の登場人物たちを圧倒する存在感がある。もしも彼女が読者の前から姿を消すとなれば、それは間違いなく物語の終焉を予示することになるだろう。

犬と原稿

既に幾度となく指摘してきたが、モディアノの小説には、いわゆる「幸福な家族」と呼べるようなものはほとんど登場しない。愛し合う二人が結婚して、子どもが生まれ、幸せな家族生活が繰り広げられる、といったような展開は、まず期待できそうにないのだ。そうした状況を仮に「家族の希薄さ」と呼ぶなら、それは明らかに「ロマンスの欠如」に起因していると思われる。これまでに取り上げてきたものも含め、モディアノのテクストには若き男女のロマンス（恋愛）が異常と思えるほど希薄なのだ。もちろん、交際していると思われるカップルも登場しないわけではない。だが結局は、そうした二人もまた、結ばれないまま離れ離れになっていく。確かに、ダニーとジャンも、周囲から見れば普通に交際しているカップルなのかもしれない。二人は頻繁に顔を合わせ、同じ部屋に泊まったりもするからだ。無論、二人で他人のアパルトマンに侵入するときの彼らには、幸福な恋人同士といったイメージは皆無だ。だが、ラ・バルブリの屋敷で過ごす彼らからは、共に時間を過ごす仲の良いカップルといった様子も窺えないことはない。二人の関係にそうした雰囲気を与えるのは、はたして何なのか。それは彼らが似た者同士ということもあるだろう（「〔……〕二人には共通点があり、同じ世界に属していると、僕は確信していた」〔48〕）。しかし、それ以上に二人を結びつけているのは、いつも彼らに寄り添い、一緒にいてくれる「犬」の存在だろう。既に何度か指摘してきたように、モディアノは犬という動物に象徴的な意味合いを背負わせ、それをピンポイントのように機能させる。実に手の込んだテクニックだ。不法侵入したダニーとジャンが数日を過ごすラ・バルブリの屋敷にも、何故か犬がいる。住人もいない家なのに、いったい誰が飼っているのか。それは結局、謎のままである（だが、謎とはいえ、この犬にまつわるエピソードには、八頁もの紙幅が割かれている）。黒い大型車に乗った二人の男が屋敷に現われたときも、犬は一緒に部屋にいて、吠え立ててくれる。むしろ不審と思われたのかもしれないが、結果的に、男たちは退散していく。犬はいわば、二人の友であり、護衛なのだ。そして、さらに言えば、犬は「家族」ないし「家庭的なもの」の象徴としても機能している（「ある晩、僕たちは少し薪を燃やし、暖炉の前の大きな長椅子に座っていた。二人の足元には犬が横になっていた〔……〕」〔45〕）。ここには、のんびりと寛ぐ家族のような光景がある。だが、ダニーとジャンには、そうした「家庭的なもの」を長く維持することができない。モディアノの世界で繰り返される、お馴染みのパターンと言えるだろう。犬と楽しく散歩したり、一家団欒のような時間を過ごすことには、いつか必ず終わりが訪れるのだ。

これまでの例を思い起こすなら、犬には「家族」のイメージに加え、「捨て去られるもの」のイメージが連係的に付与されている。そして『夜の草』でもまた、同種のパターンが着実に受け継がれている。家族的雰囲気の霧散と同様、犬との別れはつねに避けがたいものとして到来するのだ。

パリに戻る度ごとに、「この犬、一緒に連れて帰らないと」と、僕はダニーに言ったものだ。犬は、僕たちの出発に立ち会おうと、グレーの車の前に立っていた。そして、僕たちが車に乗り込み、ドアが音を立てて閉められると、彼〔犬〕は薪置き場として使われていた小屋の方へ向かって

いった。僕たちがいない間、彼はいつもそこで寝ていたのだ。僕は毎回、パリに戻ることに遺憾を感じていた。(44)

犬との別れという出来事には、もう一つの出来事が、互いに共鳴するかのような形で添えられている。それは、ジャンが黒い手帳に書き留めていた原稿の一部を、そこに置き忘れるという出来事である。

僕は、黒い手帳に記した覚書に従って執筆していた百枚ほどの原稿を、ラ・バルブリに置き忘れてしまった。というよりむしろ、僕は翌週また戻って来るだろうと考え、仕事をしていた客間にその原稿を残してきたのだ。しかし、僕たちはもう決して、そこに戻ることはできなかった。結果的に、犬と原稿をそこに永久に置き去りにしてしまったのだ。(51)

犬と原稿を等位接続詞の「と」(et)で結ぶという、いささか奇妙とも思える言い回し。だが、それは少しも奇妙ではない。それら(犬と原稿)は、ジャンの人生にとって、最も大切なものであったに違いないからだ。たとえ幻想であれ、犬という愛玩動物によって仲介されるダニーとの(家族のような)生活。そして自分が将来の職業(文筆家)を託すことになる宝物のような原稿。犬と原稿は、彼の未来を切り開く、いわば希望の象徴とも言えるものだったのだ。その後も問題になる原稿(「あの頃はいつも、あの原稿を回収できるだろうかと何度も考えた〔……〕でも、あの田舎の別荘がどこにあったのか、もはや分からなかった」〔53〕に関しては、触れなければならないことはまだまだ幾つも存在する。だが、それに関しては後にまた節を改めて論じることにし、次の話題に転じることにしよう。

ラングレ、過去の記録を明かす人

モンパルナスのホテルに集まるモロッコ出身の一団と同様、ラングレ（Langlais）という男性もまた、最初は「端役」（comparse）のような存在に見えるかもしれない。しかし、物語を読み進めていくと、この人物には重要な役割があることに気づかされる。物語の要所に隈なく姿を現わし、ジャンだけに向かって、自分が収集・記録した過去の情報を開示してくれるからだ。ラングレは、アガムーリら、モロッコ出身者たちの周辺に不穏な動きが確認された際、近くにいたジャンにも、疑いの目を向けることになる。ジャンは、ジェーヴル河岸（パリ警視庁）の執務室に出頭を要請され、彼から幾つかの質問を受けるのだ。質問の中心は、ジャンとモロッコ出身者たちとの関係だったが、自分にとってはほとんど「端役」に過ぎないと考えていた彼らについては、特に返答すべきこともなかった。ラングレはこの最初の取り調べの際、ミレイユ・サンピエリ（Mireille Sampierry）という女性の名前を何度も口にするが、ジャンにはまったく思い当たる節がない。ダニーの名前が出ないことには驚いたが、それには理由があった。後に判明するように、ダニーというのは実は仮名・偽名で、彼女はドミニック・ロジェ(Dominique Roger)、ミレイユ・サンピエリ、ジャニーヌ・ド・シヨー(Jeannine de Chillaud)、さらにはアガムーリ夫人から不法に拝借したミシェール・アガムーリという名前を状況に応じて使い分けていたのだ。だが、彼に関する取り調べには、何も問題は生じなかった。ラングレが、ジャンの言動に何も疑いを抱いていないことが分かったからである。

しかしながら、ジャンとラングレの関係は、それから半世紀ほど経過しても、なお断たれることなく繋がっていた。ラングレの言葉を借りるなら、「私は、これまでずっと、あなた〔ジャン〕を遠くから追跡し続けてきたのです」(134)ということになるだろう。ラングレは警視庁を退職した後も、自分が過去に関わった事件資料を警察や古文書館で調査し続けてきた。そして、半世紀もの長い間ずっと気になってきたのが、ジャンに対して取り調べを行なったあの事件だったというわけだ。だが、それは決して、過去の案件を蒸し返したり、ジャンに疑念を感じて、再調査していたからではない。ラングレは、一度すれ違っただけで、斜めからでも、後ろからでも人を正確に見分ける能力を持つ『失われた青春のカフェで』の登場人物ピエール・ケスレィのように有能で実直だが(「私は、〔……〕一度しか出会ったことがなくても、その一〇年後、背後からその人を見分けることができます」〔145〕)、いわゆる「探偵小説」(un roman policier)に登場するような、実務型の刑事ではない。ある意味、彼にとって、過去はもうどうでもよいのだ〔「過去をあまり詮索してはいけません」〔140〕／「事を強いてはいけません」〔141〕〕。彼の目的は、相手の関心を呼び覚ますに違いない、例の事件に纏わる資料を、今や歴とした文筆家であるジャンに、自ら手渡すことにあるのだ。敢えて物語論的な視点から述べるなら、ラングレは、ダニーの身に生じた誰にも語れない「空白」を補い、物語進行役のジャンに、いわば事実的な情報を提供するために配置された人物だということになるかもしれない。ジャンには、ダニーが巻き込まれた事件の概要も含め、失踪前後の彼女の状況については、ほとんど何も語ることができない。そこで、半世紀もの間、ダニーとジャンに注目してきた「証人」とも言うべきラングレの存在が、どうしても必要になるのだ。ジャンが、ラングレと半世紀ほど後に再会するとき、相互の関係が逆転していると感じる理由は多分そこにあるだろう〔「突然、役割が逆転していると感じられた。事務机の後ろに座り、尋問を開始しようとしていたのは、僕だったのではないだろうか」〔136-137〕〕。今度は、ジャンの方が「尋問者」として、相手に「証言」を求める番なのだ。

ダニーにいったい何があったのか？

ジャンは、初めてダニーと会ったときから、彼女の言動に少なからぬ不安を感じていた。そして、それはまさに的中していたのだ。彼女はジャンと知り合う以前に、既に深刻な事件に巻き込まれていた。それを教えてくれたのは、もちろんラングレである(「明らかに、彼女は今、ずっと深刻な何かに巻き込まれています……。それは三ヶ月前に起こりました……。まさに、あなたが彼女と知り合う前の話です……。男性が一人、死亡しました」〔162-163〕)。

彼女はこの事件を境に、ジャンの前から、いわば永久に姿を消すことになるわけだが、実はそれについては、彼にも思い当たるところがあった。というのも、彼女は次のような言葉を口にしていたからである。

「あなたは、私が本当に厄介事に関わるような顔をしているると思っているの?」

〔……〕

「もし私が厄介事に関わったなら、あなたにはそう言います」(116)

だが、彼女は既に、その「厄介事」にどっぷりと身を浸していたのだ。その後、彼女は自分がある殺人事件に巻き込まれたことを彼に告白する(「もし私が誰かを殺していたとしたら、あなたはどう思う?」/「〔……〕本当に殺したのではなく……。偶発的な事故だったとしたら……」/「そうよ……。偶発的な事故だったのよ……。それ〔銃弾〕はひとりでに発射されたの……」〔151〕)。ジャンはそれを一笑に付そうとするが(「僕は大笑いした」〔152〕)、事件が起きたことに、もはや疑いはない。それは深夜に、あの「田舎の別荘」——ラ・バルブリの屋敷——の所有者（ドルム夫人）が住むパリのアパルトマンで生じたのだ。ラングレが提供してくれた書類には、事件の概要についてこう記されている。

「二発の弾丸が犠牲者に命中した。二発のうち一発は至近距離から発射され……。発射された二発の弾丸の薬莢が発見されている〔……〕」（146-147）。

名前も判然としない犠牲者の男はパリの外れにある病院に搬送された後、いわゆる天寿をまっとうしたという形で公式に処理された。問題は誰が拳銃を発射したかということだ。その場にいた一人の男の証言によるなら、それは疑いなくダニーだが、それが故意によるものか、はたまた彼女がジャンに語ったように、偶発的な事故によるものかは、判然としない。だが、いずれにせよ、ダニーがその場にいて、その事件に加担していたことだけは間違いない。事件に関わる詳細については、ラングレから渡された資料によって幾つかの情報を得ることができたが、事件自体が結局どう決着したのかは定かでない。結果的に生じたことで、ジャンにとって衝撃だったのは、おそらくダニーの失踪だけだったろう。どうやらドルム夫人という「正体不明の女（une femme sans visage）」（156）——名前はメルー・エレーヌ（Méreux Hélène）というらしい——と海外に逃走したと考えられたようだが、それも結局、闇のなかである。このラングレという人物が、推理小説に登場する名探偵のように、事の真相すべてを明らかにし、カタルシスをもたらすといった結末も期待できたかもしれない。しかし、モディアノの物語は、たとえどれほど探偵小説紛いの雰囲気を漂わせていても、そこで生じた事柄について明確な描写や説明を施すことはない。ジャンはラングレから得た資料をもとに、「君は……」（Tu……）という語り口で、ダニーが関わった事件を自分なりに想像しようと試みるが（156-160）、それはあくまで彼自身の想像であり、すべての事情を明確に照らし出すものではない。敢えて言うなら、モディアノの物語においては、「事の真相」、「真実」といった問題は、ほとんど重要ではないかもしれないのだ。ラングレが口にする「過去をあまり詮索してはいけません」、「事を強いてはいけません」という言葉には、そうした意識が間接的に表現されているように思える。モディアノの物語には、過去の探求という体裁を取りながらも、物語を宙吊りにし、混乱する曖昧性のなかに読者を取り残すという形のものが多く存在する。本書で取り上げてきた作品についても、まさに同じことが指摘できるだろう。つまり、モディアノは「謎」の解明であるような物語を、まずは書かない作家なのだ。むしろ逆に、謎を謎に委ねたまま物語を進行させる。探求的、探偵小説的な体裁を装いながら、つねに曖昧性に逢着するしかない、いわば反探究的、反探偵小説的な物語を物していると言ってもよいだろう。その点、謎多きダニーが探偵小説の愛読者であるという設定は、示唆的と同時に、かなり諧謔的と言えるかもしれない（「〔……〕彼女が慣れ親しんでいた探偵小説」（151））。

ジャンは、収集した資料を最後にラングレから手渡されたとき、「彼女〔ダニー〕はまだ生きていると思いますか?」(141)と、躊躇なく相手に尋ねてしまう。だが、もしもラングレが正確な事情を把握していたとしても、ジャンにはその答えを受け止める勇気はなかっただろう。もちろん、不安で仕方なかったからだ。ジャンの心情を理解していたに違いないラングレは、「あなたは本当にそれを知りたいのですか?」(141)と聞き返す。腹を割って発したはずの質問なのに、ジャンの気持ちは揺れ動く(「自分に正直に言えば、「いいえ。まったく」と、答えられたのだ」〔141〕)。だが、ラングレの対応は、まさに神業そのものだった。「はい」とも「いいえ」とも答えず、事件の犠牲者の一人とも言うべきジャンに対し、実に洒脱で優しい言葉を返してくれたからだ。

「それが何だとおっしゃるのですか」と、彼は僕に言った。「事を強いてはいけません。おそらくいつか、あなたは街の通りで彼女と出会う=すれ違うことになるでしょう(〔……〕vous la croiserez dans la rue)。私たちも二人、まさにこうして再会したではありませんか……」(142-143)

ラングレの穏やかで巧妙な答えには「はい」でも「いいえ」でもない、「可能性を秘めた曖昧性」とでも称すべきものを、ジャンと共有しようとする気持ちが滲み出ているように思われる。ちなみに、"croiser" という動詞には、「出会う」というニュアンスの意味と、「すれ違う」というニュアンスの意味が共示的に内包されている。モディアノの小説世界では、まさにさまざまな登場人物たち――「他者」たちと言い換えてもよいだろう――が出会い、離れていく。"croiser"は、そうした人々の関係を最も的確に表象する動詞の一つと言っても、おそらく過言ではないだろう。ラングレの心遣いは、別かれる際、資料と一緒に手渡される手紙の文面にもよく現われている。彼は最後に、「誰にも言いませんから、ご安心ください。それに、私たちは幾つかの沈黙に左右されながら生きているのだと、あなたもどこかで書いておられましたね」(145)と記した後、追伸の形でさらに次のように付け足しているからだ。

追伸――あなたを完全に安心させるため、申し添えておきます。あなたが今お持ちの数枚の書類に関わることの調査は、これで最終的に断念されました。(145)

知り得た情報を伝えるのみで、事件の謎に深く介入しようとしない(元)刑事＝捜査官、ラングレ。何が原因で、いかなる内容の事件が発生したのかを、決して詳(つまび)らかにしない物語。ほとんどすべてが闇のなかなのだ。あのモロッコ出身の若者たちは、具体的に何を目的に行動していたのか？　ダニーが加担した事件の中心人物ドルム夫人とは、いったい誰だったのか？　事件の際に死亡した男性とは？　そして何よりも、ダニーは何を考え、あの不可思議な事件に我が身を投じたのか？　そして、今ダニーはどこに?……。こうした数多の謎に答えられる人物がもしいるとしたら、それは多分ダニーだろう。だが、「ダニーは決定的に姿を消してしまった」(131)。もう遅すぎるのだ。

物語の終盤近くで確認される、ジャンがダニーに「君」(tu)と呼びかける場面では、事実と想像(幻想)が奇妙に交錯しているように思われる。たとえば、ある晩、ジャンがダニーの収監された刑務所に面会に行く場面がある。これはどう考えても、実際に生じた出来事ではないだろう。しかしながら、この場面にこそまさに、二人の関係、二人の置かれた状況が的確に表現されている。

面会室に通された。ガラス張りの障壁の後ろに座らせられた。君と僕は、反対側に座っていた。僕が君に話しかけると、君は僕が分かったようだった。しかし、君が唇を動かし、額をガラスに押し当てても、どうにもならなかった。僕には君の声が聞こえなかったのだ。僕は君に質問した。〔……〕君の唇の動きで、君が僕に答えようとしているのは、よく分かった。だが、僕たちの間にあるガラスが、君の声を掻き消していた。水族館の沈黙。(166)

ここに現出しているのは、もはや言葉を交わすことも叶わないダニーとジャンの状況に他ならない。モディアノは「水族館・水槽」(aquarium)という語を好んで用いるが、ガラスの反対側に置かれた人と魚は、相手と接することも、互いの声を聞くこともできない。ジャンの感じているのは、まさにそうした距離感、絶対的な「不在感」ではないだろうか。あのラ・バルブリの屋敷に残された犬、そしてそこに一緒に置き忘れられた原稿と同じく、ダニーはもう、二度とジャンの前に姿を現わす可能性はないだろう。物語の最後はこう結ばれている。「君〔ダニー〕は、そうした界隈に身を隠しているに違いない。どんな名前で? 僕はまさにいつか、その通りを見つけるかもしれない。しかし、時間は日々なくなり、またこの次ということになるだろう、と僕は毎日考えている」(169)。

ブランシュ男爵夫人……、そしてダニー

ジャンには、命のように大切と思えるものがある。先にも触れたとおり、それはダニーと一緒にラ・バルブリの屋敷に行った際、そこに置き忘れてきた百枚ほどの原稿だ。彼は、どうしてもその原稿を忘れることができない(「僕は何度も、その原稿を取り戻せることができたらと考えた。記憶=思い出の品(souvenir)を、もう一度見つけるかのように」(53))。大切な原稿を置き去りにしたという気持ちは、終始彼の脳裏に纏いつき、やがては彼の未来に直結する物語へと彼を駆り立てていく。原稿を取り戻したいと思う彼の気持ちは、ほとんど強迫神経症的と言ってもよい。それは夢のなかにも繰り返し立ち現われるからだ。

僕はしばしばあの原稿を見つける夢を見る。白黒の敷石の客間に入り、本棚の下の引き出しを探し回る。あるいは、封筒の裏の「差出人」という語の後の名前が判読できない、謎めいた送付人が、その原稿を僕に郵送してくる。また、郵便の消印は、ダニーと僕があの田舎の別荘に行っていた年を示している。でも、僕は小包がそれほど長い時間をかけて自分のもとに届いたことに驚いてはいない。(54)

先日の夜また、僕は郵便局に行き、自分の名が書かれた通知書を持って窓口に出頭している夢を見た。引き換えに、小荷物が手渡されようとしていた。何が入っているかは、あらかじめ分かっていた。前世紀に、ラ・バルブリに置き忘れた原稿だ。〔……〕そして、郵便局の消印は一九六六年だった。通りで、僕は小包を開けようとしていた。それはまさにあの原稿だった。〔……〕

原稿をしっかりと腕に抱え、僕は真っすぐ前に歩いていった。僕はそれを失くすのが怖かった。(56-57)

ところで、ジャンが夢に見るほど大切にしていた原稿の中身とは、いったい何だったのか。それは、彼が黒い手帳に記した覚書をもとに執筆しようとしていた、一八、一九世紀の人々に関わる書物の一部だったのだ（「黒い手帳のお陰で、ブランシュ男爵夫人（la baronne Blanche）、〔……〕ジャンヌ・デュヴァル（Jeanne Duval）、トリスタン・コルビエール（Tristan Corbière〔1845-1875〕）、〔……〕に捧げられたその原稿の数章を、僕は覚えている……」〔55〕）。コルビエールは、ジャンお気に入りの――そして、モディアノの作品にしばしば登場する――フランス象徴派の詩人、デュヴァルは、詩人シャルル・ボードレール（Charles Baudelaire〔1821-1867〕）の愛人とされている女性。では、特に有名でもないのに、ジャンの心を魅了するブランシュ男爵夫人とは、いったいどんな人物なのだろうか？この女性については謎めいた部分が多く、その素性は明らかにされていない。しかしながら、ジャンが最も関心を寄せているのは、明らかにこの女性だと思われるのだ。ちなみに、後にラングレから手渡されたダニーに関する調査書を目にしたとき、彼は興味深い印象を口にしている。「〔……〕他の資料のなかにはダニーに関する報告書もあったが、それは、二世紀前の、ブランシュ男爵夫人に関わるそれと同じような正確さで（avec la même précision）認められていた」〔56〕。それはつまり、限りなく謎めいた人物であるにもかかわらず、ジャンが二人――ダニーとブランシュ男爵夫人――から感じ取っていた印象は、彼にとっては間違いなく「正確」であり、その「正確さ」は決して、資料や報告書の多寡に因るものではなかったということではないだろうか。苦労して手にした希少で「不確かな」資料。しかし、多分そこにこそ、ジャンの創作意欲を掻き立てる息吹のようなもの――彼にとっては、まさに「正確な」もの――が漲っていたのかもしれない。

僕はこの女性〔ブランシュ男爵夫人〕の行跡を辿るのに、大変な苦労をした。僕が当時読んでいたカサノヴァ（Giacomo Casanova〔1725-1798〕）の〈回想録〉や、ルイ一五世（Louis XV〔1710-1774〕）の視察官の報告書には登場するものの、彼女の形跡はしばしば失われてしまうのだ。（55）

僕はその数日前、ルイ一五世時代のパリに関する書物の一頁を書き写しながら、彼女〔ブランシュ男爵夫人〕についてメモを取っていた。それは一つの報告書だったが、この女性の混沌として波乱万丈な人生については、ほとんど何も記録されていなかった。（120）

ジャンがこれほどまでにブランシュ男爵夫人に拘り、心惹かれるのは、はたして何故なのか。奇妙な言い草に聞こえるかもしれないが、敢えて言うなら、ブランシュ男爵夫人の傍にはいつもダニーがいたからだ、ということになるだろう。それは無論、両者が同じ時代を生きていたという意味ではない。一八世紀に生きた女性が、現代に登場することは、言うまでもなく不可能だからである。ブランシュ男爵夫人が、いつもダニーに寄り添っているというのは、もちろん現実的な事柄ではない。それは、あくまでも、ジャンの精神を支配する感情ないしは夢想に関わる問題なのだ。こうした感情・

夢想は、他でもない、ジャンがダニーと行ったラ・バルブリから始まっている。ジャンはブランシュ男爵夫人に関する文章を書き記した大切な原稿をラ・バルブリに置き忘れたとき、ダニーと一緒にいた。つまり、ダニーとその原稿は、ある期間、同じ空間を共有していたのだ。修辞学的な用語をもじって言うなら、二人（ダニーとブランシュ男爵夫人）は時間的にも空間的にも隣接的、すなわち換喩的な関係に置かれていたということである。

こうした関係は、ダニーがかつて住んでいたパリの通り名に関しても話題にされる。ミレイユ・サンピエリと名乗っていた頃、ダニーはパリ九区のブランシュ通り二三番地に住んでいた。モディアノの作品においては、いわば物語の「臍」とも称すべき界隈である。ある晩、その通りを歩いているとき、ダニーはジャンに「分かると思うけど……。そこ〔二人が向かっているレストラン〕はとても好きな場所なの。ブランシュ通りに住んでいた頃、よくそこに行ったの」（120）と口にする。すると、この何気ないと思われた通り名が、ジャンの連想・観念連合（une association d'idées）に突然火を付ける。ジャンの脳裏に去来したのは、もちろんブランシュ男爵夫人だ（「僕は、連想・観念連合によって、ブランシュ男爵夫人のことを考えたのを覚えている」〔120〕）。二人の話は盛り上がる。

「この通りが何故そう呼ばれているのか知ってる？」と、僕は彼女に尋ねた。「ブランシュ男爵夫人に因んでいるのさ」

先日、僕が何を手帳に書き込んでいるのか知りたがっていたので、僕は彼女にその夫人について メモした箇所を読んで聞かせた。

「じゃあ私は、ブランシュ男爵夫人通りに住んでいたのね」と、彼女は微笑みながら僕に言った。(120)

この微笑ましい一節にも、ブランシュ男爵夫人とダニーを結びつける隣接的・換喩的な関係が巧妙に表現されている。ダニーとこの一八世紀の女性は、いわば時間を超えて同じ空間を共有していたのだ。隣り合っているものが似てしまうというのが、「換喩」(métonymie) という修辞を最も分かりやすく説明する言明だとするなら、ダニーとブランシュ男爵夫人が似てしまうのも、もはや時間の問題だろう。ジャンは、黒い手帳に記してきたブランシュ男爵夫人、デュヴァル、コルビエール等に関するメモに目をやりながら、ふとこう思うのだ。

そして今、そのことを考えると、ダニーにはブランシュ男爵夫人と共通する点 (des points communs) がなかったであろうか。僕はこの女性の行跡を辿るのに、大変な苦労をした。(55)

ジャンの脳裏で、ダニーの姿とブランシュ男爵夫人の姿が重なり合う。この引用箇所でも明言されているように、その最大の共通点は、両者がともに謎めいた女性であることだ。追求をかわし、手の届かない所に消え去っていく女性。ジャンもまた、間違いなくそうした女性に心惹かれている。思い返すまでもなく、モディアノの小説において主人公たちが関わるのは、いつもそうしたタイプの女性たちなのだ。正体の知れない謎多き女性ダニー、それはブランシュ男爵夫人がそうであるように、ジャンの創作意欲を高揚させる、ある種「ミューズ」(Muse)のような存在なのではないだろうか。それは、ラ・バルブリに置き忘れられた原稿——他ならぬ、あのブランシュ男爵夫人らについて書かれた原稿——に対するジャンの気持ちから明確に感じ取ることができる。彼には何としてもそれを取り戻したいという思いがあった。そして彼は、その掛け替えのない原稿がもはや回収不能と思われたとき、二度と書けないかもしれないという不安を、執筆の持続・続行というポジティブな意欲へと切り換えるのだ。

結局、僕はその原稿の喪失を後悔していない。もしそれが無くなっていなければ、今の僕には、書きたいと思う気持ちはもうなかっただろう。(56)

夢にまで現われたあの宝物のような原稿。だが、その喪失が結果的には、ジャンの未来を決することになる。それはいったい何故だろうか? それは多分、喪失してしまった原稿のイメージが、歴史の暗がりに消えていった女性（ブランシュ男爵夫人）、そしてジャンの前から決然と姿を消した女性（ダニー）のイメージと重なり合い、交じり合う形で、彼の脳裏に焼きつけられたからではないだろうか。見返すこともできぬまま消失してしまった原稿。それはまさに、ごくわずかな片鱗を覗かせただけで、ジャンの世界から永遠に失踪してしまった二人の女性でもあるのだ。つまり、物語の主要人物としてテクストに登場するダニーは別にしても、ジャンが今後、評伝のような書物を執筆したとしても、そこにブランシュ男爵夫人が登場することはまずないだろう。だがそれでもなお、置き忘れられた原稿、ダニー、ブランシュ男爵夫人という、いわば三つ巴の「記号」には、ジャンの未来を切り開き、彼の創作意欲を発揚し続けるという、まさに特権的な役割が付与されているのだ。

文筆家の誕生
――ブランシュ男爵夫人からジャンヌ・デュヴァルへ

必ずしも作者の生を投影する自伝的物語のようなものとして読む必要はないが、モディアノの物語には、作家・文筆家といった、作者自身を彷彿とさせる男性人物がしばしば登場する。この物語に登場するジャンもまた、そうした人物の一人と言ってよいだろう。彼もまた、他の物語に登場する同種の人物たちと同じく、いつでもメモのできる手帳――黒い手帳――を持ち歩き、地名や人名、関心に触れた事柄などを、絶えずそこに書き留めている。いわば、そうしたメモを基に、いつか小説なり評伝なりを執筆したいと望んでいる文筆家の卵なのだ。

彼の創作意欲は、換喩的・隣接的な関係から隠喩的・類似的な関係へと発展した、ダニーとブランシュ男爵夫人の関係によって強力に後押しされていると考えてよいだろう。つまり、彼が密かに創作の準備を進めていたのは、ブランシュ男爵夫人に関する評伝のようなものであると同時に、彼の傍らで限りなく謎めいた言動を繰り返すダニーをめぐる物語でもあったに違いないからだ。ダニーの方にも、ジャンの創作意欲を理解し、彼を励ますような仕草が見受けられる。あるとき、ジャンが田舎の別荘に置き忘れてきた原稿について不安そうな様子を示すと、彼女は持ち前の明るさで、「心配しないで。最後にはまた、あなたの原稿はちゃんと見つかるわ」（167、強調は引用者）と断言するのだ。彼女は同時に、冗談まで言ってのける。困ったら、どこかの古書店で、もう誰も読まないような古びた小説を物色し、こっそり作者に成りすませばいいと言うのだ。「私のアイデア、どう思う、ジャン？」（168）と聞かれたとき、彼はどう答えてよいか分からなかった。だが、結局はそれが、彼の気持ちを未来の創作に駆り立てる決定的な契機になった。

> 黒い手帳を頼りに、あの失われた頁を書き直したり修正したりすることは可能だと、僕は思った。結局は、彼女が正しかったのだ。僕はもうそれ〔失われた頁〕を、ほとんど書き直しているよ

うな感銘を味わっていただろう。手書きで。それは、まさに僕が今行なっていることだ。

彼女は僕に身を寄せ、低い声で繰り返した――「心配しないで、ジャン……」。(168)

「あなたの原稿はちゃんと見つかるわ」というダニーの言葉は、結局、実現しない夢のまま終わってしまう。しかしながら、彼女が「あなたの原稿」と言ったとき、この「あなたの」(ton)という所有形容詞には、彼に対する励ましや期待のようなものが込められていたのではないか。たとえ失われた原稿が回収されなくても、ジャンには必ずそれを補い、彼にしか書けない別の新たな原稿――まさに彼の原稿――を物することができるに違いない。ダニーは疑いなく、そう考えていたのではないか。そして、彼が今行なっているのは、まさにそうした執筆に他ならない。

だが、ジャンが原稿を失う前に思念していたような内容のものは、もう書けなかっただろう。それには、決定的な資料不足故に、結局は彼の世界から離れていくような形になってしまったに違いないブランシュ男爵夫人と、謎めいた事件に関わり、姿をくらましてしまったダニーの存在が大きな影を落としていると思われる。では、創作のイメージ源とも言える、この類似的あるいは相補的な二人を失うことで、ジャンはいったいどのような書物を著すことになるのだろうか。

それは、半世紀ほど後、思わぬ形で再会したラングレが漏らす一言によって、読者に知らされることになる。ラングレは別れ際に手渡す手紙のなかでも、「〔……〕あなたは何冊も本をお書きになっていますね。私は絶えず注意を傾けて、それらを読んできました」(145)と記しているのだが、通りで再会し、カフェの椅子に腰を下ろしたとたん、彼は突然、ジャンに向かってこう言ったのだ。

「私はこれまでずっと、あなたを遠くから追跡し続けてきたのです。あなたの最新刊さえ読みましたよ。あの……ジャンヌ・デュヴァルについての本……」(134)

ジャンヌ・デュヴァル。ブランシュ男爵夫人の名前と寄り添うように、ジャンの言明や黒い手帳のなかにしばしば登場する強烈な個性の持ち主。やはり謎めいてはいるが、彼女の素性はブランシュ男爵夫人のそれほど不透明ではない。ハイチ(Haiti)出身で、フランス人とアフリカ系黒人の間に生まれた彼女は、一八四二年からパリで生活を始める。当時の職業は、モディアノの小説によく登場する「ダンサー」。生没年は不確かだが、一八二〇年前後に生まれ、一八六二〜七〇年頃に亡くなったと考えられている。ブランシュ男爵夫人と同様、かなり破天荒な女性だったようだが、彼女の名を知らしめたのは、長きにわたる詩人ボードレールとの関係であろう。詩人が母親の次に愛し、「黒いヴィーナス」(Vénus noire)として崇めた彼女は、彼が亡くなるまで、いわばその「ミューズ」的な存在であり続けた。

ラングレの口から聞かされるように、ジャンは後年、ジャンヌ・デュヴァルに関する本を上梓することになる。おそらく、ブランシュ男爵夫人に関する本の計画を取り止めた後、長い時間をかけてそれを書き上げたのだろう。だが、彼がジャンヌを主人公に据えた経緯には、やはり、ダニーとブランシュ男爵夫人の存在が影を落としているように見える。

ジャンは、ダニーと出会う前から、過去の時代を生きたこの二人の女性——ブランシュ男爵夫人とジャンヌ・デュヴァル——にずっと強い関心を寄せてきた。そして、そこに第三の女性として、同じ時代を生きているダニーが加わったのだ。ジャンの黒い手帳のなかに一緒に記されていたブランシュ男爵夫人とジャンヌの名前。そして、ジャンがおそらく一瞬にして感知したに違いないブランシュ男爵夫人とダニーとの共通性・相似性。彼女たちは、隣接性と類似性が交差する関係のなかで出会い、いわば換喩的、隠喩的に結び合わされたのだ。さらに付け加えるなら、この結びつきにはもう一人の重要な固有名が関与している。フランス象徴派の大詩人、ボードレールである。そして実は、モロッコ出身の男たちのなかでジャンとダニーが最も近しく関わるあのアガムーリは、詩人ボードレールのことを誰よりも知悉する文学青年でもあったのだ。

〔……〕僕たち〔ジャンとアガムーリ〕は文学について話していた。彼はボードレールについて深い知識があり、僕がジャンヌ・デュヴァルに関して記していたメモを読み上げてくれないか、と頼みさえした。(90)

このような場面でもさり気なく言及されていたジャンヌは、やがてジャンの大いなる想像や幻想を支える人物として著作の中心に立ち現われ、文字どおり「ミューズ」にも似た存在として表象されることになるだろう。

ある晩、オデオン通りの書店にいたジャンは、一人の女性が店内に入ってくるのを目撃する。大柄の、白人と黒人の混血女性（mulâtresse）で、どうやら持ち込んだ古書を急いで売り捌きたい様子だった。だが、その雰囲気にはかなり不穏なところが見られた。取り出した本には首飾りやブローチが絡まっていたし、持参していた袋からは紙幣が何枚か飛び出していたからだ。まるで、慌てて空き巣に押し入ったばかりのような姿だった。書店員には、血痕がないか確認しているような様子さえ見受けられた。結局、商談は成立せず、彼女は憤慨した態度で店から出ていった。ジャンはこのとき、『夢は終わった』（*Finis les rêves*）というタイトルの本を偶然、本棚に発見していた。彼がそのとき目にしたのは、まさに夢が現実の世界を突然襲撃し、現実と入れ代わるような光景だったのだ。

書店のなかで彼女を目にするや否や、それはジャンヌ・デュヴァルの転生（réincarnation）、あるいはジャンヌ・デュヴァルその人であると僕は思った。高い身長、パリ風の訛り、そして彼女が書籍や宝石や紙幣を詰め込んできた袋は、僕が彼女に関して読み、かつて黒い手帳に書

き記した数少ない詳細とぴったり一致していた。（129）

ジャンも意識していた可能性は高いが、この女性の姿は、以前ダニーが彼と一緒に家宅侵入した際の姿と明らかに重なる。書籍、紙幣、大胆な態度、……。ダニーは二世紀の時間を超えてパリの街角に転生した、いわばジャンヌの再来とも称すべき女性なのだ。

ジャンは彼女がジャンヌであることを確認するため、彼女の後を追う。そして、この幻想的な追跡はクライマックスに達する。

僕は歩調を速めていた。彼女がまさに階段を降りようとしている瞬間、僕は叫んだ。

「ジャンヌ……」

彼女は振り返った。彼女は、僕が彼女を現行犯逮捕でもしたかのように、心配そうな視線を僕に投げかけた。一瞬、僕たちは不動のまま、お互いを観察していた。僕は彼女の方に進み、彼女の袋を持って、メトロのホームを一緒に歩きたいと思った。動くのは不可能だった。僕の脚は鉛のような重さを感じていた。それは、しばしば夢のなかで僕の身に起こることなのだ。（129）

まさに、「夢は終わった」のだ。だが、同時に夢とも現実とも言える、この摩訶不思議な体験の後、ジャンヌに対する探究意欲はジャンのなかでますます高まっていく。それは、ジャンの文筆活動の未来を決する決定的な契機となったと言えるだろう。

ジャンの執筆対象はこれ以降、ブランシュ男爵夫人からジャンヌ・デュヴァルへと転移・転換されていく。そして、この転移・転換のなかで、核となる四人の関係は、さらに深まりを示していく。核となる四人とは、言うまでもなく、歴史上の二人の人物——ブランシュ男爵夫人とジャンヌ・デュヴァル——、そしてダニーとジャンである。時空を超えた世界、現実と夢の間で、四者の思いや姿が横断的に交錯し、やがて一冊の書物——ジャンが著すジャンヌ・デュヴァルに関する書物——に結実する。モディアノのエクリチュール（écriture）においては、現実と夢の交錯という事態が頻繁に生じるが、この物語もまたそうした書法に則って書かれている。物語がジャンヌ・デュヴァルに収斂していくのは、夢であれ、幻想であれ、ジャンの前に姿を現わす彼女だけが、過去と未来を自由に往還できる存在であったからかもしれない。

【第六章】

『あなたがこの辺りで迷わないように』(二〇一四年)

――書物に託された積年のメッセージ

反復的な変奏

モディアノのテクストは、場所、人物設定、職業など、数多の要素や雰囲気を、彼の他のテクストと共有し合っている。『あなたがこの辺りで迷わないように』（*Pour que tu ne te perdes pas dans le quartier*, 2014）についてもまた、それと同様の指摘が可能だろう。これまでも繰り返し述べてきたように、この物語にもまた、家族と呼べるような緊密な人間関係は存在しない。何故かはよく分からない。「母」（mère）という名詞は何度も登場するが、主人公のジャン・ダラガヌ（Jean Daragane）がその母親と親密に関わることはほとんどないのだ。彼とは別の姓だったという説明はあるものの、彼女自身には名前さえ与えられていない（「先ず、彼の母親は彼と同じ姓を有してはいなかった」〔47〕）。彼の母親そして父親は、我が子と縁を切りたいとさえ思っていたようだ（「お母さんはあなたを厄介払いしようとしていたような気がするの……」〔101〕／「彼にはほとんど記憶がなく、明らかに彼を厄介払いしたいと望んでいた、うわべだけの両親」〔120〕）。そして、これもまたモディアノの世界ではお馴染みのパターンだが、母親の職業はどうやら役者かダンサーだったようなのだ（「彼〔ジャン〕は、母親が近くの劇場に出演していたこと〔……〕を思い出した」〔14-15〕）。

母親同様、父親もまた、彼にとっては未知の存在にほぼ等しかった（「彼がほとんど知らなかった父」〔73〕）。母親が劇場に出演していた頃、この至って怪しげな父親――彼にもまた、名前は与えられていない——は、オスマン大通りに事務所を構えていたとジャンは述懐している。だが、そこで何をしていたのかは最後まで不明だ(「しかし、時とともに、こうした過去はすべて半透明なものになっていった……日差しのもとで薄れゆく靄」〔15〕)。ジャンにとっては結局、心から「両親」と呼べるような人物は存在しなかったのだ(「この「両親」という言葉は、彼〔ジャン〕を驚かせた。彼は「両親」がいたという感覚を一度も味わったことがなかったのだ」〔37〕)。何という親子関係だろうか。幼年時代のジャンは誰によって育てられ、その後どのように成長していったのか。それについてはまた本論で触れることにするが、ここでは先ず、他のテクストの主人公たちとも共通する、ジャンの特殊な境遇を確認しておくことにしよう。

主人公は確かにジャンだが、この物語には彼以上の存在感を示す人物が登場する。終始、ジャンの心を魅了し続け、彼のその後の人生に決定的な影響を与える女性、アニー・アストラン(Annie Astrand)。ちなみに、この女性もまた「ダンサー」(danseuse)だったと言われている(「とても若い女性……。キャバレーのダンサーのような……」〔83〕)。予想されるとおり、彼女もまた、他のテクストに登場する女性たちと同様、かなり謎めいている。ジャンに示される温厚で優しい言動からは少しも不純めいたものは感じられないが、服役経験があるなど、その生き方にはつねに暗い雰囲気が漂っている。神秘的で謎めいた女性が物語に言い知れぬ魅力や生動性を与え、最後までそれをリードする、というのがモディアノのテクストのいわば定番的な流れだが、そうした語りの妙は、この物語でも遺憾なく発揮されている。敢えて言うなら、アニー・アストランは『夜の事故』のジャクリーヌ・ボーセルジャンと、『夜の草』のダニーのイメージを併せ持ったような存在として捉えることが可能かもしれない。無論、いずれも一筋縄ではいかない女性たちである。判然とした結末に辿り着くことのない、記憶と時間の際限なき錯綜から生じる物語。それがまさに、モディアノのテクストなのだ。物語に足を踏み入れる前に、先ずはそうしたモディアノ的な意識の表明と思われる一節を、一つだけ引用しておくことにしよう。

遠い過去にのめり込むのは、おそらく間違いだったのだろう。そんなことをして、何になるというのか？　過去については、何年も前から考えなくなっていた。その結果、彼の人生のその時期は、すりガラスを通したように、立ち現われることになった。そのすりガラスは、ぼんやりとした光を通してはいたが、人々の顔はおろか、輪郭さえ識別することはできなかった。すべすべしたガラス、一種の遮蔽幕。意志的な記憶喪失のおかげで、彼は結局、そうした過去から身を守ることができていたのかもしれない。あるいは、過去の強烈過ぎる色合いやとげとげしさを和らげていたのは、時間だったのだ。(74)

人は何故、自らの過去を振り返るのか。歩んできた過去が幸福と思えるなら、それも理解できないことではない。だが、両親にも愛されずに育ったジャンにとって、おそらく過去の記憶は不安や恐怖以外の何ものでもないだろう。彼はまさに、自発的に過去を忘れることで、「過去から身を守ることができていた」のだ。だが、人生は決して目論見どおりには進まない。ある日、偶然生じた些細な出来事——語り手はそれを、「最初は何も気にならないほどの、虫刺されみたいなもの」(二)と表現している——がきっかけで、謎や不安に満ちたかつての情景が不意に目の前に立ち現われる。そして、それまで遠ざけてきたはずの過去に没入するという、悪循環的な状況に再び身を晒すことになるのだ。

アドレス帳の紛失——物語の出発点

ジャンの身に生じた「虫刺されみたいなもの」とは、ある日の午後四時頃、自宅に掛かってきた見知らぬ人物からの突然の電話だった。できれば直ぐにでも受話器を置きたかったのだが、成り行き上、応じることにした。相手の話では、ジャンがパリ・リヨン駅で紛失したと思われるアドレス帳を、自宅に届けたいということだった。脅迫的にも聞こえる先方の声に不安を覚えながらも、ジャンは、翌日の夕方五時にカフェで待ち合わせることを約束し、電話を切った。

翌日、彼の待つカフェに現われたのは四〇代くらいの男性——ジル・オットリーニ(Gilles

Ottolini)――と、三〇代くらいの女性――シャンタル・グリッペ（Chantal Grippay）――だった。ジャンとジルの会話はどう見ても、終始穏やかな様子では進まなかった。そこにはまさに、互いの腹の内を探り合うような、張り詰めた空気が感じられた。実は、相手の訪問の真の目的は、失くした手帳をジャンに届けることではなかった。彼のアドレス帳を拾ったジルは、その内容を覗き見することで、ずっと関心を抱き続けてきた過去の事件の重要な断片と思えるものを、そこに発見したと考えたのだ。まさに、小説ならではの偶然と言えなくもないが、ジルはジャンの最初の小説、『夏の暗闇』（*Le Noir de l'été*）に一度だけ登場するギィ・トルステル（Guy Torstel）という人物が気になって以来、ジャンの他の作品を読むだけでなく、警察の情報などを頼りに、自ら資料収集を進めてきたというのだ。ジャンのアドレス帳を入手するという、願ってもない幸運を手にしたジルの提案は、その事件に関する本を執筆したいので、是非協力をお願いしたいということだった。しかし、ジャンにはもう、過ぎ去った過去を思い出させるような事柄に関わり合う気もなかったし、自分の手元にさえ見当たらない若書きの小説を、今さら読み直す意欲もなかった。トルステルという人名についても、当時の電話帳にあったものをそのまま使用したという程度の意識しかなかった。だが、彼のアドレス帳には「ギィ・トルステル　四二三　四〇　五五」（24）という記述がはっきりと残されていた。

それにしても、ジルとシャンタルという夫婦とも思しき二人の存在は妙に謎めいている。波長が合っているかというと、まったくそうではない。住んでいる場所も違えば、行動パターンも違う。二人がジャンの前に揃って姿を見せるのは、初回の対面のときだけだ。後はいわば、シャンタルの一人舞台。ジャンと積極的に顔を合わせ、ジルが企てている仕事の段取りを積極的に整えようとするのも何故か彼女の方なのだ。しかも、彼女は自分のそのような行動をジルには内緒にしておくよう、何度もジャンに頼んでいる。ジャンはその後、シャンタルの積極的な態度に屈するかのように、長時間それぞれの部屋で話し込んだりする。彼女はジルや自身のことについてあれこれとジャンに説明するが、彼にはその真偽を確認する術はない。たとえば、後に判明することだが、ジルが勤めていると言われた会社は実在していなかったし、彼が「ル・サブリエ」という出版社——ちなみに、この出版社は『夜の事故』や『地平線』にも登場する——から出したとされる本も、実は他の著者によるものだったのだ。ジャンに仕事を提案しておきながら、その後ほとんど接触してこないこの人物はいったい誰なのか。そして、自分が本を書くわけでもないのに、ジルの集めた資料や写真を持参し、コピーまでした後、「私はこれでも誠実な女です……。ですから、ジルには警戒するよう、あなたに言わなければなりません」(56)と語るこの女性は、いったい何を企てようとしているのか。

だが、その真意はともかく、ジル、そしてとりわけシャンタルがいなければ、この物語は決して前に進むことはなかっただろう。それは疑いようのない事実だ。幸福とは程遠い過去——とりわけ、幼年時代——を背負って生きてきたジャンは、「過去にのめり込む」ことを毅然として退けてきたはずだ。だが、この女性の出現により、そうした意識は徐々にその過去へと押し戻されていく。「遠い過去にのめり込むのは、おそらく間違いだったのだろう」(74)と自省しながらも、彼は既に、記憶から締め出してきたその「遠い過去」の方に足を踏み出している。ジャンは今、あやふやな過去に向かって、時間を遡るしかないのだ。そこで足踏みすることは、他ならぬ、この物語の終結＝消散を意味しているからである。

束の間の登場の後、いつの間にか物語の表舞台から立ち去っていく多くの登場人物たちとは対照的に、シャンタルとアニーの二人には、多くの頁が割かれている。それは、この二人が物語の出発と進行を司る中心的な人物だからだ。実は、二人の重要性を示唆するような「符牒」が存在する。モディアノの小説に登場し、決定的な役割を演じる女性の顔には何故か「傷跡」(cicatrice)があったりするのだが、シャンタルの左頬にもまさにその「傷跡」がある(「彼女が彼〔ジャン〕の方に身を屈めた。すると、二人の顔があまりに接近したため、彼女の左頬に小さな傷跡があることに彼は気づいた」〔33〕/「彼〔ジャン〕はソファーの方に行き、彼女の横に座って、顔を相手の顔に近づけた。再び、左頬の傷跡が目に入った」〔53〕)。そして、こうした符牒は、シャンタルとアニーの間にも存在する。これもモディアノの小説では決して珍しくないことだが、二人は共に名前を変えるのだ。シャンタル・グリッペはジョゼフィーヌ・グリッペに(27)、そして、アニー・アストランはアニェス・ヴァンサンに(91)。

冒頭に立ち現われる、ジルとシャンタルに関する長いエピソードは、この物語の始動に欠かせない重要な役割を果たしている。それは、後半に展開されるメイン・ストーリー——アニー・アストランをめぐる物語——を入念に準備するために配された、いわば軽業＝離れ業のようなものとして機能している。ジルとシャンタルの取り合わせは不可思議ながらも鮮烈であるし、ある日突然、舞台から去っていく姿には、自らの出番を首尾よく果たした役者の矜持のようなものさえ感じ取ることができる。軽業＝離れ業と称したのは、ジャンとジルが、ジャンの紛失したアドレス帳を媒介に、まるで示し合わせたかのように出会うからである。紛失し回収されたアドレス帳に大した意味はない、とジャンはずっと考えていたに違いない。だが、そこに記されたまま、忘れ去られていたギィ・トルステルという名前を振り出しに、ジャンの物語はその後大転回を迎えることになる。つまり、ジルの役割は物語を始動させる点火装置のようなものであり、資料などを手渡すシャンタルには、ジャンを過去の世界に誘導する導火線のような役割が与えられているのだ（ちなみに、資料を集め、それをジャンに提供したジルには、人柄等の違いはあるものの、あの『夜の草』の元刑事、ラングレを思い起こさせる部分もある）。最初は気乗りのしなかったジャンも、いつの間にか、この二人のペースに巻き込まれ、それまで頑なに拒んできた自身の過去に立ち帰ろうとする。ここまで来れば、ジルとシャンタルの物語論的な役割は完了したと見てよいだろう。

しかし何故、彼〔ジャン〕はジル・オットリーニや、このシャンタル・グリッペと親しくなったのか?〔……〕そこでは、すべてがスムーズに進んだ。紛失したアドレス帳、電話の声、カフェでの待ち合わせ……。そう、すべてに夢の軽やかさがあった。そして、「書類」の数頁もまた、彼に不思議な気持ちをもたらした。幾つかの名前、とりわけアニー・アストランの名前、そして行を空けずにぎっしり詰め込まれたすべての言葉のお陰で、彼は突然、幾つかの人生の細部と直面していた。だが、歪んだガラスに映ったそれらの細部は、酷暑の晩につきまとわれるような支離滅裂のものだった。(58-59)

二人は結局、最後までいかなる素性の人物かも分からぬまま、静かに舞台を離れていく(「部屋に戻ると、彼〔ジャン〕は留守電を聞き、シャンタル・グリッペかジル・オットリーニが、メッセージを残していないか確認しようとした。何も残されていなかった」〔86〕)。ジャンは二人が姿を消す以前にも既に、すべてが幻想であったかのような述懐をしている。畢竟、彼らは、ジャンを過去の探究に促すためだけに現われた、亡霊のような存在だったのかもしれない。

彼〔ジャン〕は書斎のなかで一人、悪夢を見たあとのような気分になっているだろう。いや、彼はこのアドレス帳を決して紛失してはいなかった。ジル・オットリーニも、シャンタルと名乗っていたジョゼフィーヌ・グリッペも決して存在してはいなかったのだ。(62)

過去の自分を探し求めて

ジャンはいったいどのような環境で幼少時代を過ごしたのか。彼は昔、パリ近郊のサン＝ルー＝ラ＝フォレという場所で暮らしていた。そこには母親もいたが、どう見ても親子のような関係にはなかった。彼女については、名前さえ語られていないし、我が子をこまめに世話する様子なども、まったく確認できない。そこに集まるのは得体の知れない大人たちで、夜遅くにやって来ては、また慌ただしくどこかに出かけていく。いわば、無法者あるいは破落戸（ごろつき）の一団と形容しても、間違いないような面々だったのだ（「この家はどうやら、警察の監視下にあった――だが、どんな理由で？」〔47〕）。そうした状況のなかで、ジャンの世話をしていたのが、アニー・アストランだった。彼女は下校時に彼を迎えにいったり、車で一緒に出かけたりするなど、まるで母親のように、彼と親切に接してくれた。だが、この地での滞在は一年ほどしか続かなかった。

一九五一年頃のある日、一人の女性がパリのホテルで殺害された。彼女の名前はコレット・ローラン（Colette Laurent）。彼女はナイトクラブで働いていたが、アニーの親しい友人でもあった。どうやら昔、同じ寄宿舎で知り合ったらしい。この女性はサン＝ルー＝ラ＝フォレにもよく姿を見せていた。そして、パリのシャンゼリゼ公園の切手市では、エジプト王の肖像を描いた切手シートをジャンに買ってくれた（102）。彼女は彼にとっても、忘れられない女性の一人だったのだ。ジャンはちょうどその頃、同じ歳頃の少女、ミヌゥ・ドルーエ（Minou Drouet, 1947-）が出した詩集『木、私の友だち』（*Arbre, mon ami*）に嫉妬し、自らも詩を書いていた。幼き日の彼が、まさに「文学」に目覚めた頃、この優しい女性はこの世を去ったのだ（「彼の子ども時代のある年、ほぼ一九五一年頃。その頃、コレット・ローランは殺害されていたのだ」〔46〕）。しかし、この殺人事件は未解決のまま処理されてしまったように見える。モディアノの物語ではよくあることだが、事件の真相はここでもまた明らかにされることはない。そこにはただ、「一九五一年。それから半世紀以上が過ぎた。このありふれた事件の目撃者たちも、殺人犯さえも、もはやこの世にはいなかった」（45-46）という記述があるだけである。

この殺人事件が直接的な原因とは思えないが、ジャンはこの直後、サン＝ルー＝ラ＝フォレから離れ、アニーと一緒にパリに移動することになる。ジャンには当然、事情はまったく理解できなかった。二人が身を寄せたのは、パリ九区、ラフェリエール通りのホテルの一室。アニーは、ムーラン＝ルージュが見える辺りまでよく出歩いていたジャンに、四つ折りにしたメモ書きを渡していた。そこにはホテルの住所だけではなく、「**あなたがこの辺りで迷わないように**」（136）という言葉が、昔風の大きな文字で記されていた。それはまさに本作品のタイトルであり、ジャンにとってはおそらく、「護符」とも言うべきものだったに違いない。アニーはいつも必ず、我が子でもないジャンに愛情溢れる態度で接してくれたのだ。

アニーの背後には、その後、彼女と結婚することになるロジェ・ヴァンサン（Roger Vincent）という男がいる。いわば、この物語の影の部分を統括する存在と考えてよいだろう。アニーはある日、ジャンを連れて別のホテルに赴き、そこにいたロジェと打ち合わせを行なう。そしてロジェはそのとき、名前の欄に「ジャン・アストラン」と記された海青色のパスポートをジャンに手渡すのだ。パスポートに貼付してあったのは、アニーがスピード写真の店でジャンに撮らせたものだった。無論、ジャンには、それが何を意味するのか見当もつかない。翌早朝、アニーの優しい仕草で目を覚ましたジャンは、一緒に朝食を取り、アニーの兄ピエール（Pierre）の車で、パリ・リヨン駅まで彼女と移動する。イタリアを目指すアニーの旅行、いや逃走は、こうして開始されるのだ。アニーが目指していたのは、ローマだった。列車はリヨン駅を過ぎ、やがて国境付近のエーズ＝シュール＝メールという小さな駅に停車する。二人はそこで下車し、近くの白い大きな建物の部屋に身を落ち着ける。その海辺の町では、レストランで食事をしたり、庭園から海を眺めたりして過ごした。だが、運命の瞬間は刻々と目の前に迫っていた。建物のガレージには既に、彼女がサン＝ルー＝ラ＝フォレで乗っていたよりも大きな車が準備されていた。逃走用の車だ（「この車で「国境」を越え、「ローマ」まで行くのよ、と彼女は彼に言った」〔145〕）。だが、その計画はおそらく、その時点で破綻していたのではないだろうか。最後の日、どこかに電話をした彼女の顔には、隠せない不安が浮かんでいたからである。何があったのかは判然としない。だが、それは多分、ジャンに関わることだったに違いない。トランプで一人占いをする彼女の頬に涙が伝わるのを、ジャンは目撃したからだ。彼はそうした光景を以前にも一度、目にしている。サン＝ルー＝ラ＝フォレを離れ、パリに移動する日の車の中でのことだ。彼女のこの涙はいったい何を意味するのか？　確たる理由は分からない。だが、この二度の涙の意味は、その後の彼女の行動に暗示されているようにも見える。誰にも言えず、一人、噛み殺すように流す涙。アニーはジャンを安定した場所で世話できないこと、つねに大人たちの都合で引き回していることを嘆き、悲しんでいたのかもしれない。ジャンは翌朝、カーテン越しに差し込む光によって目を覚ます。そして、アニーと幸せに過ごした束の間の時間が決定的に終結したことを、子どもながらに理解するのである。

最初は、ほとんど何でもない。砂利の上でタイヤが軋む音、遠ざかるエンジンの音。もう少し時間がかかる。部屋には、もう自分しかいないことに気づくには。（146）

サン＝ルー＝ラ＝フォレ、パリ、そしてエーズ＝シュール＝メール。ジャンの子ども時代は、この三つの場所とともに、深く記憶に焼きつけられている。その頃はいつも傍らにアニー・アストランがいた。彼をいつも優しく見守り、世話をしてくれる女神のような存在として。だが、エーズ＝シュール

＝メールでの彼女の予期せぬ逃走……。彼女はもういないのだ。

過去を語る三人の証人

アニーの逃走的な失踪の後、部屋に一人残されたジャンは、駆けつけた父親によって列車でパリに連れ戻される。だが、二人が一緒に暮らすことはなかった。翌朝パリ・リヨン駅に到着するやいなや、「長く、果てしのない寄宿学校の歳月」（97）が彼を待ち受けていたからである。

寄宿学校での孤独な年月が過ぎ去り、大人に成長した彼は、作家志望の青年として気ままな生活を送っていた。だが、幼少時代の彼を知る人物二人と偶然立て続けに遭遇することで、彼の意識はまた、あのサン＝ルー＝ラ＝フォレの時代へと引き戻されることになる。いわば、彼の子ども時代を知る貴重な「証人」と言ってよいだろう。

一人は、先に名前を挙げたギィ・トルステル。その後、ジャンが執筆する小説『夏の暗闇』に一度だけ登場する人物と同名の男である。ある秋の日曜日、ル・トランブレの競馬場から二人の友人と帰宅する際、一人の男が、彼ら三人をそれぞれの自宅まで車で送りたいと申し出る。その男こそまさに、ギィ・トルステルだった。偶然は重なるもので、彼はジャンと同じく、グレジヴォーダン公園の近くに住んでいた。二人の友人が車を降りた後、ジャンと男はほとんど言葉を交わさないまま家路を辿るが、ジャンが車を降りる直前、男は突然、次のように語り始める。

「私は二、三回、パリ近郊のその家に行ったことがあるはずです……。私をそこに連れていったのは、あなたのお母さんです……」(41)

ジャンは最初、相手のこの言葉に無関心を装っていた。だがそれは、彼の人生を変えてしまうほど、実は決定的だったのだ。いったい何故なのか? それはこの言葉を耳にした瞬間、彼の意識は過去へと引き戻され、まさにその日から、彼の創作活動が開始されることになるからだ。そしてそれは、イタリアに向かう途中、離れ離れになってしまったアニーとの再会を実現する契機ともなるのだ。この場面は、その後も幾度か語られることで、その重要性を強調されている。少々長くなるが、その一節を引用しておくことにしよう。

一度だけ出会い、もうそれきりになるかもしれないが、どこかにいることは疑いなかった人物が、人生において密かに重要な役割を演じるのは何故なのか? その人物のお陰で、彼はアニーと再会できたのだ。彼は、このトルステルに感謝したいと思っただろう。

〔……〕

去年の秋、競馬場でこのトルステルと出会ったことで、この人物に関する記憶が蘇ったことは疑いない。トルステルはサン=ルー=ラ=フォレの家について語った。トルステルが「それがパリ近郊のどの辺りだったか、もう覚えていません」、「そのお子さん、それはあなただったと思います」と言ったとき、彼は答えたくなかった。彼はもう長い間、アニー・アストランのことも、サン=ルー=ラ=フォレのことも考えていなかった。しかし、この出会いは、明白に意識しないまま、目覚めさせないようにしていた思い出を突如蘇らせた。今、こうして目覚めさせられたのだ。そうした思い出は、なかなか粘り強いものだった。まさにその夜から、彼は自分の本〔小説『夏の暗闇』〕を書き始めたのだ。(93)

シャンタルからジルの調査資料を手渡された時点では、トルステルはまだ「〔……〕遠い過去のもの〔……〕、自分の人生においては何ら重要ではないもの〔……〕、長い間、消え去っていた端役たち(figurants)〔56〕」の一人に過ぎなかった。だが、彼は今、小説家としてのジャンの誕生、そして消え去ったアニーの探索を間接的に促す存在として、束の間、物語の表舞台に姿を現わすことになる。ジャンが偶然再会したこのトルステルという人物に感謝したいと思うのは、ある意味、当然と言えるかもしれない。

二人目の人物は、ジャック・ペラン・ド・ララ(Jacques Perrin de Lara)。ジャンがサン=ルー=

ラ＝フォレにいた頃、そこによく姿を見せていた、いわば常連的な人物であり、ジルから提供された調査書類でも、ジャンの母親、ギィ・トルステル、ボブ・ビュニャン（Bob Bugnand）と共に、彼の名前が言及されている。書類の日付には、あのコレット・ローラン事件と同時期のものもある。彼らが容疑者として、何らかの事件に関わった可能性も考えられるだろう。ジャンの記憶によれば、この人物は「古代ローマの彫像を連想させる大きな頭の男」（46）だったが、「子ども時代の記憶はたいてい、虚無から浮かび上がる、ささやかな細部〔……〕」（47）といったものに過ぎず、既に「〔……〕年月の闇のなかに失われていた〔……〕」（47）。

だが、トルステルとの再会と同じく、ジャンはペラン・ド・ララというこの過去の亡霊のような人物と、ある晩偶然、遭遇することになる。それは結局、最後の出会いとなるが、それによって、ジャンがサン＝ルー＝ラ＝フォレ時代の事情に接する機会を得たという意味では、重要な意味をもつエピソードと言えるだろう。それは、二人のやり取りに割かれた一〇頁近くの頁に鑑みても明らかである。

ジャンは夜の一〇時頃、シャン＝ゼリゼの円形交差点にあるカフェに入った。最初は気づかなかったが、目の前のテラス席に一人座っていたのは、紛れもなくペラン・ド・ララだった。話しかけても、自分が誰か分かってもらえないだろうと思いつつ、彼は相手に声をかけた。この機会を取り逃がしてはならないという、切迫した理由があったからだ。

何故、彼は相手に言葉をかけたのか？　相手とは既に一〇年以上も会っていない。その男はもちろん、こちらが誰であるかを見分けることができなかった。しかし、彼は最初の本〔小説『夏の暗闇』〕を書いていて、アニー・アストランのことが、断ち切り難く心に居座っていた。もしかしたら、ペラン・ド・ララは彼女について何かを知っているのでは？（78）

「ジャン・ダラガヌです」（78）と名乗ると、相手は気づいたようだった。目の前の椅子に座るよう勧められたが、ジャンはふと躊躇(ためら)いを感じた。そのまま立ち去ってしまおうかと考えたりもした。相手の反応にもまた、どこかぎこちないところがあった。会話は、ジャンの母親に関する質問から始まった（「で、お母さんは？　もう何年も連絡を差し上げていませんが……。ご存じのように……私たちは兄妹みたいでした」〔79〕）。こうした親密な様子から始まった会話も、話題がトルステルやビュニャンに向けられると、相手の顔に突如、驚愕と警戒の様子が現われる。そして、そうした棘のある雰囲気は、しばらく続く。だが、しばらくすると、それも次第に和らいだ。そこで、ジャンは意を決したかのように、アニーの消息を相手に尋ねる。彼にとっては、それが何よりも大切なことだったからだ。

「あなたにお聞きしたいことがあるのですが……」
〔……〕
「あなたが多分ご存じの人物について……。アニー・アストラン……」(82)

すると、彼女についてはあまり詳しく知らないと答えながら、ペラン・ド・ララは三度繰り返し、ジャンに重要な情報を打ち明けてくれるのだ。


「〔……〕彼女は、刑務所に服役したと思います……。ですが、何故、その女性に関心があるのですか?」

——彼女は僕にとって、とても大切な人だったのです。(83)

「あなたに言える唯一のこと、それは彼女が刑務所に服役したということです……。その女性については、それ以外のことは本当に何も知りません」(84)

「彼女がどうして服役したのかについてさえ、あなたに語ることはできないでしょう」(85)

この過去の証人との対話は、再会を期する形で終了する。しかし、その後二人は、二度と出会うことはなかった。ペラン・ド・ララが執拗に口にしたアニーの服役が、いったい何に起因するのかは定かでないが、それは多分、ジャンと一緒にイタリアに逃走しようとした際、国境で拘束され、そのまま収監されたということだろう。モディアノの小説ではよくあることだが、アニーがどのような事件に関わり、何をしたのかについては、結局最後まで闇のなかなのである。

ギィ・トルステル、ペラン・ド・ララ。サン＝ルー＝ラ＝フォレの時代を知るこの二人の人物から貴重な証言を得たことで、それまで過去から逃れようとしてきたジャンは、その行動方針を大胆に転換しようと考える。アニーと出会った揺籃の地ともいうべき、サン＝ルー＝ラ＝フォレ。すべての秘密を蔵するかに見えるこの地に、再度立ち帰ろうと決心するのだ（「彼〔ジャン〕は、それら〔本の原稿〕を書く前に、一五年経った今、最後にもう一度サン＝ルー＝ラ＝フォレに行きたいと思った」〔109〕）。

トルステルと再会してから数日後の午後、彼はバスでサン＝ルー＝ラ＝フォレに向かう。このエピソードにはペラン・ド・ララのそれを上回る頁数が割かれている。それは、そこが彼の子ども時代にとって何よりも重要な場所——モディアノが好んで用いる表現を使うなら、「指標点」——であったからに違いない。村に到着すると、彼は本を書くための情報収集という名目で、かつて診察を受けたことのある医師、ルイ・ヴーシュトラット（Louis Voustraat）の自宅を訪ねる。応接間に案内され、椅子に腰を下ろすと、医師はポートワインを勧めた後、彼の質問に快く応じてくれた。相手に自分の素性がばれないよう用心しながら、ジャンの質問は徐々に核心へと向かっていく。それは、彼が昔、一年ほど暮らした、「(ハンセン病)療養所」(la Maladrerie)と呼ばれていた家に関わることだった。まさに、アニーと最初に出会った場所である(「〔……〕私はある家のことを聞きました。あなたのお宅の真向かいにある、あそこには、胡散臭い人たちが住んでいたと……」〔114〕)。この些か唐突とも思える質問は、相手の懸念を呼び覚ましたかもしれない。ジャンはそのとき、「何故あなたは、一五年も経ってから、サン=ルーに戻って来たのですか?」(116)と、相手に尋ねられたような気がしたからだ。だが、医師はジャンのこの質問にも丁寧に応じ、当時の情報を提供してくれる。そこには戦前、一人の医師が住んでいたが、その後、夜間の商売を営む男が住み始め、胡散臭い人たちが出入りするようになったこと、次いで、ロジェ・ヴァンサンという男に買い取られたこと、ある若い女性と年齢差のある子どもが住んでいたこと、やがて家が家宅捜査を受け、胡散臭い人物たちが一斉に雲隠れしてしまったこと、等々。ロジェはある事件に巻き込まれたようだが、ジャンはそれについて、あまり深入りしたくはなかった。自分もその事件の共犯者か目撃者であったかもしれないと想像し、我が身にもいずれ取り調べが及ぶのではないかと恐れたからである。

しかし、医師に対する次の質問――「それで、子どもと一緒だったその若い女性は?」――を境に、彼の気持ちは、事の真相を見極めようとする方向に動き出していく。

「彼女は歳の離れた姉だったと思います」と医師が答えたとき、彼は驚いた。おそらく彼の人生に地平線が開け、影の地帯――彼にはほとんど記憶がなく、明らかに彼を厄介払いしたいと望んでいた、うわべだけの両親――は、消え去ろうとしていた。そして、サン＝ルー＝ラ＝フォレのあの家……。自分がそこで何をしていたのかを、何度か自問したものだった。彼は明日から探求に身を委ねることになるだろう。先ずは、アニー・アストランの出生証明書を入手する。そして、自分、つまりダラガヌの出生証明書も。しかし、タイプライターで打たれた謄本では満足せず、すべてが手書きされた記録簿そのものを確認するのだ。彼の出生について記された何行かに、削除、加筆、消そうとした幾つかの名前を発見することになるだろう。（120）

彼が知りたかったのは、自分の過去に違いなかった。だが、それ以上に知りたいと思ったのは、間違いなくアニー・アストランのことだったのだ。医師によれば、警察は家宅捜査をする際、参考人リストを所有していた。ジャンはそれを、どうしても入手したいと思った。そこには必ず、アニーの情報が記されていたに違いないと考えたからだ（「ダラガヌは、その参考人リストを何としても手に入れたいと思っただろう。それはおそらく、アニーの消息を発見する手掛かりになるだろう」〔122〕）。ここまで来ると、過去に対するジャンの探求意欲はさらに高じていく。それは同時に、小説家ジャン・

ダラガヌの誕生に直結する意識でもあっただろう。そうした気持ちを引き出してくれたのは、穏やかな態度で彼の質問に応じ、意見を述べてくれたヴーシュトラット医師だったかもしれない。いわば、「ヴーシュトラット効果」とも呼ぶべきものが作用していたのだ。

「私は、あなたがそうしたすべてを、サン＝ルーに関するパンフレットのために利用できるとは思いません……。もしかしたら、さらに正確な詳細を、警察の記録保管所で探さなければならないでしょう……。ですが、率直に言って、そうするだけの価値があるとお考えですか？」

この質問はダラガヌを驚かせた。ヴーシュトラット医師は、彼が誰であるかをはっきりと見抜いていたのだろうか？「率直に言って、そうするだけの価値があるとお考えですか？」と、彼は優しく、父親の諭すような調子で、あるいは助言する家族のような調子で、口にした――まさに、あなたの子ども時代を知っていたかもしれない者の助言だった。

「いいえ、もちろん」とダラガヌは言った。「サン＝ルー＝ラ＝フォレに関する簡単なパンフレットには転用できるでしょう。そうでなければ、それで小説を書けるかもしれません」

彼はずるずると足を引きずられ、坂道を滑り落ちようとしていた。（121-122）

最後にジャンは、次のような場面を積極的に夢想することで、忘却の彼方に失われつつある自身の幼年時代――そして何よりも、アニー・アストランの消息――を明らかにしたいという気持ちを、改めて確認し直すことになる。結果はどうであれ、過去と真摯に向き合うことで、未来に向けて一歩を踏み出すこと。そこには、モディアノの小説の主人公たちが志向する生に対する姿勢のようなものが、明確に表現されている。

そのとき、空想的な計画がダラガヌの頭を過った。たった二、三頁しか書いていない本の著作権料を使って、その家〔サン＝ルー＝ラ＝フォレの家〕を買うのだ。必要な道具――ねじ回し、ハンマー、釘抜き、やっとこ――を選ぶ。そして、何日もの間、入念な探索に身を委ねる。応接間と各部屋の板張りを少しずつ引きはがし、彼らが隠したものを確認するために、鏡を砕く。彼は秘密の階段や隠し戸の探索にも乗り出すだろう。自分が失ったもの、誰にも口外できなかったものを見つけることで、最後には首尾よく決着をつけるのだ。(125-126)

サン＝ルー＝ラ＝フォレ再訪、そしてヴーシュトラット医師との一五年の時を隔てた再会。この子ども時代への帰還は、ジャンに決定的な意識転換をもたらしたと考えられるだろう。だが、人は生来の性格から、それほど容易く脱皮できるものではない。その後、ジャンの探求が積極的に進められたという形跡は、ほとんど見当たらないからだ。とはいえ、ル・トランブレからの帰りにトルステルと再会し、その直後に書き始めた小説『夏の暗闇』は、彼の探求に大転換とも言うべき契機をもたらすことになる（それについては、次節で触れることにしよう）。サン゠ルー゠ラ゠フォレの停車場で最終のバスに乗り込もうとしたとき、ヴーシュトラット医師はジャンの腕を取って引き留め、次のように語りかける。まさに、説得するかのような調子で。

私は、あることを考えていました……。私たちがお話した「療養所」や、ああしたすべての胡散臭い人物たちのことを……。最良の証人は、あそこで暮らしていた子どもかもしれませんん……。彼を見つけなければなりません……。あなたは、そう思いませんか？（127）

ジャンは自分の身元を隠していたため、「それは非常に難しいでしょうね、先生」（127）と返答するしかなかった。だが、医師のこの言葉が、ジャンの意識を目覚めさせる重要な原動力になった可能性は十分にあるだろう。ジャンも繰り返し感じたように、もしかしたら、医師は彼の正体を承知していたかもしれないのだ（「ヴーシュトラット医師は、彼が誰であるかをはっきりと見抜いていたのだろうか？」〔121〕）。もしそうであるなら、医師が最後に彼に伝えたかったのは、そうした探索゠探究は本人である「あなた」――つまり、ジャン――にしか為しえない、ということだったのではないだろうか。この医師もまた、トルステルと同様、小説家ジャン・ダラガヌの誕生を促す存在として配されているのかもしれない。

アニー・アストランからの手紙

アニーがローマへの逃走途上、国境付近で拘束されると、ジャンは父親によってパリに連れ戻される。そして、それから一五年もの間、彼女の消息を耳にすることはなかった。しかし、二人の再会は思わぬ形で実現することになる。ある秋の日、帰宅したジャンは管理人から一通の手紙を手渡される。それは他でもない、アニーからのものだった。封筒の宛名には、見慣れぬ文字で「パリ、グレジヴォーダン公園八番地、ジャン・ダラガヌ様」と記され、裏面には「パリ、アルフレッド＝ドダンク通り一八番地、A・アストラン」という住所・氏名が書かれていた。あまりに予期せぬことだったので、彼は最初、相手が誰であるか分からなかった（「しばらくの間、その名前は彼に何も思い出させなかった。名前のはっきりしない、〈A〉という簡明な頭文字のせいだったのだろうか？〔……〕アストラン。それが誰のことか、どうして直ぐに理解できなかったのか？」〔68-69〕）。カフェに入った彼は、ナイフを借り、封筒を破らないように、慎重に手紙を開封した。裏面に記された相手の住所を誤って破り取ってしまうことを、真剣に恐れたからである。もう永久に得られないだろうと考えていたアニーからのメッセージ。それが今、天から与えられた贈り物のように、彼のもとに届けられたのだ。封筒には、自分だと分かる子どもの証明写真が三枚入っていた。それは、一五年前、スピード写真の店でアニーによって撮らされたものだった。
しかし、アニーはいったいどうやって、彼の住所を突き止めたのか。というのも、彼はそのとき、グレジヴォーダン公園ではなく、クストゥー通りに暮らしていたからだ。だが、永遠に断たれたと考えていた彼女への通路は、まるで奇跡のように、こうして再び切り開かれたのだ。実は、この僥倖とも言うべき二人の再会を可能にしたのは、若き頃、ジャンが初めて書いた小説、『夏の暗闇』に他ならない。そこにはまさに、アニーに対する積年のメッセージが込められていたのだ。ジャンの小説家としての資質を伝えると同時に、物語の結構を支える美しくも壮大なエピソードでもあるので、長くなるが、以下に引用しておくことにしよう。

彼がその本を書いたのは、彼女からの連絡を期待したいという一心からだった。本を書くこと、それは彼にとってもまた、消息の分からないある人たちのために、ヘッドライトを点滅させ合図を送ること、あるいはモールス信号を発することだった。彼らの名前をでたらめに頁に散りばめ、最後には彼らが近況を知らせてくれるのを待つだけでよかったのだ。だが、アニー・アストランの場合は、名前を用いず、手懸りを錯乱させようと努めたのだ。彼女はどの人物にも、自分の姿を認めることができなかっただろう。小説に、自分にとって大切な人を持ち込むことを、彼は決して納得できなかった。鏡を通り抜けるように、ひとたび小説のなかに滑り込んでしまうと、その人は永久にあなたから逃れ去ってしまう。その人は、実人生には決して存在しなかったことになってしまうのだ。つまり、無に帰されてしまうのだ……。もっと繊細な手法で執り行なわなければならなかった。たとえば、『夏の暗闇』のなかで、アニー・アストランの注意を引くことができる唯一の頁は、女性と子どもが、パレ大通りの証明写真の店に入る場面だった。〔……〕彼はその場面を正確に書き終えたが、その一節が小説の残りの部分と呼応していないことを承知していた。それは、彼がこっそりと書き入れた現実の断片であり、新聞の小さな通知欄に投じられ、ただ一人の人にしか解読できないような、個人的メッセージの一つだったのである。(70-71)

永久に記憶に留まるよう、敢えて二人にしか分からない過去の事実の断片を密かに小説中に忍ばせること。それはまさに、小説家ジャンならではの創意に満ちた発想だったに違いない。

アニーとの再会

ジャンが自著に託した、「ただ一人の人にしか解読できないような、個人的メッセージ」は、小説などほとんど読まないアニーに、奇跡的に到達していた(「私はまだ、あなたの本を最後まで読んでないの……。スピード写真の店のことが書かれた一節は、直ぐに見つけたわ……」〔92〕)。ジャンが小説(『夏の暗闇』)を書いたことを、ロジェ・ヴァンサンが彼女に教えていたからである。終始謎めいたこの人物もまた、物語の大団円を準備するのに、一役演じたことになる。「万聖節」の日、ジャンはアニーが記した住所を訪ねるため、ブランシュ広場からメトロに乗る。そして彼女の住居に着き、ドアの前に立つと、一五年前とほとんど変わらないアニーが姿を現わす。ジャンの推測では、年齢、三六歳。ロジェと結婚し、名前をアニェス・ヴァンサンと変えていた。アニーとジャンが再会する可能性をもたらした最も重要な人物は、言うまでもなくギィ・トルステルだが、実は彼女もまた、自宅付近で奇しくもギィと再会し、言葉を交わしていたのだ。

一五年ぶりに再会したアニーとジャンは、やがておもむろにサン＝ルー＝ラ＝フォレの時代へと話を転じていく。彼女が言い訳のように口にしたのは、二人のこれまでの人生を、まさに要約するような言葉だった。

「もっと前にあなたに知らせるべきだったけど、私はこれまで、いささか波乱万丈な人生を送ってきたの(j'ai eu une vie un peu mouvementée)……」(94)

そして、この絞り出すような告白を聞いたとき、ジャンは瞬時にこう思う。それは、悲しくも切実な感覚だった。

彼女は複合過去形を用いて表現した。まるで、自分の人生が終わってしまったかのように。(94)

ジャンは、彼女のそれまでの人生について尋ねたいと考える。しかし、彼女は何も話したくないといった様子で、固く口を閉ざしてしまう。何を聞いても、「覚えていない」と繰り返すばかり。その後の対話は、記憶喪失者を相手にしているような調子で進められるしかないのだ(「あのね……、私には記憶がないのよ……」〔95〕)。トルステルのことには触れたが、ペラン・ド・ララもボブ・ビュニャンも知らないという。ジャンをレストランに連れていったことさえ、思い出せないようだ。さすがに、パリで殺害されたコレット・ローランのことは覚えていた。だが、アニーが昔コレットと出会った寄宿学校にジャンを連れていったことを彼が口にすると、それもまったく記憶にないと否定するのだ。

しかしながら、二人は今再び、サン＝ルー＝ラ＝フォレ時代の親密さを取り戻していた。過去の探求に果敢に踏み出しそうと決意したはずのジャンだったが、アニーと再会することで、過去を遠ざけようとする彼女(「ごめんね、ジャン君……。過去のことはもうほとんど考えないの……」〔101〕)

に、知らず知らずのうちに心を寄り添わせている自分に気づかされるのだ。

二人で歩くうちに、彼は心地よい記憶喪失に囚われたと感じていた。そして最後には、この見知らぬ女性（cette inconnue）といつから一緒にいるのだろうと自問していた。（105）

アニーはジャンにとって最も大切な存在でありながら、彼が知りえないほどの多大な「未知」の部分をその身に抱えている。まさしく、「見知らぬ女性」なのだ。一緒に暮らしたのは、わずか一年足らず。そしてその後は、一五年もの間、別々に生きてきたのだ。自身が言うように、ジャンの想像も及ばないほど「波乱万丈な人生を送ってきた」に違いない。アニーの身振りや言葉は、以前の闊達さを失い、次第に気弱さを露呈していく。かつての関係はいつの間にか逆転し、今度はジャンが彼女を支える立場に回るのだ。彼女は彼の腕を握り締める。「〔……〕彼が傍にいることを確認したかったかのように」（105）。そして、語りかける言葉も、次第に消極的・従属的な調子を帯びていく（「ジャン……。上まで一緒に来てくれる……。幽霊が怖いの……」〔106〕／「ジャン……。今夜は私と一緒にいてくれる?」〔107〕／「私がここを出なければならなくなったら、ブランシュ広場のあなたの部屋に、私を引き取ってくれる?」〔107〕）。

すでに指摘したように、ブランシュ広場は、モディアノの物語において、いわば「臍」のような要所である。そこは、主人公の人生にとって決定的なことが始まる――もしくは終わる――場所なのだ。ジャンも、最後にはそこに落ち着いている。サン＝ルー＝ラ＝フォレを離れ、ローマに向けて出発するまで、ジャンとアニーは、この広場の付近で一緒に暮らしていた。そこは、彼女にとって以前から馴染みのある場所だったのだ（「私はブランシュ広場の辺りをよく知っていたの……」〔98〕）。アニーが手渡してくれた「あなたがこの辺りで迷わないように」というメモ書きを護符のように身に着け、近所を歩き回っていた頃の話だ。ジャンにとってそれは、人生で最も幸福な時期だったのかもしれない。彼は、幸せだったあの頃に、最後にもう一度立ち戻ろうとしていたのだ。

モディアノは、同じ人名、地名、住所などを、複数の作品に登場させることがよくある。ブランシュ広場はその典型的な例だが、この物語の場合、それはさらに手の込んだものとして登場している。ジャンが身を落ち着けるのは、ブランシュ広場に面した、クストゥー通り一一番地にあるホテルの一室。

彼は、クストゥー通り一一番地の古いホテルの一室で、「ブランシュ広場」〔自著の一部分〕の二〇頁を執筆していた。アニーのお陰でそこを見つけてから一五年後、彼は再び、モンマルトルの麓に住んでいた。実際、彼らはサン＝ルー＝ラ＝フォレを離れたとき、そこに腰を落ち着けたのだ。彼は、彼女と親しんだ場所に立ち戻ることで、より容易く一冊の本が書けるだろうと考えていたからである。（129）

何と言う符合。それはまさに、あの『小さな宝石』の主人公、テレーズ・カルデレスが住んでいたのとまったく同じ住所なのだ。暖房もない狭い部屋という描写から想像するなら、同じ部屋という可能性さえ考えられる。直ぐ傍には、「ル・ネアン」という、テレーズが怖がっていた店舗さえ存在する。ダンサーだった母親シュザンヌが、そこで怪しげな舞台に登場する様を想像する、あのナイトクラブだ。そして、さらに衝撃的なのは、行きつけのカフェ「アエロ」の主人が漏らした何気ない一言だろう。

一五年経っても、まだ「ル・ネアン」は存在していた。彼は、一度もそこに入りたいとは思わなかった。ブラックホールのなかに落ち込むことを、あまりに恐れていた。それに、その敷居を跨ごうとする者は誰一人いないように見えて。彼は「アエロ」の主人に、どのような種類の出し物がそこで上演されていたのか尋ねた──「ピエールの妹〔アニー〕が一六歳でデビューしたのが、そこだったと思います。観客たちすべては暗闇のなかで、軽業師たち、曲馬師たち、ストリッパーたちの演目を観ていたようです」。あの夜、アニーは、自分がかつて「デビュー」した建物の入口に、ちらっと視線を投げかけたのではないだろうか？（139）

二つの物語の間に、不思議な符合が現出する。クストゥー通り一一番地の部屋、「ル・ネアン」、そして、ダンサーとして舞台に登場する二人の女性。とりわけ重要なのは、シュザンヌとアニーに配された相同的なイメージだろう。娘テレーズを捨てた母シュザンヌ、そして、離れ離れになった後、束の間ながら再会するジャンとアニー。アニーがジャンの母親でないことは明白である。だが、彼女は、彼にとってまさに母親に匹敵する女性、いや、それ以上の存在だったに違いない。些末なことを言い添えるなら、アニーとジャンは一度だけ、「親子」になっている。イタリアに出発する際に手渡されたパスポートには、ジャン・ダラガヌではなく、「ジャン・アストラン」と名前が記されていたからである。ブランシュ広場で暮らした短い期間、アニーがまだ幼いジャンに持たせてくれた、あの護符とも思しきメッセージ。二人の関係は結局すべて、そこに凝縮されているように思われる——「あなたがこの辺りで迷わないように」。

すべては暗闇の彼方に

アニーの家で再会した二人は、その後どうなっただろうか。二人の良好な親交関係はその後も続いた……、といった結果も十分期待できたかもしれない。だが、モディアノの物語では、主人公と大切な女性が、親密な関係を最後まで維持し続けることは、まずあり得ない。ジャンとアニーの場合も、例外ではない。アニーが自身の住む家を離れなければならなくなったとき、ジャンは——一時的ではあれ——、彼女と一緒に、クストゥー通り一一番地の部屋で暮らしたというのだろうか。それについては何も記述がないため、確かな事は分からない。だが、その可能性はおそらく皆無だろう。アニーはパリの住処を離れた後、おそらくロジェと一緒にどこかに行方を晦ましたに違いない。アニーのその後を伝える情報としては、物語の前半部分に、次のような一文が、さりげなく記されているだけだ。

ローマ、彼〔ジャン〕はかつてそこから、アニー・アストランの絵葉書を受け取ったことがあった。彼女が彼に与えた最後の消息だった。(64)

彼女と共にいたサン＝ルー＝ラ＝フォレでの日々、ローマへの逃避行、パリでの束の間の時間。こうした幸福な断片的記憶だけを残し、物語の真相＝筋書きはすべて、闇の彼方へと消え去っていく。エピグラフとして引かれたスタンダール（Stendhal, 1783-1842）の一文——「私には、事の実情を提供することはできない。その影（l'ombre）しか提示できないのだ」——は、まさにこの物語の書法そのものを照らし出している。

【第七章】

『眠れる記憶』（二〇一七年）

——反復と消失の彼方に

女性たちをめぐる物語

作品は少し小ぶりだが、『眠れる記憶』(*Souvenirs dormants*, 2017) もまた、モディアノ的世界の空気や魅力を全開的に解き放つ物語となっている。技巧的な点に関して言うなら、その試みは以前の作品以上に大胆と言えるかもしれない。この物語もまた、いずれ小説を書くことになる一人の男性——ほぼ名前が与えられていないので、ここでは「主人公」と呼んでおくことにしよう——に視点を据えている。だが、物語に登場し、それをリードするのは、すべて女性なのだ。モディアノの物語の中心にいるのはつねに女性だ、という見解は確かに正しいかもしれない。実際、『眠れる記憶』においては、女性たちの存在が異常なほど際立っている。物語は、複数の女性が関わるエピソードを順次引き継ぐような形で織り成されていく。そこには、語り手である主人公を除き、男性登場人物たちの介在する余地はほとんどない。彼らは、先に指摘したように、「端役」(comparses, figurants) 同然なのだ。

指摘しておくべき点は、もう一つある。それは、登場する複数の女性たちの間——あるいは、彼女たちに関わるエピソードの間——に、明確な繋がりを確認することができないということだ。それらは、すべてばらばらであるか、仮に繋がりがあっても、把捉可能な一つの物語として収束することはない。極端な場合、エピソードは一歩も前に進まないこともあるが、たとえある程度の展開をみせたとしても、結局は曖昧な形のまま、立ち消えとなっていく。まるで、忘却の淵にいつの間にか深く沈み込んでいくように。基本的には、従来のモディアノ的な物語書法が維持されていると見ることもできるが、エピソード間の不均質な（disparates）繋がりを考慮するなら、分離化・断片化の傾向は一段と進んでいるように思われる。

相互的な一貫性や統一性を欠く複数のエピソード群は、言うまでもなく、そうした雑多でちぐはぐな女性たちと遭遇した主人公の意識に関わるものとして、事後的に報告される。それはまさに、主人公がかつて体験した「ちぐはぐさ」（disparates）をめぐる物語と言っても過言ではないだろう。冒頭に示される一冊の書物のタイトルが暗示するように、主人公にとって、それはまさに不均質極まりない「出会い」が、次々と生じるような時代だったのだ。

ある日、河岸通りで、一冊の本のタイトルが僕の注意を引きつけた。『出会いの時』（*Le Temps des rencontres*）。遠い過去には、僕にとってもまた、出会いの時はあった。その当時、僕は度々、空虚さ（vide）を恐れていた。一人でいるときには、そのような眩惑を感じることはなかった。だが、まさについ先ほど出会ったばかりの、ある人たちと一緒だと、そうではなかった。彼らとはきっと、関係が途絶えるチャンスもあるだろう。自分を安心させるため、僕はそう考えることにしていた。そうした人たちの幾人かには、どこまで自分を引きずっていく危険

があるか分からなかった。坂道は滑りやすかったのだ。(9)

しかしながら、一連の不均質なエピソードは、謎めいていればいるほど、宿痾（しゅくあ）のように人の心に居座り、なかなか忘却のなかに消え去ることはない。だが、皮肉なことに、そうしたエピソードこそがまさに物語の核となり、結果的に、一編のテクストを生成することになるのだ。実際、この物語を開始するにあたり、主人公が最初に思いを馳せたのは、ここで語られるエピソードのなかでも、おそらく最も多く不均質な人たちが介在する、ある殺人事件に他ならない。

　僕が直ちに語るべきなのは、本当に、マルティーヌ・ヘイワード（Martine Hayward）と、あのような晩に彼女を取り巻いていた、何人かの不均質な（disparates）人たちのことだろうか？　それとも、年代順に語るべきなのだろうか？　僕にはもはや分からない。(10)

主人公である語り手は、はたしてどのような形を選択しただろうか。物語の世界に少しずつ足を踏み入れながら、その展開を具体的に確認していくことにしよう。

スティオッパの娘

物語は、ある冬の日のエピソードから開始される。どうやら、年代順に語ることにしたようだ。一九五九年。主人公はまだ、一四歳くらい。授業のない土曜日、彼はスポンティーニ通りにある一軒の建物の前で、辺りの様子を窺っていた。そこには、名前が分からないので、「スティオッパの娘(la fille de Stioppa)」(10)と彼が勝手に呼んでいた少女が住んでいたからだ。彼女の住所については、父親、スティオッパ、そして彼の三人でブーローニュの森を散歩した際、スティオッパ自身の口から明かされていた。スティオッパによると、彼の娘は主人公と同じ年齢。当時は、母親、そして母親の再婚した新たな夫と共に、父親とは違う場所に暮らしていた。二人はそのうち近づきになれるだろうと、スティオッパは言ってくれた。しかし、彼の期待も空しく、彼女に会えるという望みは呆気なく消え去ることになる。

スティオッパは、彼女の電話番号を僕に伝えていた。相手の受話器が外された。「スティオッパ氏のお嬢さんとお話したいのですが」と、僕は言った。沈黙。僕は「スティオッパ氏の友人の息子」です、と自己紹介した。彼女の声は、長らく前からの知り合いのように、明快で友好的だった。「来週、電話して」と、彼女は僕に言った。「そのとき、会う約束をしましょう。ちょっと複雑なの……。私は、父の家には住んでいないの……。すべて説明するわ……」。だが、その冬は、来る週も来る週も、相手が応答しないまま、電話の呼び出し音は続いた。土曜日に二、三度、ピガール行きのメトロに乗る前に、スポンティーニ通りの建物の前でまた様子を窺った。無駄だった。アパルトマンのドアベルを鳴らすこともできたであろう。しかし、誰も応答しないことは分かっていた。それに、この春以降、スティオッパと一緒にブーローニュの森を散歩することも、もうなくなっていた。父と散歩することもまた。(11-12)

物語の冒頭にほんの束の間登場する、この顔も名前もない少女は、いったいどのような存在なのだろうか。人は頻繁に顔を合わせていれば、心の空虚さ(vide)を埋め合わせることができるのだろうか。主人公の考えは、それとはまったく異なる地点に位置づけられている。彼の主張によれば、自分一人のときには、そうした「空虚さ」に付きまとわれることはないからだ(「一人でいるときには、そのような眩惑を感じることはなかった」(9))。一見、奇妙とも思える主張だが、モディアノの世界には、それがむしろ当然といった感覚が漂っている。モディアノが登場させる男性主人公には、人との接触を回避しようとする人物が少なからず確認されるが、それもまた故なきことではないだろう。「空虚さ」の感覚は、人が一人でいるときではなく、むしろ、他の人と出会うことを契機に発生する。そして、そうして生じる「空虚さ」は、自分一人では埋め合わせすることができなくなる。したがって、逆説的かつ大胆な言い方になるが、一度も顔を合わせることなく終わるスティオッパの娘との出会いは、ある意味、「空虚さ」とは無縁の、純粋なコミュニケーションの形態と言えるかもしれないのだ。実際、主人公には、自分と彼女が置かれた同質的な状況を本能的に感じ取っているようなところがある（「彼女は一人でいるだろうと、僕は確信していた〔……〕」〔二〕／「スティオッパの娘である彼女、そしてスティオッパの友人の息子である僕。僕たちには確実に共通点があった。そして、彼女はそのことを僕よりも詳しく知っていると、僕は確信していた」〔13〕）。連綿と続く「空虚さ」について語ることになるこの物語の冒頭に、この永遠の「未知」とも言うべき少女のエピソードを置いたことには、おそらく計り知れないほど大きな意味があるに違いない。「空虚さ」および、それに随伴する「不安」は決して「未知」から生じるものではない。それはむしろ、不均質な他者との遭遇から始まる。「未知」なるもの――あるいは、永遠に「未知」なるもの――は、探究心こそ呼び覚ますかもしれないが、「不安」に直結するような「空虚さ」を惹起することはない。それは、「家族関係」を描く際の、モディアノの筆致にもよく現われている。既に度々指摘してきたように、モディアノ世界には、「家族関係」が極めて希薄である。それは、この作品においても同様である。主人公の両親は、ここでもまた、大きな役割を演じることはない。いわば、端役以下の扱いと言えるのだ。両親に関しては、冒頭付近に次のような描写が見られる。それは、他の作品でもお馴染みの、モディアノ自身の生い立ちを反映するかのような家族イメージだ。

一四歳の頃は、オルレアン門で学校のバスから降ろされると、僕は休日、一人で通りを歩くことを習慣にしていた。僕の両親は不在だった。父親は仕事＝厄介事に関わっていたし、母親はピガールの劇場で芝居を演じていた。（10）

そして、それから三頁ほど先の箇所には、「僕の父親、黙って僕の傍らを歩く、一人の見知らぬ男＝未知の男（un inconnu）」（13）という記述があり、さらに先には、「その年齢の頃、僕に精神的、愛情的、あるいは金銭的援助をもたらすような両親を持つことができたのだろうかと、不意に気づいた。否、両親などいなかったのだ」（32）という述懐が確認される。血の繋がった家族であるはずの両親。だが、彼らの関係は本質的に「未知」であるという他ない。スティオッパの娘が純粋な「未知」であるとするなら、両親との関係は不純な「未知」とでも称すべきものなのかもしれない。だが、この物語はそうした「未知」から離れ、諸々の人物たちが織り成す「空虚さ」や不安といった領域へと足を踏み入れていく。スティオッパの娘および両親に関する話題やエピソードの断絶は、そうした語りの転換を示す一つの予兆とも捉えられるだろう。

スペイン在住の女性、ミレイユ・ウルソフ

次に登場するのは、主人公が一七歳の頃に出会うスペイン在住の女性、ミレイユ・ウルソフ(Mireille Ourousov)。彼女は、「領事」(le Consul)という綽名=異名を持つ夫と、トレモリノスの近郊に住んでいる。彼女自身はランド県出身のフランス人だが、夫エディ(Eddie)の姓——スティオッパと同じく、ロシア人風の姓——を名乗っていた。

主人公とミレイユの出会いもまた、束の間の偶然によるものであり、物語の筋書きに大きな影響を与えることはない。二人が知り合うのは、一九六二年のパリ。主人公はその当時、オート=サヴォワ県にあるコレージュに通っていたが、冬のある日、三九度の発熱に襲われ、夜遅く、パリの母親のアパルトマンに戻ってくる。だが、母親は「不在」で、部屋の鍵はミレイユに預けられていた。母親は、ほぼつねに不在なのだ。アパルトマンも打ち棄てられたような状態で、家具のようなものは、ほとんど残っていなかった。これもまた、モディアノの世界でよく見かける、家族=家庭の象徴のような光景と言えなくもない。

物語にとって、ミレイユはほぼ「端役」のような存在だが、それでもなお、重要な役割を担っていると思われる。それは多分、当時の不穏な雰囲気を伝えることだ。パリに戻った後、主人公は、ほぼ毎日、この女性と行動を共にしていたが、ジャック・ド・バヴィエール(Jacques de Bavière)とい

う「ジャーナリスト」との遭遇も、そうした状況を感じさせる一つのエピソードと言えよう。当時は、長く続いた「アルジェリア戦争」（一九五四年一一月一日～一九六二年三月一九日）が漸く終結しようとしていた時期で、フランス社会はまだ混乱の最中にあった。アルジェリアの独立に反対した秘密軍事組織O. A. S.による襲撃などが、依然続いていたからだ。ジャックもまだパリとアルジェ間を行ききしていたし、ミレイユもまた、彼に会うため、夜間、ときどき外出していた。二人が何を話していたかは不明だが、それが当時の社会情勢に関わっていたことだけは、容易に推測できる。ジャックは二、三度、ミレイユと主人公をレストランに誘ってくれたが、それらのレストランにはアルジェリア戦争に関係する秘密警察のメンバーが、頻繁に出入りしていた。つまり、ジャックもまた、そのような人たちと何らかの関わりがあったに違いないのだ（「〔……〕そうした偶然性から、ジャック・ド・バヴィエール〔……〕もまた、その組織の一員ではなかったかと、僕は考えた」（17））。だが、真相は最後まで分からなかった。七〇年代に入った頃、少し老けこみ、軽く足を引きずるジャックが、メトロの駅から姿を現わすのを見たとき、主人公は彼に近寄り、ミレイユの消息を尋ねようとする。だが結局は、途中で立ち止まり、相手が雑踏のなかに消えていくのを見つめるだけだった（「僕は何故、彼に言葉をかけなかったのか？　それよりも、彼は僕のことを覚えていただろうか？　僕は今、そうした問いに答えることができない」（17））。まさに、「〔……〕すべては消え去ってしまったのだ」（18）。主人公は一時、彼女と一緒にスペインに行くことまで真剣に考えていた。だが、彼女もジャックも、結局は「未知の存在」(inconnus)のまま、彼の前から姿を消していく。スティオッパの娘と同じく、主人公にとって大切と思える存在は、ほんの束の間、物語に加わるだけで、後は静かに表舞台を去っていく運命にあるようだ。

ジュヌヴィエーヴ・ダラムとの不思議な経緯

一九六四年冬の、ある早朝。主人公は、まだ開店したばかりのカフェで、店奥の席にその女性を発見する。彼女はいつも最初に来店し、本を開いていた。モディアノの物語では、登場人物たちが書店で顔を合わせることがよくあるが、二人が最初に出会った場所も、オカルト学関係の書店だった。彼女はオカルト学に強い関心を示していたが、主人公もまた、神秘的なものに惹きつけられ、それに興味を覚えていた。彼女の名前はジュヌヴィエーヴ・ダラム(Geneviève Dalame)。カフェの近くの「ステュディオ・ポリドール」という会社で、秘書として働いていた。主人公は、辞書や小説をプレゼントしたり、部屋を訪ねたりしながら、彼女と次第に親しくなっていった。いわば、最初のガール・フレンドと言えるだろう。

この女性については、先ず一言触れておくことがあるだろう。実は、第二章で扱った『夜の事故』にも、まさに同姓同名の女性が登場していたからである。カフェで哲学的授業のようなものを行なうフレッド・ブヴィエールに、最も近く寄り添う女性。それが他ならぬ、ジュヌヴィエーヴ・ダラムという同名の女性だったのだ。この二人が同一人物か否かといった問題に関しては、安易に結論を下すことはできないが、バルザック（Honoré de Balzac, 1799-1850）的な小説書法を思い浮かべるなら、同一という可能性を完全に排除することはできないかもしれない。百数頁中、ほぼ四〇近い頁数が、彼女に関わる記述・物語に割り当てられていることからしても、彼女の役割や存在は重要であり、プロットの展開に対しても、大きな意味を持つことは否めない。

だが、この女性が物語の流れを決するような何か目立った行ないをするかというと、まったくそうではない。彼女の周囲にいる人物たちの方が、むしろ存在感を有しているのだ。とはいえ、彼らもまた、結局のところ、真相のはっきりしない事情に巻き込まれている、一群の「端役」的存在だったと言えるかもしれない。彼女が会うのを避けようとしている弟のピエール（Pierre）、「ドクター・ペロー」と呼ばれ、彼女に強い影響力を与えていると思われるヨガ教師のマドレーヌ・ペロー（Madeleine Péraud）、ジョルジュ・イヴァノヴィッチ・ギュルディエフ（Georges Ivanovitch Gurdieff）なる人物が率いる「グループ」（groupes）と呼ばれる団体の人々。そして、これまた素性のはっきりしない、イレーヌ（Irène）というジュヌヴィエーヴによく似た女性、等々。主人公は、自身が「パリの秘密」(les mystères de Paris)〔37〕と呼ぶものへの好奇心に駆られ、マドレーヌからさまざまな話を聞き出し、物書きの卵らしく、それをノートに記していく。

僕は人々の話を聞き、質問するのが好きだった。カフェで、見知らぬ人たちが交わす会話の断片を集めることもよくあった。僕は、それをできるだけ密かに記していた。少なくとも、それらの言葉が永久に失われてしまうことはなかった。今ではそれが、日付や省略符号とともに、五冊のノートをいっぱいにしている。(42)

しかし、彼女の話ははたして、主人公に何か重要な情報をもたらしたのだろうか。マドレーヌの周囲で、かつていろいろな問題や事件が発生したことは、ほぼ間違いないと思われる。だが、それがこの物語のプロットに大きく関与するほど深刻なものであったかどうかは、よく分からない。ただ、ジュヌヴィエーヴ・ダラムについては、特筆しておくことがあるかもしれない。それは、彼女の当時の様子について、マドレーヌが心配を募らせていたということだ。

私はジュヌヴィエーヴのことをとても心配しているの……。

〔……〕

――彼女の生き方が変なの……。ときおりまるで、生気が抜け落ちたみたいで……。そう思いませんか。(44)

彼女〔マドレーヌ〕の声があまりにも深刻な調子を帯びていたので、最後にはジュヌヴィエーヴ・ダラムが差し迫った危険に晒されていると、納得させられていた。しかしながら、考えても無駄だった。それが、どんな危険か分からなかったのだ。（45）

『夜の事故』に登場したジュヌヴィエーヴもどこか危うげな女性だったが、『眠れる記憶』のジュヌヴィエーヴもまた、不安定な心境を抱え込んでいたと思われる。彼女がまるで「夢遊病者」（44）のような存在であったことは、主人公も認めている。ある晩、彼女の住むホテルを訪ねた主人公は、彼女が部屋を引き払ったことを突然知らされる。職場に問い合わせても、休暇を取ったというだけで、詳しい状況は皆目分からない。モディアノの物語では、確たる理由も示されず、何人もの女性が主人公たちの前から姿を消すが、彼女もまたそうした女性の一人だと言えるだろう。女性の失踪というのは、モディアノの世界には欠かせない、いわば状況転換的な物語装置の一つなのだ。この物語の主人公にとって、人が目の前から突然「姿を消すこと」（disparitions）は、別段驚くことではない。彼は、そうした状況にそれまで何度も立ち会ってきたからだ（「そして、子ども時代から人が姿を消すことに慣れっこになっていた僕は、ジュヌヴィエーヴ・ダラムが居なくなっても、それほど驚いてはいなかった」〔50〕）。

だが、彼女との再会の機会は思わぬ形で訪れる。それは、彼女が姿を消してから六年後のことだった。パリ植物園の付近を歩いていた彼は、そこで小さな男の子の手を引く一人の女性を目撃する。そして、それは紛れもなく、ジュヌヴィエーヴ・ダラムだった。

僕は足取りを速め、その女性と小さな男の子に追いついた。僕は彼女の方を振り向いた。ジュヌヴィエーヴ・ダラム。僕たちは六年以来、顔を合わせていなかった。彼女は、まるで前夜に別れたような様子で、僕に微笑みかけた。（48）

巡り合わせとはいえ、やはり不思議な光景だ。何の連絡もないまま、偶然六年ぶりに再会した二人は、何の不自然さも感じず、対話を開始するからだ。彼女は、連れていた男の子——息子ピエール——を紹介した後、二人が初めて出会った書店で六時に待ち合わせ、彼女の部屋で食事をしようと彼に提案する。六年の間に彼女の身に何があったかは、最後まで判然としない。彼女は多分、暗い過去を忘れようとしていると、主人公は想像する（「彼女はきっと、すべて忘れてしまったのだ。あるいは、それを遠くから眺めていたのだ——年月が経つにつれ、次第に遠ざかっていく所から」〔55〕）。質問するのが好きだったはずの彼にも、彼女が姿を消した理由を問い質すことはできない（「彼女が突然姿を消したことについて尋ねることを、僕は躊躇っていた」〔50〕）。物語は結局、六年間の空白を残したまま、進行していく。だが、主人公とジュヌヴィエーヴの物語は、それ以上の展開を示すことはない。この幸福とも思える物語もまた、その内実を明らかにしないまま、静かに収束していくのだ。二人を家まで送り、そこから立ち去るとき、主人公は突然、痛切な悲しみを感じる。

二人の前でドアが閉ざされる音を耳にし、僕は胸が締めつけられるような思いを感じた。だが、建物から出たときにはもう、何故悲しいのか、確かな理由は分からなかった。数ヶ月、あるいは数年〔……〕、時が流れ、人々や物事が次々に姿を消していっても、まだそこには一つの定点があった――ジュヌヴィエーヴ・ダラム。ピエール。キャットルファージュ通り。五番地。(56-57)

ジュヌヴィエーヴの家を辞する際、主人公が覚えた悲しみ、「胸が締めつけられるような思い」とは、はたして何に起因するのか。勝手に想像してみる他ないのだが、それは多分、幸せそうな母子の様子を目にしたときから、自分と母親の姿をそこに重ね見ていたからではないだろうか。それは彼にとって、決して手にすることのできない幸福な母子関係だったに違いないのだ。この後、ジュヌヴィエーヴと書店で待ち合わせ、彼女の家で食事をするという予定についても、その通りに進行したという記述はない。彼の言う「定点」は、本当にそこにあったのだろうか。それは確かに存在しただろう。しかし、この後の物語の展開を考えるなら、彼がそうした理想的トポス（場所）とも言うべき「定点」に身を置くことは、もはやなかったのかもしれない。

忘れ去りたい女性、ユベルサン夫人との再会

この物語においては、主人公の前に印象的な女性が次々と登場するが、ユベルサン夫人（Madame Hubersen）もその一人である。この夫人はマドレーヌ・ペローの存在と深く関わっている。というのも、彼とジュヌヴィエーヴ・ダラムをこの夫人の家に連れていったのは、マドレーヌだったからだ。だが、この夫人について触れることに、彼はむしろ抵抗感のようなものを覚えている。彼女の住んでいた通りについては、明確に言及することを控えてさえいる。その理由は、当時発生し、主人公も巻き込まれた可能性のある、ある「事件」（affaire）を呼び覚ます危険性があったからだ。

〔……〕ユベルサン夫人は、パリ西部地区の大通りの一つにあるアパルトマンに住んでいた。その大通りについて、その名を今ここに記すことには躊躇いを感じる。あまり詳細に記すことは、五〇年近く経った今でもまだ、僕の気持ちを傷つけるかもしれないし、僕が巻き込まれていた可能性のある「事件」に関し、「捜査補足」のようなものを提供することになるからだ。（59-60）

彼が、改めて関心を呼び覚ましたくないと考えている「事件」とは何か。それについては——モディアノの書法の常道であるように——、詳細に語られることはない。「事件」の真相は、永久に謎のまま取り残されるのだ。夫人との付き合いが途絶えてから三年後の一九六七年八月に、彼女と最後の再会を果たすまで、彼はその存在を記憶から排除しようとしてきた（「このユベルサン夫人。僕は多分その日まで、その時期——一七歳から二二歳の間——に出会った他の人たちと同様、彼女を記憶から消し去ろうとしていた。」〔60〕）。

しかしながら、二人はパリのあるレストランで思わぬ形で再会してしまう。そこは彼にとって、初めて入るレストランだった。客は女性が一人、部屋の奥にいるだけ。そして、それが容貌も服装も三年前と少しも変わっていないユベルサン夫人だった。彼は一瞬躊躇いを覚えるが、直ぐに彼女に近づき声をかける。最初は、彼が誰なのか気づかない様子だったが、マドレーヌ・ペローの名前を持ち出すと、突然、深い眠りから目覚めたように、マドレーヌの消息を彼に尋ね返す。彼は無論、知らないと答える。ジュヌヴィエーヴが姿を消した頃から、彼女と会う機会もなくなっていたからだ。主人公とユベルサン夫人は、過去に二人の間で生じた事を思い起こしながら、たわいない話題でしばらく対話を交わす。彼女に、ダンサーたちの集うパーティに連れていってもらったこと、彼女が真夏にもかかわらず着ていた毛皮のコートのこと、「ラ・パッセ」（La Passée）というレストランのこと、等々。

こうした対話には、それまでに三、四度しか会ったことのない二人の関係を読者に説明するという物語的機能があるが、特に詳しい情報を提供してくれるわけではない。彼としてはむしろ、一刻も早く、その場を立ち去りたいと考えているからだ。

ところが、「あなたに、本当に内密な打ち明け話があるの……」(68) という彼女の一言で、話は予想外の方向に進んでいく。タクシーに乗り込むと、彼女はヴェルサイユに行くよう運転手に伝える。どうやら自宅に戻る気はないようだ。そして、その理由は、「まだ、あなたのアパルトマンには、アフリカやオセアニアの仮面はありますか?」(69) という主人公の問いかけに潜んでいたようだ。極度の不安に苛まれていたと思われる彼女は、彼の質問にこう答える。

「あなたには、毎晩あのアパルトマンに帰り……一人で仮面たちと顔を合わせるのがどんなことか、お分かりになっていません……。それに、しばらく前からは、エレヴェーターに乗ることにも恐怖を感じるのです……」(71)

だが、彼女の「恐怖」の原因が読者に対して明らかにされることはない。彼女から逃れたいと思っていた主人公も、結局は彼女が自分に寄せる信頼の情を損ねまいと、この束の間の夜間逃避行に付き合うことに心を決める。記憶の彼方に押しやりたいと強く望む一方で、主人公の気持ちを断ち切り難くこの夫人に結びつけているのは、彼が巻き込まれていたかもしれないと言われているあの「事件」なのだろうか。ユベルサン夫人との出会いもまた、彼がノートに子細に書き留めていた「未来なき出会い」（63）の一つと言えるかもしれない。だが、そうした出会いは、その後もさまざまな形で後遺症にも似た影響を残し、主人公の心に深く暗い影を落とし続けることになる。だが結局、このエピソードの真相、そして、物語との関連性は明らかにされない。それは多分、主人公とユベルサン夫人だけが共有する永遠の謎なのかもしれない。

名前のない女性

『眠れる記憶』に登場する主要な人物たちには、不確かな場合はあれ、大抵は固有名詞としての名前がそれぞれ与えられている。だが、例外が三人いる。一人は言うまでもなく、主人公の男性。彼は、作品の終わり近くで、ようやく警察の調査書類に「ジャン・D」（Jean D.）〔97〕という名で登場するが、それまでは、氏名らしきものがはっきりと伝えられることはない。つまり、ほぼ無名の語り手だということだ。残る二人は、ともに女性。物語の始めと終わりに登場する、いずれも極めて印象的な人物である。先ず一人は、父親の名を介して物語に招き入れられ、作中では「スティオッパの娘」という形で呼ばれている少女。だが、彼女は結局、主人公と一度も顔を合わせることなく――そして、その名を知らされることもなく――、物語の舞台から速やかに退場していく。そしてもう一人は、この物語の最も重要な部分を演出する女性。彼女には名前らしきものは、いっさい与えられていない。自らも認めているように、彼女は最後まで徹底して「名前のない女性」(une inconnue) なのだ。

「君の身元は割り出されていないよ。名前のない女性の住所を知るなんて不可能だからね」
僕の言ったことが、突然明白と思えたかのように、彼女は頷いた。彼女は二、三度、「名前のない女性」という言葉を自身に繰り返した。それは多分、彼女には何の危険もないこと、そして、自分が最後まで徹底して「名前のない女性」であることを、確実に信じようとするためであった。(90)

この名前のない二人の女性が、主人公にとって意味のある存在である理由は、疑いなく共通している。それは、彼女たちを家の前で待ち受ける際の気持ちに、明確に現われている。

僕にとっては、何も変わっていなかった。その夏、僕は建物の門前で待っていた。それは二五年前の冬、歩道でスティオッパの娘を待ったのと同じだった。「いったい何の目的でそんな

> ことをするのですか?」と尋ねられたら、僕は簡潔にこう答えたであろう——「パリの秘密を解決してみようと思いまして」(100)

すべては、この「秘密」(mystères)という言葉に要約されているかもしれない。「パリの秘密」(Les mystères de Paris)という表現は、言うまでもなく、一九世紀のフランス人作家ウージェーヌ・シューの小説『パリの秘密』を念頭に置いている。この作家に対する主人公——そして、モディアノ自身——の思い入れには相当なものがあると想像される。「パリの秘密」という表現は、モディアノの他の作品でも、幾度となく使用されているからだ。「秘密」とその探究は、モディアノの物語を生動化する、いわば動力装置のようなものと見なしてよいだろう。ただし、秘密が明かされ、探究が成功するという結末に辿り着くことは、まず期待できないが。この物語の主人公もまた、秘密に対する関心について次のように述懐している。

> 子どもや青年のときから、僕はパリの秘密に関するすべてに、非常に強い好奇心や特別な魅力を感じていた。(37)

こうした主人公の関心は、「失踪・遁走」(les fugues)という言葉によって、別の方向からも確認されている。それは、彼自身が「遁走」の常連者だった(「内省にはあまり向いていないが、遁走がいわば僕の生き方だった理由を理解できればと思う」(73))という理由のみによるものではない。彼の関心は、既に失踪・遁走し、もはや把捉することが困難なものへとつねに差し向けられることになるからだ。彼は遁走する者であると同時に、失踪したものを追いかける探求者でもあるのだ。「[……]僕は、遁走論(un traité de la fugue)を書くことを、いつも夢見た」(73)という彼の言葉には、やがて小説家となる主人公の方向性が、おそらく何よりも明確に立ち現われている。

拳銃による殺人

この名前のない女性は、『夜の草』に登場するダニーと、まるで同じような事件に直面している。まさに、反復的な出来事と言う他ない。彼女は、マルティーヌ・ヘイワードという女性の部屋で行なわれていた集まりの最中に、(彼女の説明によるなら)たまたま拳銃の操作を誤り、一人の男性——リュド・F(Ludo F.)——を殺害してしまうのだ。一九六五年六月、日曜深夜のことである。主人公と彼女が初めて出会ったのも、雑多な参加者たちが集うこの場所だった。彼女から電話があり、主人公は直ちに現場に直行する。殺人という深刻な事件であるにもかかわらず、彼は何故か最後までその事情を明らかにしようとはしない。終始、その出来事から「逃走・遁走」し、一種の共犯者であるかのように、彼女の犯行を闇に紛れさせようと努めるのだ。彼女に名前が与えられないのは、そのためである。彼女は「その女性」を意味する“Celle”という指示代名詞によって登場し、最後まで無名性を維持し続けることになるだろう。

数週間前に、僕が初めて出会ったその女性については、名前を口にするのを躊躇っている――五〇年経った今でもなお、詳細を明確に述べ過ぎると、彼女の身元が特定されてしまうのではないかと警戒しているのだ――〔……〕(75)

主人公は何故そこまで、この名前のない殺人犯の彼女に愛着＝執着し続けたのだろうか。それは多分、彼自らが「パリの秘密」と称するものに魅了され、それを将来創作することになる「小説」のなかで、密かに解き放とうとしたからではないだろうか。

前日、ある出来事が生じていた。それについては、二〇年後の一九八五年に、小説のある一章でそれとなく言及した。それは、重荷を捨て、半‐告白(demi-aveu)のようなものをはっきりと書き留める遣り口だった。(74)

「ある出来事」というのが、彼女による「殺人」であることは言うまでもない。この出来事が重要であるのは、それがその後、二人に関係にも、物語の進行にも大きな影響を与え、結局はどこにも収束点を見出せぬまま——つまり、何一つ真相が明かされないまま——テクストは結末を迎えるからである。

この殺人事件の経緯については、少なからぬ謎がある。先ずは事件を起こした彼女と殺された男性との関係だが、それがどうも判然としない。彼女の言によれば、その男性とは彼女の働いていた香水店やその近くのカフェで偶然顔を合わせ、その後、彼の誘いでヘイワード夫人の集まりに行くようになったということだが、それが真実かどうかは分からない。また、彼女の方もそれ以上詳しく語ろうとしなかったため、真相はすべて確認できない「秘密＝謎」のまま、闇の彼方に消失してしまうのだ。

電話で事件の発生を知り、現場に駆けつけた主人公もまた、普通では考えられないような行動に訴える。現場から彼女を連れて立ち去る際、建物の出口で遭遇した管理人を避けようともせず、まるで挑発するかのように、相手としばらく対峙するのだ。それだけではない。彼女の犯行の直後、立ち寄ったホテルの宿泊台帳に、これまた大胆に、自身の名前、住所、生年月日を書き記すのだ。それはまさに、最も避けるべき行為のはずである。だが、主人公は何一つ気にすることなく、何故かそうした暴挙に打って出るのだ。事件は結局、大した動きもなく立ち消えとなるが、二人の長き密かな「逍走」(fugue)は、まさにこの時点から始まったと考えることもできるだろう。

同棲と失踪

結局、彼女の犯した殺人は逮捕といった具体的な結末を見ないまま、ひたすら年月だけが過ぎていく。だが、事件の影はいつまでも深く二人の心を覆い続ける。事件後の主人公は、まるで事件当日の不注意を打ち消すように、彼女に内緒で頻繁に新聞記事を確認したり、客の多いカフェやレストランでは、自分たちの会話が相手に聞き取られないよう細心の注意を払ったりする。事の真相を彼よりも承知していると思える彼女は、事件に関し、その後ひたすら沈黙を保っているし、彼の方もまた、それについて深く詮索しようとはしない。主人公の表現を借りるなら、「僕たちは、ある種の沈黙のまま生きている」(80)のだ。あの事件は起こらなかった。あるいは、自分たちの人生では空白のような出来事に過ぎなかった。主人公はそのように考え、不安を払拭しようとしていたのかもしれない(「あの夏のことを考えると、それは僕の人生から解離してしまったという印象がある。一つの括弧＝余談、あるいはむしろ、中断符号」〔82〕)。とはいえ、二人の不安が消滅することはあり得ない。彼は事件のことを必死で悪夢と考えようとしたし(「悪夢だ。悪夢以外の何ものでもない……」〔84〕)、彼女の方も「そのことは、もう考えないで」(84)と彼に囁いたりした。だが、強気に見える彼女も、不安と恐怖の淵に立たされているという点では、彼と変わりなかったのだ（「しかし、彼女も僕と同じ不安を共有していた。僕たちには、それを口外する必要はなかった。視線を交わすだけで十分だった」〔84〕）。

事件の記憶や恐怖から逃走する日々のなかで、主人公は数年後、モンマルトルにあるオリアン通り九番地に住み着く。「愛していた女性（la femme que j'aimais）」（82）と称される相手と一緒に。この女性が誰であるかは極めて明白である。この小説中で最後まで名前を明かされていない女性は、それを知ることのできなかったあのスティオッパの娘以外、一人しかいないからである。年月の経過とともに、街の様子にも大きな変化が生じていた。そして、それにつれ、例の事件に纏わる記憶や不安は、一気に解消されてしまったように思われた。

その界隈は、もはや以前とは同じではなかった。僕もまたそうだった。僕たちは二人とも、僕たちの無実を見出していた。〔……〕僕の記憶のなかにあると考えていた一九六五年夏のモンマルトルは、突然、非現実的な（imaginaire）モンマルトルだと思われた。そして、僕にはもう、何も恐れるものはなかった。（82）

しかし、彼女が犯した殺人はその後も二人の脳裏を離れず、彼らの運命に多大な影響を与え続ける。

詳しい経緯については一言も触れられていないが、彼らの不安はどうやら的中したらしい。主人公が警察に出頭する事態に陥ったのだ。そして、おそらくそれと同じ時期、彼女はどこかに姿を隠している。それより四六年後の二〇一一年一一月二六日の彼のノートには、その際のことが次のように記されている。その内容は「夢」と称されているが、それは多分、それを「現実」と考えることを望まない、彼の気持ちの表明と捉えてよいだろう。

「夢」。僕は、黄色い紙の出頭要請書を差し出す警視と向かい合っている。最初の一文は、僕が証言しなければならない犯罪を想起させる。僕はその部分を読みたくない。それを逸らそうとする。それから、それが〔……〕年上の男性を殺害した〔……〕女性の件であることを知らされる。僕には、自分がその証人である理由が分からない。
「これはよく見る夢と一致していた。既に幾人かの人物が逮捕されていて、僕はまだ身元を確認されていないという夢だ。僕は、「犯人たち」と繋がりがあると分かれば、同じように逮捕されるという脅威のもとに生きている。だが、いったい何の犯人だというのだ?」(95)

その頃、彼女がどのような形で失踪したのかは定かでない。彼女の身元は、その後も警察に特定されていなかった。だが、それから二〇年後の八月、主人公はその年の電話帳に、間違いなく彼女のものと思しき名前があるのを発見する。住所はパリ一九区、セリュリエ大通り七六番地。電話番号もきちんと記載されている。電話をかけても応答がないので、彼は建物の前で、何度か彼女が現われるのを待ち受ける。ちょうど二五年前、スティオッパの娘を待ち受けたときのように。八月終わりのある午後、主人公はセリュリエ大通りの坂上に、彼女のシルエットを見つける。そして、坂を下りてくる彼女に近づき、大通りの途中で彼女と二〇年ぶりの再会を果たすことになるのだ。

モディアノの世界においては、頬や額の「傷跡」(cicatrice)は、主人公が特殊な愛着を感じる女性のいわば徴証のようなものと言えるが、彼は彼女の顔にもまた、それがあることに気づかされる(「僕は、彼女の額に傷跡が残っているのに気づいた」〔100〕)。彼女の言によれば、車の事故で負傷した際のものらしい。それは、『夜の事故』のジャクリーヌ・ボーセルジャンの額にあった傷跡とまさに同じである。モディアノの物語でしばしば言及されるニーチェの鍵概念、「永劫回帰」。それは、物語の至る所で作用し、この作家の夢想的世界を巧みに演出している。同じ物事は繰り返されるのだ。女性の額の「傷跡」とて、もちろん例外ではない。

これもまた彼女の言い分を信じる他ないのだが、彼女は車の事故の際、どうやら記憶を失ったらしい。一九六五年の出来事については、何も思い出せないようなのだ。だが、幸運にも主人公のことは覚えていた。南フランスから帰ってきた彼女は、自宅に来ないかと彼に提案する。彼はそれに快く応じたと思われる。だが、その後の展開については、またしても何も語られていない。そのとき、主人公が感じていたのは、かつて二人が一緒に暮らしたモンマルトルの夏と、今日にしているセリュリエ大通りの夏が、同じ一つのものであるということだけだ（「そして僕にとって、この二つの夏は一つに溶け合っていた」〔101〕）。この表現は、ひとえに幸福な夏をイメージさせるものかもしれない。しかし、そこにはなおも、あの過去に起因する不安が密かに寄り添っているようにも見える。この後、二人が平穏な暮らしを手にしたという情報は、何一つ与えられていないからである。

「眠れる森の美女」の館を目指して

確たる経緯は判然としないが、二人にはその後、長らく一緒に暮らす時間はなかったようだ。例の殺人事件が深く関与していたことは間違いあるまい。その時期の彼らを描く文章が一切見当たらないことを考えるなら、彼女が再度失踪したことは疑い得ないだろう。

それから長い年月が経過したある日のこと、主人公は、六〇年代の終わり頃購入したと思われる古い本の頁に挟まれた一枚のメモ書きを発見する。それは、栞代わりに使用していたものだった。改めて確認すると、そこにはある場所に至る道順が青インクで記されていた。

南部高速道、あるいは国道七号線

もしくはリヨン駅
ヌムール。モレ
右手にヌムールで道路を降りる
サンスへの道、距離は一〇キロ
右折
ルモヴィル
村の最後の家、教会正面の右側
緑色の入口
〔……〕(102-103)

このメモ書きについて、主人公は次のように説明している。

青インクで記された不揃いな筆跡は、僕のものだったろう。だが、僕はそのとき、それを僕に伝える時間がほとんどなかった誰か、あるいは、僕たちに注意を引きつけないよう低い声で話そうとした誰か(quelqu'un)の性急な指示に従って、その道順を大急ぎで書き留めようとし

ていたのだ。（103）

この「誰か」というのが、失踪した彼女であることはほぼ間違いないだろう。思い起こせば、彼は以前もこのメモ書きを頼りに、車を走らせたことがあった。しかし、その追跡行がヌムールを越えることはなかった。だが今、彼は再び決心している（「今日、気持ちが決まった。僕はこの道順を、最後まで辿ってみよう」〔103〕）。およそ五〇年前、メモを記した頃使用していた地図は、現在のミシュランのものと大きく表記が変わっていた。彼は、二つの地図を照らし合わせながら、残されたメモ書きに情報を加え、新たな道筋を設定する。

ヌムール。モレ
〔……〕
モレを過ぎた後、オルヴァンヌの谷間を走行
〔……〕
ドルメル
次いで、ヌムールに戻る
右手にヌムールを見ながら

ラヴェルザンヌを通過
サンスへの道、距離は一〇キロ
〔……〕
ルモヴィル
村の最後の家、教会正面の右側
緑色の入口まで至るヴィウ・ラヴォワールの坂
並木道。眠れる森の美女の館（104-105）

力強い筆跡で書かれたこの道筋のメモには、自信のようなものさえ満ち溢れている（「〔……〕僕にはもはや、古い参謀本部地図を調べる必要さえなかった」〔105〕）。だが、不安があることも否定できない（「しかし、それは本当に正しい道だったのか？　記憶のなかでは、かつて辿った道路のイメージが交じり合い、その道がどの地方を横切っていたのか、もう分からないのだ」〔105〕）。主人公ははたして、彼女と再会できるのだろうか。「眠れる森の美女」（la Belle au bois dormant）の館に無事到達し、彼女との「眠れる記憶」（souvenirs dormants）を再び呼び覚ますことができるのだろうか。その結末は誰にも分からない。すべては「秘密」のうちに留まり続ける。最後まで「名前のない女性」であり続けた彼女のように。

現実と虚構の間(あわい)に

パトリック・モディアノは、現実と虚構の間を軽やかに横断し、虚実ない交ぜの世界を現出させる名手だ。実在の地名や番地が頻繁に登場するのは、彼の小説の際立った特徴の一つだが、登場人物たちに関しても同じことが指摘できる。それは、とりわけ『眠れる記憶』において顕著と言えるだろう。そこには、実在の場所や人名が凝集しているのだ。

モディアノは、そうした事実を確認するのに打ってつけの書物を著している。二〇〇五年に出版された『血統』(*Un pedigree*)だ。この書物は小説ではない。両親やそれを取り巻く人たちを実名で登場させながら、若き日の彼自身の生活を活写している。彼のテクストで語られる家族関係や父母の人柄・行状を考える際には、とりわけ必読の書物と言えるかもしれない。

記述は固有名詞で溢れ、極めて具体的である。『眠れる記憶』と関連する箇所を、思いつくまま取り上げてみることにしよう。

場所の名としては、たとえば田舎の小ホテルの名前「ル・プティ・リッツ(Le Petit Ritz)」(P. 25)。荷物を回収するため彼女の家に向かった際、『眠れる記憶』の二人が足を止めたのも、同じ場所にある同名のホテルである(91)。登場人物はどうだろうか。たとえば、主人公が寄宿していた学校のジャナン（Janin）という名の責任者（P. 76）。同名の人物は、『眠れる記憶』にも登場し、明らかに同じ存在と認められる（18）。極めつけは、スティオッパ、ミレイユ・ウルソフ、そして「領事」という綽名を持つエディ・ウルソフの三人だろう（ただし、エディの綴りは、『血統』では"Eddy"とされている）。この三人についても、同じ人物と判断してまず差し支えない。ちなみに、『血統』に登場する彼らは、次のように描かれている。

日曜日、父と、当時彼の手下の一人だったスティオッパと一緒に散歩した。父は彼としょっちゅう顔を合わせていた。（P. 48）

ミレイユ・ウルソフもいた。彼女は客間の古ぼけたソファーで寝ていた。髪は褐色で、二八から三〇歳くらいだった。僕の母は、彼女とアンダルシアで知り合った。彼女は「領事」という綽名のエディ・ウルソフと結婚していた〔……〕彼ら二人は、トレモリノスに小さなホテルバーを所有していた。彼女はフランス人だった。（P. 77-78）

『血統』に登場する人物が、同名のまま小説にも登場するという現象は、他の作品においても確認できる。幾つか例を挙げておくことにしよう。キキ・ダラガヌ（P. 63）および夫のジョルジュ・

ダラガヌ（P. 125）。ダラガヌという姓は、言うまでもなく、『あなたがこの辺りで迷わないように』の主人公と同じだ。『夜の事故』に登場するモラウスキ（P. 65）、そして『夜の草』のホテルに集まるメンバーたちの二人、デュヴェルツ（P. 114）とジェラール・マルシアーノ（P. 115）。さらには、刑事のラングレ（P. 116）。いずれも実在の人物として、『血統』に名前が記されている面々だ。

物語のなかで生じる事件の幾つかも、モディアノが実際に体験したものだ。三つほど例を挙げておこう。一つは『夜の事故』における出来事。主人公は幼い頃、小型トラックに撥ねられ踝を負傷するが、介助された後、エーテルを処方されている。そして、同種の出来事に関する記述は、『血統』にも見出すことができる。

ある午後のこと。学校の出口に僕を迎えに来た者は誰もいなかった。僕は一人で帰ろうとしたが、通りを横断する際、一台の小型トラックに撥ねられてしまった。運転手は僕を修道女たちの所に運んでくれたが、彼女たちは、僕が眠れるようにと、顔にエーテルを含んだガーゼをあてがってくれた。それ以来、僕はエーテルの匂いに特別敏感になる。過剰なほど。エーテルは僕に苦しさを思い出させるが、それをたちどころに消し去るという、あの不思議な特性を持つことになるだろう。記憶と忘却。（P. 33-34）

二つ目もまた、『夜の事故』のなかで述べられる、犬をめぐる出来事である（「同じ時期、僕はしばらくこの二つの場所で暮らしていた。その犬は、ジュイ＝アン＝ジョザスのドクトゥール＝キュルゼンヌ通りで轢き殺されたと思っている」〔102〕）。

そして、これに対応する『血統』のなかの一節。

一九五二年、弟と僕はジュイ＝アン＝ジョザスでペギーという雌犬を飼っていたが、その犬はある午後、ドクトゥール＝キュルゼンヌ通りで轢き殺されてしまった。(P. 112)

そして三つ目は、まさに『眠れる記憶』のなかの、一見何でもないような記述。

しかしながら、僕は彼女〔ミレイユ・ウルソフ〕と一九六二年の冬にパリで知り合った。僕は三九度の発熱のまま、オート＝サヴォワのコレージュを離れ、パリ行きの列車に乗った。そして、真夜中頃、母のアパルトマンに行き着いた。母は不在で、部屋の鍵をミレイユ・ウルソフに預けていた。彼女〔ミレイユ〕はスペインに帰る前、そこに何週間か住んでいたのだ。(15)

そして、『血統』には、この一節の原型とも思しき文章が、さりげなくこう記されている。

一九六二年二月。僕はマルディ・グラ（謝肉の火曜日）の休暇を利用して、パリ行きの満員列車に乗る。三九度の発熱があった。（P. 76-77）

さらに細かく探れば、相同的な記述はさらに見つけ出せるかもしれない。だが、モディアノの書法が、現実と虚構の間を行き交い、虚実ない交ぜの世界を出現させるものであることを確認するには、これで十分だろう。

このような書法を前にすると、『眠れる記憶』の主人公と作者モディアノの関係についても、是非一考したくなるに違いない。あくまでも虚構中の存在と捉えるべき主人公と作者本人を同一と見なすことは、無論、正しくないだろう。しかしそれでもなお、この作品の主人公には、作者モディアノを彷彿とさせるものが多々凝集されている。モディアノが好んで登場させる小説家の主人公、平穏とは程遠い父母との関係などは、この作家の自伝的書法とも称すべき一面を照らし出す、重要な指標となるかもしれないのだ。『眠れる記憶』の主人公にはずっと名前が与えられず、物語の終結直前に、警察の調査書類でやっと「ジャン・D」なる固有名が明かされるが、注目すべきは、モディアノとは似ても似つかぬ、その名前ではない。要は、その名前に続く記述にある。後に小説家になるジャン・

Dは「一九四五年七月二五日、ブーローニュ＝ビヤンクール（セーヌ県）生まれ」（97）と記されているのだ。モディアノも同県で同年に生まれている。ただし、生年月日は一九四五年七月三〇日。現実と虚構の間に仕掛けられた、何とも心憎い演出と言うべきかもしれない。

#【おわりに】

——現実と虚構の軽やかな往還

パトリック・モディアノの小説はしばしば「自伝的」と称され、実際そのとおりなのだが、小説＝虚構作品である以上、それはやはり、虚構と現実の複雑な錯綜体と見なされるべきだろう。とはいえ、その独特なエクリチュールには、現実に生じた出来事と、虚構として想像された出来事が実に巧みな配合で織り合わされている（「オートフィクション」（autofiction）などという用語で説明されることもある）。たとえば、一九七七年に出版された*Livret de famille*（邦訳は、『家族手帳』安永愛訳、水声社、二〇一二年）は、そのタイトルからも予想されるように、まさにモディアノ一家の生活を連想させるような内容となっている。また、一九九七年に刊行された*Dora Bruder*（邦訳は、『１９４１年。パリの尋ね人』白井成雄訳、作品社、一九九八年）は、実際に生じた出来事をもとに、あるユダヤ人親子の過酷な運命を、ノンフィクション的――あるいは、ドキュメンタリー的――なタッチで追跡する物語に仕立て上げられている。

本書で取り上げた七編の小説についても、ほぼ同様な指摘を行なうことができるだろう。そこでは、虚構と現実の精妙な混交という書法は、よりいっそう小説的技巧としての完成度を高めていると言えるかもしれない。そのようなモディアノの創作のなかで、とりわけ重要かつ印象的な要素は、父親と母親に纏わる描写であろう。つまり、彼の物語の根幹には、両親と主人公との「家族関係」が、つねに深く横たわっているのだ。しかし、そうした関係は決して穏やかでも幸福でもない。それは逆に、棄却や反目といった負の感情に満ち溢れている。舞台女優などとして登場する母親は、ほとんど我が子を顧みることはないし、父親もまた、つねに息子を厄介払いしたいと考えている。ときには、しつこく付き纏い、金銭を請求したりもする。『小さな宝石』と『失われた青春のカフェで』以外、主人公はすべて男性だが、女性が主人公であるこれら二つの小説もまた、母親あるいは両親との終わりなき確執状況を描き出している。

そして、もう一つの重要な要素。それは、男性主人公たちが――『失われた時を求めて』の語り手のように――、やがて「小説」を物する存在として登場させられていることだ。プルーストの場合と同じく、こうした男性主人公たちに作者モディアノの姿を重ね見てしまうのは、ある意味、必然的な成り行きと言えるかもしれない。パトリック・モディアノが自伝的作家と称される所以は、明らかに、主人公と作家本人との虚構的かつ現実的な相同性に求められるのだ。

このように、自伝的とも見なされうる創作書法は、前世紀から既に、モディアノの小説世界に深く染み込んでいる。そして、そうした志向性は、今世紀に至り、さらに精妙さを増していく。契機となったのは、疑いなく、二〇〇五年の『血統』の刊行だろう。モディアノは、幼少期から青年期に至る自身の生々しい体験を吐露するこの純粋に自伝的な著作を発表することで、自らの書法を改めて確認し直したと言えるのかもしれない。小説とは本質的に、自身の生を炙り出すものという心情＝感覚のようなものが、より力強い信念に支えられ、表出されるようになったと思われるのだ。こうした現実的・自伝的な特徴は、既に本論で指摘したように、二〇一七年の作品『眠れる記憶』において極めて顕著に立ち現われている。その点について確認するには、『血統』で語られたエピソードや人物が、虚構と現実の境を越え、自由に行き交う様子を眺めるだけで十分であろう。

最後に、ここで参照したフォリオ版の『血統』についても、ひとこと触れておきたいと思う。"pedigree"という語は、「血統」あるいは「血統書」を意味するように、本来は犬や猫など、動物の血筋を示すものである。モディアノには愛犬家のイメージを強く感じる。実際、彼の小説には飼い主に見捨てられる犬が、しばしば登場していた。自分のことを「血統（書）のない犬のように」（P. 90）と表現しているように、それはまさにモディアノ自身の立ち位置を映し出しているのだ。ちなみに、『血統』の表紙には、柵にもたれる一匹の子犬の写真が掲げられている。そして、その子犬の前には「猛犬注意」（ATTENTION CHIEN MÉCHANT）と書かれたプレートが吊り下げられている。それは、仕事にかまけ、ほとんど愛情を示してくれない母親、そして、機会さえあれば息子の厄介払いばかりを考えている父親に対する、若きモディアノの反抗的な心情を表現しているようにも見える。しかしながら、そうした彼の姿勢には、心からの恨み・憎しみといったものは、ほとんど感じられない。逆に、作品で繰り返される崩壊した家族の描写からは、家族に対する作者の関心・拘泥——裏返しの愛情・執着——のようなものさえ伝わってくるように思える。モディアノの一群の作品は、揺らぎつつも堅牢であり続ける「家族」という柱＝絆によって、秘かに支えられている。はなはだ歪ではあるが、彼の作品が自己的あるいは自伝的・家族的なものとして読まれ得るとするなら、その理由の一端は多分そこにあるに違いない。

モディアノの小説に関心を抱き、集中的に読み始めたのは、大学を定年退官する数年ほど前のことだった。「フランス文学演習」と題された授業でこの作家のテクストを取り上げ、それを学生たちと精読するという、限りなく貴重で幸福な時間を手にすることができたのだ。週に一度のこの掛け替えのない経験の記憶を、何らかの形で残しておきたいと考えた。そんな思いから生まれたのが本書である。授業で扱ったのは、すべて前世紀に刊行されたテクストだったが、書物としてのまとまりを考慮し、本書の題材には二一世紀に刊行されたものを選ぶことになった。授業で接した何冊かのテクスト、そして、それをめぐる学生たちとの議論・対話など、当時の記憶や思い出が鮮やかに蘇り、執筆の作業を快く後押ししてくれた。同じ文学テクストを同じ場で精読するという、幸福なひとときを共有してくれた皆さんに深く感謝したいと思う。

本文はすべて、本書のために書き下ろした。刊行等については、前の二作に続き、小鳥遊書房の高梨治さんに終始お世話をいただいた。いつも優しく筆者をフォローしてくださる高梨さんに、心より謝意を表したいと思う。

二〇二二年八月一〇日

土田知則

参考文献

◉二一世紀に刊行されたモディアノの他のテクスト等

Modiano, Patrick, *Éphéméride*, Mercure de France, 2002.

3 nouvelles contemporaines: Patrick Modiano, Marie NDiaye, Alain Spiess, lecture accompagnée par Françoise Spiess, La Bibliothèque Gallimard, 2006.

◉モディアノに関する研究書

Butaud, Nadia, *Patrick Modiano (Un livre-CD)*, Éditions Textuel, 2008.

Commnengé, Béatrice, *Le Paris de Modiano*, Éditions Alexandrines, 2015.

Lectures de Modiano, sous la direction de Roger-Yves Roche, Éditions Cécile Defaut, 2009.

松崎之貞『モディアノ中毒　パトリック・モディアノの人と文学』、国書刊行会、二〇一四年

◉その他の著書・研究書等

Barthes, Roland, *Le plaisir du texte*, Éditions du Seuil, 1973.（ロラン・バルト『テクストの快楽』沢崎浩平訳、みすず書房、一九七七年）

Eco, Umberto, *Opera aperta*, Bompiani, 1962.（ウンベルト・エーコ『開かれた作品』篠原資明・和田忠彦訳、青土社、一九八四年）

Giesbert, Franz-Olivier, *L'animal est une personne: Pour nos sœurs et frères les bêtes*, Pluriel, 2016.
Kristeva, Julia, *Pouvoirs de l'horreur: Essai sur l'abjection*, Éditions du Seuil, 1980.（ジュリア・クリステヴァ『恐怖の権力〈アブジェクシオン〉試論』枝川昌雄訳、法政大学出版局、一九八四年）
Kusch, Celena, *Literary Analysis: the basics*, Routledge, 2016.
McCaw, Neil, *How to Read Texts: A Student Guide to Critical Approaches and Skills*, 2nd Edition, Bloomsbury, 2008.
Proust, Marcel, *A la recherche du temps perdu*, 3 vols., texte établi et présenté par Pierre Clarac et André Ferré, Gallimard (Bibliothèque de la Pléiade), 1954.
Sutherland, John, *How Literature Works: 50 Key Concepts*, Oxford University Press, 2011.

◉筆者が翻訳し、テクストを読むことに関して、特に深い影響を受けた著作

de Man, Paul, *Allegories of Reading: Figural Language in Rousseau, Nietzsche, Rilke, and Proust*, Yale University Press, 1979.（ポール・ド・マン『読むことのアレゴリー——ルソー、ニーチェ、リルケ、プルーストにおける比喩的言語』拙訳、岩波書店、二〇一二年／講談社学術文庫、二〇二二年）
Felman, Shoshana, *La Folie et la Chose littéraire*, Éditions du Seuil, 1978.（ショシャナ・フェルマン『狂気と文学的事象』拙訳、水声社、一九九三年）
Johnson, Barbara, *Défigurations du langage poétique: la seconde révolution baudelairienne*, Flammarion, 1979.（バーバラ・ジョンソン『詩的言語の脱構築——第二ボードレール革命』拙訳、水声社、一九九七年）
—, *The Critical Difference: Essays in the contemporary Rhetoric of Reading*, The Johns Hopkins University Press.（『批評的差異——読むことの現代的修辞に関する試論集』拙訳、法政大学出版局、二〇一六年）

【ナ行】

【ハ行】

【ラ行】

索引

◉実在する人物・作品名・著者名を挙げた。神話の登場人物も対象とした。
◉同名の書物等が存在する場合でも、作者が特定できないものは除外した。
◉「モディアノ、パトリック」については、ほぼどの頁にも現われるため省略した。

【著者】

土田知則
（つちだ　とものり）

1956年、長野県に生まれる。
1987年、東京大学大学院人文科学研究科博士課程単位取得退学。博士（文学）。
千葉大学名誉教授。
専門はフランス文学・文学理論。

著書に、『現代文学理論——テクスト・読み・世界』（共著、新曜社、1996年）、
『ポール・ド・マン——言語の不可能性、倫理の可能性』（岩波書店、2012年）、
『現代思想のなかのプルースト』（法政大学出版局、2017年）、
『ポール・ド・マンの戦争』（彩流社、2018年）、
『他者の在処——住野よるの小説世界』（小鳥遊書房、2020年）
『『星の王子さま』再読』（小鳥遊書房、2021年）ほか、
訳書に、ショシャナ・フェルマン『狂気と文学的事象』（水声社、1993年）、
ポール・ド・マン『読むことのアレゴリー——ルソー、ニーチェ、リルケ、プルーストにおける比喩的言語』（岩波書店、2012年／講談社学術文庫、2022年）、
バーバラ・ジョンソン『批評的差異——読むことの現代的修辞に関する試論集』
（法政大学出版局、2016年）ほかがある。

二一世紀のパトリック・モディアノ
（にじゅういっせいき）

七編のテクストを読む
（ななへん、よ）

2022年10月31日　第1刷発行

【著者】
土田知則

発行者：高梨 治
発行所：株式会社**小鳥遊書房**（たかなし）
〒102-0071　東京都千代田区富士見1-7-6-5F
電話03-6265-4910（代表）／FAX 03-6265-4902
https://www.tkns-shobou.co.jp
info@tkns-shobou.co.jp

装幀／宮原雄太（ミヤハラデザイン）
印刷・製本／モリモト印刷株式会社
ISBN978-4-909812-96-4　C0098